ドン・キホーテのスペイン社会史

黄金時代の生活と文化

岩根圀和
Kunikazu Iwane

彩流社

アルカンタラ橋（トレド）

フランス
サンティアゴ・デ・
コンポステラ
（ガリシア）
オビエド
（アストゥリアス）
（カンタブリア）
ビルバオ
（バスク）
パンプローナ
（ナバラ）
（ラ・リオハ）
レオン
（カスティーリャ・イ・レオン）
バリャドリッド
サラゴサ
（カタルーニア）
バルセロナ
サマランカ
スペイン
（アラゴン）
（マドリッド）
マドリッド
ポルトガル
トレド
バレンシア
パルマ・デ・マリョルカ
（エストレマドゥーラ）
（カスティーリャ・ラ・マンチャ）
バレアーレス諸島
（バレンシア）
リスボン
バタホス
地中海
リナレス
ムルシア
コルドバ
（ムルシア）
セビーリャ
（アンダルシア）
グラナダ
アルメリア
カディス
マラガ
セウタ

スペイン全図

まえがき

世にスペイン好きは多いと聞く。バルセロナのサグラダ・ファミリアとグラナダのアルハンブラ宮殿、そしてセビーリャでフラメンコを鑑賞してマドリッドで闘牛見物、それにパエリャと生ハムメのグルメを加えればスペイン観光が出来上がる。時間に余裕があればカンポ・デ・クリプターナまでバスを走らせ「あれが有名なドン・キホーテの風車です」と説明を受ける。これで一応「太陽と情熱の国、スペイン」を見てきたことになるだろう。

しかしアルハンブラ宮殿は七世紀にわたってスペインを支配したアラブの文化遺産である。フラメンコはジプシーの音楽だとして認めないスペイン人は多い。動物愛護から闘牛に反対する運動も盛んである。風車にしてもドン・キホーテがぶつかっていった風車ではない。観光のために建てられ、モーターで羽根を回している。雨が一ヶ月を越えて降り続き、ひとびとが天を仰いで「俺たちは雨蛙じゃないぞ」と恨めしげに嘆く地方のあることを知るひとは少ない。スペインは「太陽と情熱の国」などの謳い文句で手軽にまとまる国ではないのである。

聖書についで最後まで読まれないベストセラーと揶揄されるセルバンテスの『ドン・キホーテ』だが、その主人公ドン・キホーテが騎士道小説を読み過ぎたあげく自分を遍歴の騎士になぞらえて村を出て行ったのはつとに知られている。そして風車の巨人に突撃してあえなく地面に転がる顛末は知らぬ者とてない世界的に有名な場面である。もともと善良な田舎貴族の頭を狂わせるもとになった書物が幾つもあったが、なかでも影響を受けたのはスペイン騎士道小説の嚆矢『アマディス・デ・ガウラ』（モンタルボ作）であった。アーサー王伝説を先取りして当代随一の傑作と称賛された騎士道物である。以後、ドン・キホーテはことごとくアマディスの武勲を真似ては次々と失敗を重ねて笑いを呼ぶことになる。いわゆるパロディーである。

本書は『ドン・キホーテ』を手がかりに十六・十七世紀のスペインのひとびとが何を考え、何を食べ、どのように暮らしていたのか、その一端を伝えるのが目的である。前半では『ドン・キホーテ』に影響を与えたといわれる『アマディス・デ・ガウラ』、『エスプランディアンの武勲』、セルバンテスを怒らせたというアベリャネーダの『贋作ドン・キホーテ』をめぐる考察を行った。後半は動力機関としての水車の活躍や水問題、そして当時のひとびとの生活習慣のありさまなどを中心に述べた。

ドン・キホーテのスペインと言っても広い。アルハンブラ宮殿の現存するアンダルシア地方から世界の巡礼地を誇るサンティアゴ大聖堂のガリシア、果てはいまだ起重機に囲まれて建築中のサグラダ・ファミリアがそびえるカタルーニャ、それに緑豊かなバスク地方も入れてそれぞれに歴史があり文化があり言語も人種も異なる。中央のカスティーリャ地方だけにしても貴族から農民、商人、職人の暮らしは千差万別、これを網羅することは不可能である。

知ったかぶりは厳に慎まなければならない。生半可に海外生活を囓った者がたかだか半径数メートルの経験を過度に一般化してはならないのである。ましてや遠く「スペイン黄金時代」の事柄であってみれば不明な点が多く、手に入る限りの文献にあたってみたが力の及ばない部分が多いのは是非もない。もっとも、ほとんど入手困難な資料も覗くことができたので専門家の鑑賞に耐える部分もあると信じる。また出来るだけ多くの図版を入れることにしたので理解の助けになると思う。とりあえずドン・キホーテの「鞍袋」から何が出てくるか楽しみにしていただきたい。

目次　ドン・キホーテのスペイン社会史——黄金時代の生活と文化

Ⅰ　『ドン・キホーテ』を巡る考察

第一章 ドン・キホーテを狂わせた書物

『アマディス・デ・ガウラ』と『エスプランディアンの武勲』

スペインで『アマディス・デ・ガウラ』が出版された一五〇八年以後、フランス語、イタリア語、英語からヘブライ語にいたるまでいち早く様々な言語に翻訳されて世界的な人気を博してきた。しかるに邦訳では二十一世紀になって『アマディス・デ・ガウラ』とその続編『エスプランディアンの武勲』の翻訳がでるまで待たねばならなかった。『ドン・キホーテ』の原典とも言うべき『アマディス・デ・ガウラ』を読み込むことによって、これまで隔靴《かっか》掻痒《そうよう》の感が拭えなかった『ドン・キホーテ』研究に本邦独特の切り口から大幅な進展が期待されるだろう。

日々、なすべき事とてない郷士が徒然《とぜん》の暇をもてあまし、ひねもす読み暮らした騎士道物語の数々の書物を村の司祭と床屋が悪の源を根絶すべく中庭で火にくべてしまう有名な焚書の場面が『ドン・キホーテ』(一六〇四)前編第六章に詳しく述べられてある。スペインの中部に位置するラ・マンチャ県のある村の郷士が自らを遍歴の騎士になぞらえて世直しの旅に出るのが『ドン・キホーテ』の始まりである。遍歴の騎士が活躍したのはもはや百年以上も昔の話で今の時代にそんなものがあるはずもない。しかも魔法使いや魔術を駆使する摩訶不思議な幻想の物語世界のことであればなおさら現実にはあり得ない。そのあり得ないはずの遍歴の騎士がラ・マンチャの村に幽鬼のごとくに出現してドン・キホーテと名乗ったのであるから村人の驚きはいかばかりか。あげくに風車を巨人と見立てて突き掛かり、あえなく地面に叩き付けられるとあっては当然のこと狂人と見なされてしまう。

齢《よわい》五十になんなんとする田舎郷士アロンソ・キハーノの健全なる精神をむしばみ、世に正義を行って天下の無法を糺《ただ》すべく遍歴の騎士ドン・キホーテと命名して冒険に乗り出すに際して模範と仰いだ主なる書物は、騎士道物語の嚆矢《こうし》として大流行した『アマディス・デ・ガウラ』（一五〇八）の一巻だった。

郷士アロンソの精神を狂わせた書物を焼き捨てるにあたって最初に足元に転がり出た大判の『アマディス・デ・ガウラ』こそは、スペインで印刷された最初の騎士道物であった。他のすべてはこれをもとにしてそれに倣った傍流であるから、害悪の鼻祖として火刑に処すべしと判決を下されて真っ先に火に投げ込まれるところだった。それを、「いや、この種の書物では唯一最良の物として情状酌量の余地あり」と村の司祭から救いの手が入って危うく火刑をまぬがれている。

『アマディス・デ・ガウラ』は『ドン・キホーテ』を遡ること百年以上前の作品で、作者モンタルボが「序」に述べるところによれば、無から独創したのではなく、すでに存在していた三巻の原アマディスに改訂を加えて改編、拡大し、言葉を新しくして文体も現代化した上に配列や枝葉を改訂して新しい要素を加えたのだと言う。いわゆる翻案か改作に近いが、続く第四巻はギリシャ語の原典から翻訳した体を取っており、その二年後にはアマディスの息子の活躍を描く『エスプランディアンの武勲』（一五一〇）と題する第五巻を加えたとも記している。この巻は『アマディス・デ・ガウラ』に展開する事件や冒険をそのまま継続して踏襲をはかった物語で、こちらはすべてモンタルボの独創であると言われる。

原アマディスの存在がすでに一三五〇年以前からスペインに流布していたことは確認されているが、その原典、作者、言語については不明な点が多く憶測を呼ぶばかりであまり明らかになっていない。アーサー王伝説と色濃く繋がるところがあってフランス語原典からの翻案とも言われ、その実質的な創始者と目されているが、クレティアン・ド・トロアあたりとの関連があるのかどうか確認はされていない。ポルトガル語説も根強くあるが中世のポルトガル語版はひとつも見つかっていない。研究者によればポルトガル版からカスティーリャ語（スペイン語）へ翻訳されたのをうかがわせる痕跡は見あたらず、おそらくはポルトガル語が原典ではなくむしろカスティーリャ語からポルトガル語への翻訳本『アマディス』が存在していたとする方が正しいようだ。いずれにしてもアマディスの様々な版から明確な結論は引き出せないのが現状で、記述の食い違いなどから三、四種類の異なる版があったと想定されるのだが散逸してしまっている。

邦訳でも全巻をあわせて優に千八百ページを越える大作とあってその粗筋を抜くのは難しいので本編を読んで貰うしかないが、イエス・キリストの受難からほどなくアマディスの祖父にあたるガリンテル王がスコットランドを統治していた御代から始まり、物語の終焉に至ってアーサー王の父ウーゼル・ペンドラゴンの御代からその後の時代にまで言及されている。したがって大ブリテンのリスアルテ王がアーサー王よりも先の時代であることは明らかである。またガウラのペリオン王とスコットランドの王女エリセーナとの私生児アマディスは小櫃《こひつ》に入れて海へ流され、帰国の途にあったスコットランドのガンダーレスの船に拾われて、我が子として養育されるのが物語の発端である。やがて大ブリテンの王女オリアナ姫との熱愛を経て、大ブリテンの王にまで成長して天下を治めるとあってまさに貴種流離譚である。

主要テーマである主人公アマディスとオリアナ姫の禁断の恋は死に値する罪であったが、アーサー王の御代に撤廃されたと記述にあるところからも時代が窺えるのである。歴史上の実在性に異論がないではないが一応アーサーは六世紀のケ

『アマディス・デ・ガウラ』初版の表紙

ルト人の武将であるし、最初にその名が記録されている文献は、ジェフリー・オヴ・モンマスの『ブリテン列王史』（十二世紀中葉）であるから『アマディス』はそのはるか以前の物語となる。しかし実際にはリスアルテ王やアマディスの活躍は時代を離れて十五世紀の言動と思想のもとにあり、しかも十四世紀にスペインに流布していたアーサー王の物語から明らかに影響を受けている。

セルバンテスも述べているようにスペインの騎士物語はこの『アマディス・デ・ガウラ』を初めとするのだが、もとよりアーサー王物語の翻訳でもなければ翻案でもなく、原『アマディス・デ・ガウラ』からの改編創作になるのである。ただしアマディスの人物像の原型のようなものがアーサー王伝説に数多く見られるし、ランスロットやトリスタンの恋愛物語の片鱗もアマディスに再現されているのは明らかである。

例えばランスロットがアーサー王の妃グウィネヴィアに寄せる愛とアマディスがオリアナ姫へ寄せる愛の捧げ方、身の処し方に類似性を感じさせるし、魔法使いアルカラウスは妖姫モルガンに、マーリンは顔知れずのウルガンダに相当するだろう。スペインにおける散文のトリスタンやランスロットの普及が大きく影響を与えており、『アマディス』のさまざまな挿話にはあきらかにアーサー王の模倣や再構成の反映がうかがわれて、これらがアマディスの基本構造をなしているのが見て取れるのである。

『アマディス・デ・ガウラ』は、国王を頂点とする宮廷と騎士だけの恋愛と権力闘争の世界であって庶民はひとりも登場しない。広く読まれた書物であることは間違いないが大衆のものではなかった。特権的な階級の読み物だったのである。貴族の末席に連なると自負するドン・キホーテはアマディスの武勲こそは騎士道の鑑、騎士の指針、これを拳々服膺《けんけんふくよう》して学ばねばならないのだと時代錯誤を起こし、この書物の思想を手本にして遍歴の旅路に乗り出して行ったのである。果てはシエラ・モレーナ山中にこもって苦行を行う狂態を演じ、サンチョに想い姫ドゥルシネアへの手紙を持たせて使いに出す場面などはアマディスがペーニャ・ポブレで苦行に入る場面そのままのパロディである。風車に姿を変えた巨人に突撃するとき、ドン・キホーテの脳裏に去来していたのは、アマディスの仇敵ファモンゴマダンかあるいはマンダファブルの偉容でもあったろう。四つ辻に立って、「わが思い姫を比類なき美貌と認めよ、さもなくば一戦をまじえぬ限り此処を通さぬ」（前編第四章）と突然に言い立てる理不尽な馬鹿ばかしさに往来のひとびとは眉を顰めて相手にしないが、ドン・キホーテの脳裏には『アマディス・デ・ガウラ』の理屈にかなった一場面が鮮やかに蘇っていたのである。

『アマディス・デ・ガウラ』はスペインの騎士物語であるが舞台はすべてイングランド、スコットランド、そしてガウラ（フランス）などにあってスペインはまったく埒外にある。リスアルテ王の宮廷はロンドンに置かれ、アマディスの活躍は不動の島を中心に展開するが、舞台が島国のせいでもあろうか大小さまざまな島が登場する。なかでも怪物エンドリアゴと死闘を演じる不気味な悪魔島、後のサンタ・マリア島、また朱《あか》い塔の島はキリスト教徒の血に塗られてそう命じられた経緯が隠されていて、実は禍々しい事情を裏に秘めている。騎士達がドイツ、ボヘミア、ギリシャなどのヨーロッパの大陸を遍歴する場面の展開はおおいに興味をそそられるが、それとは別に島から島へと船に乗って渡り、嵐に巻き込まれては運命のままに思わぬ異境の地に吹き寄せられ、壮大な冒険に巻き込まれて絶体絶命の窮地に追い込まれていく経緯《いきさつ》が克明に描かれるのである。

島国のイギリスらしくすべての冒険が諸島を中心にして展開する。それを思うとき、ドン・キホーテが終始、島にこだわり、従者サンチョ・パンサに対して最初の報償にどこかの島を獲得して総督につけてやろうと熱心に口説くのもうなずけるのである。島のない内陸部カスティーリャのラ・マンチャ県で島を征服して総督につけると約束する荒唐無稽さを地理的に無知であるとあげつらったり、後編第四十五章でめでたく総督に就任したバラタリア島がどこにあるのかと地図を調べるのはおよそ無用の詮索である。ドン・キホーテの頭の中にあるのだから見つかるはずがない。ドン・キホーテの理想の活躍場所は常にいずれかの島にあるのであって、その脳裏に去来する理想の島はアマディスの「不動の島」であったに相違ない。その他にもアマディスを真似た場面やアマディスの片言隻句をそのままに口にする場面は枚挙に暇がなく、またアマディス自身への言及も数多く見られ、ここではその逐一を吟味する余裕はないが、ドン・キホーテの頭を占めていたのは、ひたすらアマディスの所業の全体を真似ることにあったのは確かである。

ともかく郷士アロンソの精神を狂わせた書物を焼き捨てるにあたって、『アマディス・デ・ガウラ』こそはスペインで印刷された最初の騎士道物であって、他のすべてはこれから派生した末裔であるからまず第一に火刑に処すべしと判決を下されたが、村の司祭から救いの手が入って火刑をまぬがれた。波瀾万丈のおもしろさとそれを支える確かな騎士道精神の堅持とが評価されたのだろう。確かに魔法使い、魔術、巨竜の船、天下無双の剛勇、不死身にも近いアマディスの連戦不敗の武勇、そのアマディスがアルカラウスの魔法で倒れる危うさ、不動の島に作られた様々な幻影や建物の絡繰《からくり》構造などの奇抜さのいずれをとってみても現実にはありえない。まるで空飛ぶ絨毯のごとき架空の話、空想冒険の作り事ばかりで波瀾万丈とは言え荒唐無稽なでたらめさに変わりはないのである。そしてそのかたわらに転がり出た続編とも言うべき『エスプランディアンの武勲』にはいささかの慈悲もかけられず、焚書の格好の火付役にと容赦なく火に投げ込まれてしまう。

この書物はアマディスとオリアナ姫の嫡男エスプランディアンの活躍の物語で、後にコンスタンチノープルの皇帝となる人物である。世に並ぶ者なき美男のエスプランディアンが説く騎士の最高の目的は、恋や武勲など現世の栄誉ではなくキリスト教徒としての完徳の追求であり、作者モンタルボがしばしば語り手として現れては運命の転変を説き、奢り高ぶりの罪を離れて神を畏れよと訓戒を述べる。神を信じるとはまず神を畏れることであると旧約の教えを説き、諸王、君公たるものは傲慢の罪を去って神に奉仕しなければならないと執拗に繰り返す。そして高位にある者が驕り高ぶって傲慢の罪を犯すとき、運命は逆転して奈落の底へおちるのだとくだくだしく述べるのである。おなじく光り輝く主人公エスプランディアンも神の前に心して恩寵を信じ、驕慢の罪を離れよと訓戒を垂れ、カトリックの信仰を慫慂《しょうよう》するのである。

彼の敵は父アマディスの場合のように同胞のキリスト教徒の騎士達ではなく、トルコに代表される神の敵なるイスラムの異教徒である。第一義の目的は異教徒を討伐してキリスト教徒へ改宗させることであり、敬虔なカトリックの信者としてキリストの教えを広めるために死を賭して献身的な働きをする。『アマディス・デ・ガウラ』とはがらりと雰囲気を変えるのだが、それを急ぐあまり筋の運びに多少の無理が生じているのは確かである。例えば憎しみを募らせていた異教徒の勇士フランダロが敗北の後、改宗してエスプランディアンの無二の協力者となって八面六臂の活躍をしたり、カリフォルニア島の女戦士の女王カラフィアがエスプランディアンとの恋に破れ、果ては改宗の後に別の騎士と結婚するなどの筋立ては理解に苦しむ違和感を残さずにはおかないのである。

そしてキリスト教徒の騎士同士の壮絶な決闘場面を活写する『アマディス・デ・ガウラ』よりも、騎士道精神を離れて敬虔なカトリックの騎士としての献身を執拗に繰り返す単調さにセルバンテスが多少なりとも不興を抱いたとすれば、あれほどに絶賛していた『アマディス・デ・ガウラ』の続編である『エスプランディアンの武勲』をあっさりと火に投げ込む意味も理解できる。

LAS SERGAS DEL
Esforçado Cauallero Esplandian, hijo del excelente Rey
Amadis de Gaula.
AORA NVEVA MENTE EMENDADAS EN ESTA
Impression, de muchos errores que en las Impressiones
passadas auia.
EN ÇARAGOÇA,
IMPRESSO CON LICENCIA, EN CASA DE SIMON
de Portonariis, Año M.D.LXXXVII.

『エスプランディアンの武勲』初版の表紙

この少し趣を異にする『エスプランディアンの武勲』をもって長編『アマディス・デ・ガウラ』の物語が余韻を残して一応の終わりを迎える。まだ完結はしていないのであって、ここからアマディスの親族末裔の物語が続々と派生して騎士道物の爆発的人気が起こるのである。ドン・キホーテの書斎にはそのことごとくが揃っていた。つまりドン・キホーテの頭を狂わせたのは『アマディス・デ・ガウラ』だけにはとどまらなかったのである。

まず『ドン・オリバンテ・デ・ラウラ』は戯言《たわごと》と傲慢の咎で火にくべられ、『フロリモルテ・デ・イルカニア』は味気なく潤いもない文体を問われて火に直行、『プラティールの騎士』は古いだけの書物で情状酌量の余地なし、『十字架の騎士』の題名はありがたいが十字架の陰に悪魔ありとして火刑、また、コンスタンチノープルを舞台にした『パルメリン・デ・オリーバ』は火にくべて灰も残らぬほどに焼かれてしまった。筆者の感想でも、実際に読んでみると確かに単調で退屈な随分と見劣りのする作品であってみれば十分に火にくべる価値はあると思える。

『パルメリン・デ・イングラテラ』は『アマディス・デ・ガウラ』と比べてはるかに単調で変化に乏しく、随分と見劣りのする作品であると手厳しいが、言葉遣いに気品があって明瞭でいかにも英知に富んでいると司祭の弁護が入って火刑はまぬがれた。次に『ドン・ベリアニス』も慈悲をもって助けられ、それ以上の吟味はもはや面倒なので十把一絡げに火に投げ込まれる運命と決まった。悲喜こもごもの中から危うく拾い上げられたのが『ティランテ・エル・ブランコ』の一巻であった。一四九〇年にバレンシアでカタルーニャ語の初版が出ているが、セルバンテスが読んだのはおそらく一五一一年にバリャドリッドで出版されたカスティーリャ語（スペイン語）版だろう。セルバンテスにカタルーニャ語が読めたとは思えないからである。

ドン・キホーテの言うには、その筆致からして世にまたとない書物と言える。騎士が飲み食いをするし、眠りもすれば寝床で大往生をとげる。また死ぬ前に遺言状をしたため、この分野のほかの書物ではどこにもない事柄が見られる、とあって司祭からも高い評価を与えられて火刑をまぬがれるのである。しかしこれは司祭の買いかぶりもあるようで、『アマディス・デ・ガウラ』でも常時、騎士は飲み食いをするし、眠りもすれば大往生も遂げるのである。『エスプランディアンの武勲』にいたっては飲み食いはもとより船による移動の日数も細かく記されている。しかもドン・キホーテが狂うほどティランテに傾倒した形跡は見られないようで、ドン・キホーテがもっぱら騎士道の鑑と崇めてその行動の模範としたのはやはり『アマディス』にあったのは確かであるが、そこは司祭の判断であれば是非もない。

騎士道物の吟味が終わって後に残ったのは詩集である。ホルヘ・モンテマヨール作『ラ・ディアナ』は人の頭を狂わせたりしない娯楽本で、騎士道本のような悪さをすることもなかろうから火刑にはおよぶまいと一同が納得するのに対して姪が同じ章で異議を唱える。

「騎士道の病気から回復した旦那様が、こんなのを読んだ果てに牧人になって歌ったり楽器をかき鳴らして野山を放浪する気になったらどうしますか。もっといけないのは、詩人になると治る見込みのないやっかいな病気だと聞いてます。」

事実、後編第六十七章で遍歴の夢やぶれて故郷へ戻るドン・キホーテとサンチョの会話はまさに姪の心配した通り、約束の一年間を羊飼いとなって田園に暮らすと言うのである。わしは羊飼いのキホティス、おまえは羊飼いパンシーノと名乗って山を駆け、谷をくだり、牧場を通ってここに詩を作り、あそこに歌をうたい、泉かあるいは小川、ないしは水量豊かな河の澄み渡った水を飲むのだ、と姪の危惧どおりでもはやお手上げの状態だが、所蔵の書物は『恋の運命、全十巻』、『イベリアの羊飼い』、『エナーレスの妖精たち』、『悋気《りんき》の手管』、『詩歌珠玉集』、『詩文撰集』とならぶなかにミゲル・デ・セルバンテス自作の『ラ・ガラテア』を戯れにそっと紛れ込ませている。古くからのごく親しい友人だと言う司祭は、あの男は詩歌よりも娑婆の苦労の方が身に染みている男で、なにかしら思いついていい着想はあるのだが何一つ完成しないのだと言う。さすがにセルバンテスの生涯をぴたりと言い当てている。

アロンソ・デ・エルシーリャの『ラ・アラウカーナ』、コルドバの司法官ファン・ルーフォの『ラ・アウストゥリアダ』、バレンシアの詩人クリストバル・デ・ビルエスの『エル・モンセラト』等々、続々と出てくるが羊飼いキホティスの思惑を知る由もない司祭達は姪の心配をよそに、これらの娯楽本は精神を狂わせるほどのこともあるまい、スペイン詩珠玉の宝物として保存しておくべきだと判決を下して火刑をまぬがれるのである。なお十六世紀にアメリカ大陸へ渡るひとが多く所持していた詩集が『ラ・アラウカーナ』、芝居では『セレスティーナ』そして騎士道物では『アマディス・デ・ガウラ』と『怒れるオルランド』だった。十七世紀に入ると『グスマン・デ・アルファラチェ』とそれに『ドン・キホーテ』が加わったのは言うまでもない。

作者モンタルボならびに異端審問所

『アマディス・デ・ガウラ』の作者はガルシ・ロドリゲス・デ・モンタルボ（Garci Rodoríguez de Montalvo)、この人物の詳細についてはほとんど不明だが、メディナ・デル・カンポ（Medina del Campo, カスティーリャ・イ・レオン州バリャドリッドから西へ四十六キロ）の名士であった。コロンブスが新大陸へ到達した一四九二年には五〇歳未満であったことが知られているのだが、同年のカトリック両王のグラナダ征服事業に絶大な賛美を寄せているところから判断してイサベル女王の心酔者であったらしい。熱狂的なカトリック教徒であったイサベル女王がメディナ・デル・カンポで亡くなったゆかりもあるのだろうか、自らも敬虔なカトリック教徒であったモンタルボの全幅の称賛の言葉が『アマディス・デ・ガウラ』の「序」からもうかがえる。例えば「われらが果敢なる国王の聖なるグラナダ征服の偉業」がアマディスの時代に達成されていれば皇帝達の覇業よりもはるかにその成果を名声高く褒め上げられたであろうと言う。

「われらが国王と王妃は大いなる熱意と真実をもって讃えられ、われらの主君は神に仕えるのであり、主《しゅ》は神を愛する者にあまねく慈悲と慈愛をもって援助と恩恵を垂れ給い、神への奉仕に財を惜しまず努力をするがゆえに報いを授けて下さるのである。」

アマディスに仇なす敵はあくまでキリスト教世界の騎士達であり、魔法使いアルカラウスが陰謀を巡らせて暗躍する。カトリックの神への奉仕はまだ控えめであったが、それが『エスプランディアンの武勲』になると異教徒討伐への称賛が露骨に勢いを増してくる。キリスト教世界の天下無双の騎士達と覇を競っていたアマディスに比べて嫡子エスプランディアンはカトリックの敵である異教徒を怨敵と定め、これを撲滅するキリスト教世界の勇者としての存在感を強めるのである。

キリスト教世界にあって天下無比の忠義の騎士であったアマディスが、その子エスプランディアンになると熱狂的なカトリックの戦士と設定され、絶えず異教徒との闘いを鼓舞し、ことあるごとに運命の儚さと運命の過酷さを説いてはカトリックの教えを慫慂し、来世の幸せのために善行を執拗に勧めるのである。

イサベル女王

先にも触れたように『エスプランディアンの武勲』が予想に反して一番に火にくべられた理由には、読者をげんなりさせる騎士道物らしくないお説教めいた文言の氾濫をセルバンテスが嫌ったのではないかと思われる。すでに存在した原典の改訂である『アマディス・デ・ガウラ』と違って『エスプランディアンの武勲』はモンタルボの創作であり、自由に作者の意図を込めることができたこともあって、自身のカトリック信仰をそこへ結集させた感がいなめない。その背景にはグラナダのイスラム教徒を征服したイサベル女王の偉業への共感があったと思えるのである。エスプランディアンの活躍についてモンタルボは、聖なるカトリックの教えに敵対する邪悪の者たちに向ける模範となすためであると言う。そこから転じて再びカトリック両王への賛辞となる。

「このことからカトリックを深く信じるわれらの国王と王妃に思いを馳せていいだろう。なぜなら律法と正義に反し長年にわたって略奪、放火、分裂、崩壊、分断を欲しいままにあまたの王国を建て、諸王を永劫に捕虜として頸木に繋ぐのみならず、片時も休まずふんだんな浪費のもとにグラナダ王国を簒奪していた異教徒を海の向こうへ追い落としなされたからである。これのみにはあらず、醜悪なるライ病を清め、積年にわたって王国に撒き散らされた目に見えまた見えぬものに至る異端の悪が、おふたりによって実行され調《ととの》えられた多数のカトリックの所業によって一掃されたのである。」（『エスプランディアンの武勲』第百二章）

グラナダ王国を簒奪していた異教徒の一掃とは、言うまでもなく一四九二年一月にイスラム最後のナサリー王朝をアルハンブラ宮城から無血開城させてグラナダ王国を陥落させた功績であるが、「醜悪なるライ病を清め」とは同年三月三十一日付けカスティーリャからのユダヤ人追放を指している。当時のスペインでは、数千ものユダヤ人を改宗させた一三九一年の前駆的な症状以後、憎しみは拡大していた。時とともにユダヤ人への憎しみは各地に広まり、中世スペインの忍耐はもはや限界を越えていたと言える状況だった。ユダヤ教からカトリックへ改宗したユダヤ人をコンベルソと呼ぶが、改宗しながらも密かにもとの信仰を堅持している異端者に疑心暗鬼のスペインはその増加に歯止めをかけるべく、カスティーリャに異端審問所を設置して異端者の懲罰をこの機関へ委嘱し、改宗者の監視態勢を強めていったのである。

泣く子も黙るかの悪評高きスペインの異端審問所（宗教裁判所）であり、ここに言う異端とは一度カトリックへ改宗しながらユダヤ教の信仰を密かに堅持している者を指して言うのであって、ひとたびカトリックの洗礼を受けながらユダヤ教やイスラムの教義を信じるのは異端とみなされるのである。したがって改宗せずにユダヤ教徒やイスラム教徒のままでいる者は異端ではなくあくまで異教徒であって異端審問所の対象外である。異端審問所は先立つ中世の魔女狩りとは異なる論理に従っており、目標はスペイン国民を構成するさまざまな要素をカトリック信仰のもとに融合させることにあった。宗教上の動機に加えて政治的な統一目的もあり、民族と宗教の問題にぶつかっていたのである。

異端審問所は一四七七年にセビーリャに初めて設立されている。一四八〇年にはシクストゥス四世が、「もとの宗教、習慣にもどってしまうユダヤ人たち、カトリックの信仰からそれてしまう邪悪の徒を王国から根こそぎにすべく提出された要請に鑑み、司教ないしは大司教あるいはそれ以外の司祭ないしは修道会の評判のよろしき人物で四十歳以上、理性にすぐれ、行い正しく、神学、教会法を修め、神を畏れる者の中より……罪を犯す者、それを庇うものに厳しく臨むべく異端者の審問官に任ずるのを許可するものである」と勅書を出し、異端と背教者を審問する聖職者を二から三名選定する権限を君主に与えた。初期のふたりの審問官はメンドーサ枢機卿とミベル・モリーリョが指名され、長官にはイサベル女王の聴罪師であったトルケマダが抜擢されたのである。

トマス・デ・トルケマダ（一四二〇―一四九八）はバリャドリッド近郊に生まれ、三十五歳でセゴビアのドミニコ会修道院長になった人物である。知的な額、知性にあふれる瞳、鷲鼻、長くて頑丈な顎、活気と活力と思索を思わせる容貌で二十年間、なにごともなくドミニコ会の管理運営を務め、厳格で精力的、規律を守ってきた。後に過酷な処罰で悪評を歴史に残すことになるとは知るよしもなく、町や田舎では他人よりも自分に厳しい聖者のごとき善良な人物として尊敬を集めていたのである。

トルケマダの在職中に法廷に引き出された罪人は十万を越え、二千人を死罪にしたとイサベル女王の秘書

トマス・デ・トルケマダ長官

官プルガールが述べている。残酷なトルケマダ伝説が生まれたゆえんであるが、この数には異端者、ユダヤ教徒、カトリックに対する呪詛や侮辱のみならず、二重結婚、男色、獣姦などの罪人も含まれている。スペインではこれらの問題も異端審問所が扱っていたのである。歴史家によってはこの数字は千から千五百と見る者もある。一四八一年から一四八八年にかけてセビーリャでは七百人が焼かれ、同時に五千人に終身刑が宣告されたとも言われる。幸いこれは五年後にサン・ベニート（悔罪服）着用で釈放されている。次ページのとんがり帽子の罪人は教会と和解した印に下を向いた炎が描かれ、手にロザリオとローソクを持っている。右の男は悪魔と炎に焼かれるヤヌスの頭が描かれているが、これは最後まで棄教せずに火刑に処せられる印である。

バルセロナでは八百八十八人の告発のうち異端審問所の手中に落ちたのは四百四十三人。トルケマダによって十年間に火刑裁判が三十一回行われ、そのうち三百四人は再犯の無を誓って無罪放免となり残りの百三十九人は期限不定の投獄、処刑されたのは二十三人であった。そのうち罪を認めて教会と和解した十人は慈悲により火刑のまえに絞殺、最後まで棄教を拒否した十三人は生きながらに焼かれた。逃亡した四百三十人の似姿が焼かれ、百十六人が投獄、三百四人が自主的に懺悔をして和解をしている。

もっとも、これらの宗教裁判《アウト・デ・フェ》は文字通り厳かな宗教儀式のひとつであって異端審問所は判決を下すだけで処刑に手を下すことはない。一五八〇年のバリャドリッドの例ではフェリペ二世も立ち会いのもとにマジョール広場で裁判が行われ、罪人は世俗の権威に引き渡され、城壁の外で火刑となったのである。

トルケマダがユダヤ人への不信を掻き立てたとも批判されるが、ともかくユダヤ人と改宗者への民衆の風当たりは日ごとに強くなって行った。一四六七年にトレド、一四七三年にコルドバ、そして一四七四年にはセゴビアで大量虐殺があった。ユダヤ教とキリスト教との双方の宗教の間にあった精神的なそして社会的な隔たりはキリスト教とイスラム教との間にあったそれよりもますますあからさまになっていったのである。イスラム教徒には寛容をもって接していた反面、ユダヤ人改宗者（新キリスト教徒）を激しく憎悪するようになり、それがそのままユダヤ人へも拡大していった。スペイン社会に独自とも言える旧キリスト教徒と新キリスト教徒との確執である。

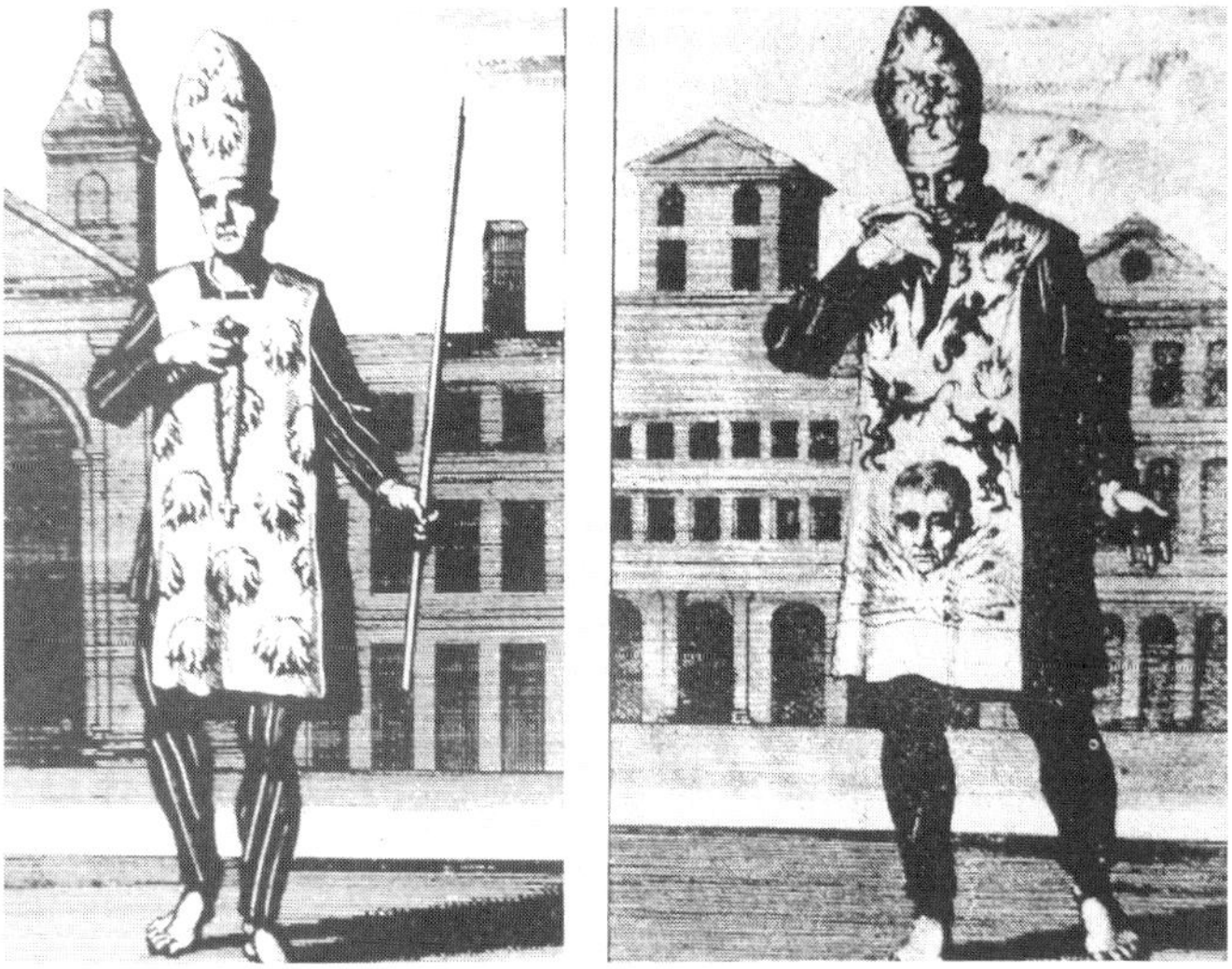

サン・ベニート（悔罪服）着用で釈放

カトリック両王は一四八一年と一四八三年の二度にわたってキリスト教徒とユダヤ教徒との取引を禁止制限する法を改定した。しかしさらなる混乱を避けたい民衆の要望を受けてアンダルシアからは一四八三年、そしてアラゴンからは一四八六年にユダヤ人追放の法令を発布し、それが全体に広がっていった。ユダヤ教徒がスペイン全土から一斉に追放されたと思いがちだが、一四九二年のユダヤ人はこのような状況だった。カトリック両王の心に影響を与えたのは民衆、個人そして宗教界全体、とりわけ司教と異端審問所の確執だったが、王室の追放令の作成にはトルケマダが貢献していた。カトリック両王イサベルとフェルナンドは外科医が患者の身体を切開して腫瘍を取り出すのと同じ冷静さでもって、心をひとつにして裁定を了承したのだった。その内容はおよそ次のようであった。

（1）ユダヤ教徒による重大な罪ふたつ――高利貸しならびに「異端の悪徳行為」――、これらを撲滅するためにおのずとその根源の排除を正当とみなす。
（2）追放令の対象となる者が王国を出るか洗礼によりキリスト教徒社会に参入するかの選択をするに充分であるとみなして四ヶ月の期間を猶予する。（この時点から旧キリスト教徒と新キリスト教徒の二派対立の芽が生じる。）
（3）該当者には王国の法の定めの権限内において資産、動産、不動産の自由な処分を認める。

これには例外が設けられ、ユダヤ教徒が財産を売却処分した後でも洗礼を受けるか、ないしは追放脱出の後に半島へ戻ってキリスト教徒になった場合、財産ないしは売価を戻して元の状況へ復帰できたのである。ともかく国家の命令としてユダヤ教徒は出国しなければならない。ユダヤ教徒でないユダヤ人つまり改宗キリスト教徒（新キリスト教徒）だけがスペインに残ることができたのである。ユダヤ教徒追放令はグラナダにおいて一四九二年三月三十一日にドン・フェルナンドとイサベルによって承認され、カトリック両王の領土カスティーリャとアラゴンに厳然と発布されたのである。

発布は都市部、町、村に段階的に施行されたとの見解が多数を占めてきたが、しかしそれでは決定的な実効にかける。事前に情報を入手すれば、財産売買、外国銀行の為替、財産の隠匿、国境での密輸などが横行するのは目に見えており、金満家や富裕層がこっそりと財産を運び出さないように不意打ちをかけるべく、密かに文案が練られた。そのため三月三十一日から四月二十九日の間に法務局で写しが作成され、極秘の内に各都市と市町村の法務官、市長、司法官などに発送されて所定日に開封して読み上げるようにとの指令が出されていた。

アラゴンのピレネー山脈の町ハカでどのように行われたかの顛末を記した記録がある。それによるとまず追放委員会が権威者を招集して絶対秘密の厳守を誓わせた。ついで三月三十一日の法令が読み上げられ、四月二十九日、白衣の祝日（復活祭の第一日曜日）に昼の正午から一時の間に通常の場所で権力機関立会のもとに発布するようにとのことである。次になすべきはユダヤ人街の封鎖であった。法令が発布されるやいなやほとんど時を同じくしてユダヤ人街の入り口ならびにユダヤ人の家のすべてに王室の紋章が掲げられた。その後、動産、不動産を含めてユダヤ人の全財産が精査目録作成され、押収のうえ保管され、ユダヤ人には目録作成が終わるまで財産の売買、移動、隠匿が禁止された。このような追放作業のすべてを極秘に行わねばならず、加えて地方の官庁、とくに行政官、市長、家臣たちに夥しい数にのぼる王室書簡を発送しなければならないのでその煩雑さは想像に難くないが、とは言え不統一による破綻は君主にとって許し難かったのである。具体的に追放令の文面はどのようなものであったのか。やや長文にわたるが次の例はカスティーリャの城壁都市アビラの役所へ発送された勅令である。

カスティーリャからの「ユダヤ人追放令」

「ドン・フェルナンドとドニャ・イサベル――いとも親愛なる息子と皇子達、高位聖職者、公爵、侯爵、伯爵、騎士団長、修道院長、富裕者、領主、我が王国ならびに領土の城代と城砦長官、聴聞官、司法官、市長、司直、代官、従士、高貴にして忠誠あふれるアビラならびに他の町と村の官吏と善き人びと、司教座、ならびにその他の大司教と司教、我が王国とその領土の司教区、上記アビラ、上記司教の町、村のユダヤ人地区、年齢、男女を問わずそこに居住するユダヤ人並びに高貴のユダヤ人、その他のいかなる法的身分の人びとにせよ、またいかなる身分であれこの書簡に述べる事項に何らかの関わりを持つ人びと、そのすべてに恩恵と平安があるように。

ドン・フェルナンド王

承知でもあろうが、そして承知しておいてもらいたいのだが、我が王国にユダヤ教を奉じ聖なるカトリックを害する悪しきキリスト教徒（改宗者）があり、その原因はユダヤ人とキリスト教徒との交渉にあるとの報を受け、先年、一四八〇年にトレドにて開催した議会において、我が王国のすべての都市、町、村に居住する上記ユダヤ教徒を隔離する命令を発した。この隔離によって改善を期待し、また一方ではわが王国とその領土の異端審問所がいかになすべきかの指令を発布した。承知の通り異端審問所は十二年の以前から稼働し、多数の罪人を摘発してきたのはつとに知られており、また異端審問所役人やその他の宗教者、聖職者そして俗人からの情報も得てきている。

ユダヤ人との接触、対話、交渉から生じる多大なる害悪は歴然としている。ユダヤ人は常にあらゆる手段方法を用いて聖なるカトリックの信仰を覆し忠実なるキリスト教徒を取り込もうと図っている。自分たちの律法の儀式と遵法を説いてキリスト教徒を邪悪な信仰へと誘い込むのである。信じかつ遵守すべき律法を集会を開いては教え、キリスト教徒とその息子達に割礼を施すよう説き、祈祷の書を与え、食を断つべき断食を教え、キリスト教徒を集めて律法を読みその歴史を教える。来るべき過ぎ越し祭の注意を促し、そのときに守るべき事柄ならびになすべき所業を教え、家から通常のパンと獣の肉を遠ざけ、食べ物の他にも律法に従ってさまざまな事柄について遠ざけねばならぬ所業を教え、すみやかにモーゼの律法を遵守するように勧め、真実の律法はこれをおいて他にないと理解させようとする。これらのことは彼らに取り込まれた多数の者たちの証言と告白から明らかであり、我が聖なるカトリックの信仰に多大の害悪を流して来たのである。

これらの大部分について先頃より多数の諫言を得ているし、これらの害悪と不都合への有効な手段はユダヤ教徒とキリスト教徒との接触をきっぱりと遮断することであり、我が王国からすべてを追放すべきであると承知であったが、他の地域よりも被害の大きいアンダルシアのすべての都市、町、村からの退去を命じるだけに止めて来た。我が王国の他の都市、町、村のユダヤ教徒が上記の害悪をもたらすのを防ぐのにそれで充分だと考えたからだ。ただし、我が聖なるカトリック信仰に対して上記の重大なる罪や犯罪を犯したユダヤ教徒に下された裁きだけでは、キリスト教徒への深刻な侮辱を十全に排除するには不十分であるとの進言を受けている。日ごとに上記ユダヤ教徒は害悪の度を増し、居住しかつ言葉をかわす土地で悪害を広めている事実を鑑み、人間性の弱さに絶え間なく闘いを挑んでくる悪魔の誘惑ゆえにつまずき倒れた者たちが聖なる母である教会へ帰依すべく神の恩寵の守護を願うとき、聖なる信仰へのさらなる害悪をもたらす事態があってはならぬと考える。しかるにこの腫瘍原因を取り除かぬかぎり陥穽にはまるであろう。
然《しか》り而《しこう》してなすべきはユダヤ教徒を我が王国から追放することである。もしいずれかの学院や大学においてかかる憎むべき罪が行われるとき、そのような学院や大学は解散させ滅ぼすのが道理であり、小さな処罰を大きな処罰に置き換え、ある処罰を別の処罰で置き換えるべきである。都市や町の善良にして清純な暮らしを乱し、感染をもってひとを害するユダヤ教徒は国から追放されるべきであり、他にも国家への害毒が軽度であればあるほどそれだけ重度の罪へと繋がり、この上なく危険で感染しやすいのである。それゆえ、我が国の高位聖職者、高官と貴族ならびに学識者と知恵者たちがこの点に留意して慎重に審議を重ね、その結論に得た諫言と進言を入れて我が国のユダヤ教徒を出国させること、ならびになんぴとたりとも二度と戻ってはならぬことに同意する次第である。

これに関してこの書簡を発送し、我が王国ならびに領土に居住するユダヤ教徒は、この国に生まれた者、また何らかの理由か原因でこの国へやってきた他国生まれのユダヤ教徒を問わず、年齢の如何にかかわらず本年の来るべき七月末日までに王国と領土からの退去を命じ、ユダヤ教徒の息子、娘、召使いと家族は年齢の如何に関わらず高官から庶民に至るまで我が王国ならびに王国のいかなる土地へも帰還することを禁じるものである。居住ならびに通過時の滞在その他のいかなる行為にせよ、それがなされた場合は死罪に処する。

我が王国の滞在が発覚した時、ないしはいかなる手段にせよ王国へ足を踏み入れる時は、死罪ならびに財産は国庫へ没収とする。これらの処罰は告訴、裁判の手続きを経ずにただちに実行されるものとする。我が王国のいかなる身分の人物であれ、高位の者であっても上記期日を過ぎてより永劫、その土地、家屋、その他のいかなる場所であれ、ユダヤ教徒を公然とあるいは隠密裡に受け入れたり庇ったりすることがあってはならない。その場合は全財産、家臣、城塞その他の資産は没収とする。加えて、王室ならびに国庫からのいかなる恩恵をも失う。

上記ユダヤ教徒が七月末日までの期間、自己ならびにその財産、資産をよりよく処分できるよう、本状をもって王室の保護と庇護のもとにおかれる。そして本人の身柄とその財産にたいし上記七月末日までの期間、安全に行動でき、すべての動産を売却して現金に換えることができるよう、また心の準備が調えられるよう保証する。また上記の期間中、身柄や財産に正義に反する不当な悪意がなされてはならない。王室の保証する安全を反古にするかかる行為は死罪の対象となる。同様にユダヤ教徒は我が王国ならびに領土から財産と資産を禁制品以外ならびに交換為替にかぎって陸地ならびに海路を運び出す自由を保証するが、金、銀、鋳造貨幣その他、商品は別として我が国の法令により持ち出しを禁止されている物品の携行は認めない。また上記アビラあるいは我が王国と領土のその他の都市と町と村のすべての法務官、司法官、行政官、騎士、従士、官吏ならびにわが家臣、臣民にこの法令の意図とその内容のすべてを遵守し遂行し実施することを命じる。そしてそのために必要なすべての恩恵と援助を行うべし。

違反するものは庇護を失い全財産を没収し王室ならびに国庫にかかわる職務を解任される。この情報がすべてに行き渡り、知らぬ者のなきようこの法令が上記の都市と主要なる都市と町ならびに司教区の広場やひと寄り場所にて触れ役人と公布文書をもって知らしめることを命じ、それ以外の手段を禁じる。逆《さか》しまをなす者は庇護と職務を失い全財産を没収されるであろう。我が命令がどのように施行されているかを把握するためこの書簡内容を公示する者には引き続く二週間のうちに署名入りの証明書を宮廷へ持参するよう厳罰をもって命じる。この任務に就くいかなる書記官にも同様である。

グラナダにて我らが主の生誕から一四九二年三月三十一日。余、国王、女王。私儀、国王と女王陛下の秘書官ファン・コローマが命により記す。」

（一四九二年三月三十一日、グラナダ）*El decreto de 1492 expulsando a los judíos de Castilla*, Boletín de la Real Academia de la Historia, 1598

ユダヤ教徒にとっていかに厳しい命令であるかが分かる。モンタルボはカトリック両王の英断に賛歌を送り、身辺からユダヤ人が次々と姿を消していく現実に快哉を叫んだであろう。追放令にコローマの署名があるのは特別な意味をもつのではない。彼はボルジアの貧しい家庭の生まれであって、アラゴンのファン二世の信頼と息子ドン・フェルナンドの寵《ちょう》を得て頭角を伸ばし、後に王となったカトリック王フェルナンドが絶大の信頼を置いていた祐筆である。彼による多数の公文書が残っており、したがってイサベル女王からカスティーリャ語での法令作製と署名の権限を与えられても不思議はないと言えるだろう。同内容の勅令の写しがスペインの各地へ発送されたのだが、違反者には死罪をもって臨むユダヤ人追放への断固とした決意が現れた極めて厳しい文面となっている。

ユダヤ人社会に衝撃が走ったのも無理はない。幾ら身の安全と保護を王国が保証しても、いずれは持ち主のいなくなる動産を大金を出して買い取る者はいない。二束三文に買いたたかれ、持てる物だけを頼りにユダヤ人は出て行かざるを得なかった。スペインに生まれスペインに育ったユダヤ人の祖国はスペインである。

改宗モーロ人の家族

スペインを出て行きたくはない。でも例外を許さない法令に従わざるを得なかった。

今ひとつの問題はイスラムからカトリックへ改宗したモリスコの存在である。ユダヤ人に比べてイスラム教徒への対応はもともと穏やかであったのだが、ユダヤ人追放から少し遅れて一五〇〇年代初頭には、イスラム教徒もカトリックに改宗するかさもなくばスペインを離れるかの選択を迫られた。イスラム教に固執して改宗を拒んだ者は死刑、追放、監禁などの厳罰に直面したのであるが、コンベルソと同じく多くのモリスコが隠れイスラム教徒として旧来の信仰を続けた。この存在に不安に感じたスペイン王家は新しくグラナダを始めとするスペイン領土からイスラム教徒を排除する政策を強化し、一六一〇年にスペイン王家はついに残っていたイスラム教徒住民を追放したのである。こうして一六〇九年にはモリスコに好意的であったバレンシア地方からモリスコが追放され、一六一四年にはカスティーリャからも強制的に追放されることになるのである。

この時代は『ドン・キホーテ』すなわちセルバンテスと深くかかわりのある時期でもある。『ドン・キホーテ』（一六一五）の後編第五十四章には追放先のドイツから巡礼姿に身を変えて密かに帰国している友人リコーテとサンチョが邂逅するエピソードが描かれている。埋め隠しておいた財貨を掘り出しに戻ってきた事実や娘リコータの波瀾万丈の逸話などへの興味はおくとして、追放の憂き目にあったリコーテに言わせればモリスコのみんなが罪人ではなく、志操堅固な心底からのキリスト教徒もいるのであって、その悲哀はおよばずながらモーロ人であるよりもまずキリスト教徒であり……スペインに生まれ、スペインが祖国なんだ。……スペインへ寄せる思いがそれほど深いのだ、と言う嘆きに尽きる。しかし、続けて「家の中に敵を住まわせて懐に蛇を飼うのは賢明ではあるまい」と言う言葉や、さらには『模範小説』の「犬の対話」の中でもモリスコの悪徳を書き連ね、スペインがその懐にモーロ人という毒蛇を飼っていると同種の指摘をしていることを考えれば、セルバンテスはモリスコ追放の正当性を是認していると見ていいのだろう。

アベリャネーダの贋作『ドン・キホーテ』（一六一四）ではメロン畑の番人がモーロ人であったり、主要人物であるアルバロ・タルフェが追放されているはずのモーロ人貴族であったりするのは創作年代が追放令よりひとあし早かった結果であろう。モリスコが最も多かったバレンシアで十一万人、アベリャネーダの『ドン・キホーテ』の中心舞台であるアラゴンでは六万人、全国で二十七万以上が追放の対象となり、行き場を失ったモリスコが翌年にはこっそりとスペインへ戻っていたと言われるが人口統計には表れてこない。

記録によれば五万人が強制的に洗礼を受け二万人が追放中に死亡した。そしてモリスコが追放された間隙に入り込んできたのがフランスからの職人の移入であった。職が得やすかったし給料もよかったのである。スペインの総人口が推定八百万強の時代である。アルジェでモーロの捕虜となって苦境を生き抜き、四度の脱走計画では味方に引き入れたモーロ人から手ひどく裏切られて何度も煮え湯を飲まされて死線を彷徨ってきたセルバンテスであってみれば、骨髄に徹する怨恨を捨ててモーロ人に同情せよと言う方が無理かも知れない。

異端審問所が狩り出すのはもちろん異端ばかりに限らない、神を冒涜する者、重婚を犯した者、そして教会への誹謗中傷なども立派に審問の対象となったのはすでに述べた。したがっていつどこで誰から密告されるか分からないとなれば、善良な旧キリスト教徒と言えども決して安穏だとは言い切れなってくる。庶民の間に蔓延する異端審問所への尋常でない恐怖心を当時の文学が如実に語っている例がある。十七世紀の作家

作家ケベード

ケベード（一五八〇―一六四五）のピカレスク小説『ブスコンの生涯』である。
　ピカレスク小説が何であるかの講釈は置くとして、物語はドン・ディエゴがアルカラ大学へ勉学におもむき、若いパブロスがその召使いとして随行する展開となる。旅装を解いて落ち着いた下宿の亭主が、うわべだけの信仰で世間を欺く改宗モーロ人の設定である。このモリスコの他にも近頃は、鼻は大きいが豚肉の匂いを嗅げない人種がごろごろしているとパブロスは言う。ユダヤ人にあてつけた意味深長な言葉である。この下宿の家政婦シプリアーナは、大玉の数珠を片時も首から離さず、いかにも敬虔なカトリック信者を装っているが、やることと成すことユダも裸足で逃げるほどの悪辣さ。しかも似たもの同士のパブロスと結託して主人の財布から蛭《ひる》のようにお金を吸い出しては私腹を肥やしていた。ところがある時、格好の相棒であるこの家政婦をパブロスがペテンにかけるのである。
　家政婦は裏庭で雌鶏を飼っていた。若鶏が十三羽ばかり餌をついばんでいる。育ち盛り、食い盛りのパブロスにはたまらない魅力である。これを見逃す手はない。ある日、家政婦が「ピオ、ピオ」と呼びながら若鶏に餌をやっているのを聞き咎めたパブロスが、血相を変えて家政婦を物陰に呼ぶ。怪訝な顔の家政婦にパブロスは、沈痛な面持ちでこう告げた。「これは是が非でも異端審問所へ報せなきゃならない。」途方もない不敬罪を犯したかどで異端審問所へ訴えるのだ聞いて、たちまち水銀のようにぶるぶるふるえ始めた家政婦に、パブロスはしてやったりとばかりに止めを刺す。
「さっき鶏をピオ、ピオと呼んだだろ。ピオは教皇様の名前だよ。」

神の代理を務める教皇様をピオ、ピオと二度も呼び捨てにするという不謹慎極まる無礼を働いたではないか。これはどうしても聞き捨てには出来ないから、異端審問所へ訴えるのだと、無知な家政婦を不敬罪を盾にじわじわと脅しにかかるのである。

「悪気はなかったのよ。異端審問所へ連れて行かれたら死んでしまう、どうしたらいいだろう。」
「神聖な名前のその鶏を異端審問所へ届けて火に焼いてもらおう。」

それで罪が消えるならと喜んで鶏を差し出す。若鶏の火刑である。もちろん異端審問所へ届けるどころか、仲間と一緒に羽根をむしると文字通り火にあぶって平らげてしまう。久しぶりにたっぷりと脂身の補給をしてなんとも幸せな一日であった。しかも家政婦は自分がパブロスの悪戯にだまされたとは気づかず、わざわざお礼として新たに若鶏をパブロスにくれてやる念の入れようであった。

主人公の悪党ぶりを語るピカレスク小説に含まれたひとつのエピソードとして傑作であるが、当時の庶民がどれほど異端審問所を恐れていたかを承知しておかないと、この他愛のない悪戯の滑稽味が分からない。またそれと裏腹になっている異端審問所の峻厳な裁きや、容赦のない追求に対する暗黙の批判も見えてこないのである。ただし、もとより鶏をピオ、ピオと呼んだぐらいで逮捕されることはない。秘密裏に調査を行うに際して異端審問所は、信頼の置ける証人をふたり求めた。告発は密かにそして署名がなされるのであって匿名の告発は受け付けない。虚偽の告発は厳罰に処せられる。実際、報復のために根拠のない罪を言い立てて改宗ユダヤ人を告訴したユダヤ人をトルケマダは死刑にしている。

証人ふたりから告訴された人物は当人の知らない間に審議の対象となる。その人物の過去、評判、先祖、職業、社会性等を調査のうえ「明白、確実、特異」な兆候が発見されれば（この三つの要素が必要であったが）

訴訟が開始されるのである。当人はこのとき裁きの場に引き出されるか、逃亡の恐れ有りと判断されれば身柄を拘束される。そして裁判を維持するには、五人の証言者を得て異端の疑いありとするに充分な証拠がなければならなかった。次に医者ふたりによって被告の精神的健康状態が診断され、続く三日の間に被告は逮捕を告げられる。裁判官の前に出頭して真実を告げることを誓い、悔い改めて教会と和解することを勧められるが、これを拒否すれば十日のちに再度審問が行われる。三度までこれが繰り返され、なおも拒否する場合には審問が開始されるのである。

トルケマダの審問は「慎重でかつ慈愛に満ちていた」と言われる。真実のみを求めたのである。審問が終わると検察官が異端審問官に証拠を提出し、法に従った裁きが要求される。被告には始めから終わりまで読み聞かされ、弁護人を要求できる。被告が貧しくて弁護料が払えない場合は裁判所がその費用を払った。少なくともこのような手順が厳格に定められていたのであって、巷の不審者を闇雲に引き立てていくような無法は行われていなかったのである。

悪評高い拷問は残念ながら実行された。ただし前もって検察官と顧問官たちの公示、司教の承認、最高裁の認可がなければ行えない。これらの認可を得て拷問が行われる場合、医者が被告の健康状態を診察して拷問の場に立ち会う必要があった。医者が中止を求めればそれを停止しなければならなかった。無実のものまでが拷問によって告白してしまうような不正が起きてはならないと考えられたのである。先ほどのパブロの脅しがいかに根拠のないデタラメであるかは判然としているが、巷ではひとたび異端審問所の門をくぐって無事に戻った者はいないともっぱらの噂であった。少なくとも焦げ目がついて出てくると恐れられたのであってみれば家政婦が震え上がったのも無理はない。

第二章　もうひとつの『ドン・キホーテ』

アベリャネーダの『ドン・キホーテ』

『ドン・キホーテ』の後編は二種類ある。ひとつはセルバンテスの筆による『ドン・キホーテ』、いまひとつはアロンソ・フェルナンデス・デ・アベリャネーダ（Alonso Fernández de Avellaneda）の書いた『ドン・キホーテ』。ふたつの表題には若干の違いがある。セルバンテス作の後編書名は『才知あふれる騎士ドン・キホーテ・デ・ラ・マンチャ』（El ingenioso cavallero Don Quijote de la Mancha）である。ただし前編はEl ingenioso cavallero（caballero）ではなくhidalgo（郷士）となっている。たしかにこの時点ではドン・キホーテはまだ騎士の叙任を受けていなかったので騎士を名乗ることは出来ない。セルバンテスはそのあたりの事情を忠実に表題に反映させているのである。そして前編第三章で曲がりなりにも立派に騎士の叙任を受けたので後編の表紙には晴れて（cavallero）と変更されて印刷されている。

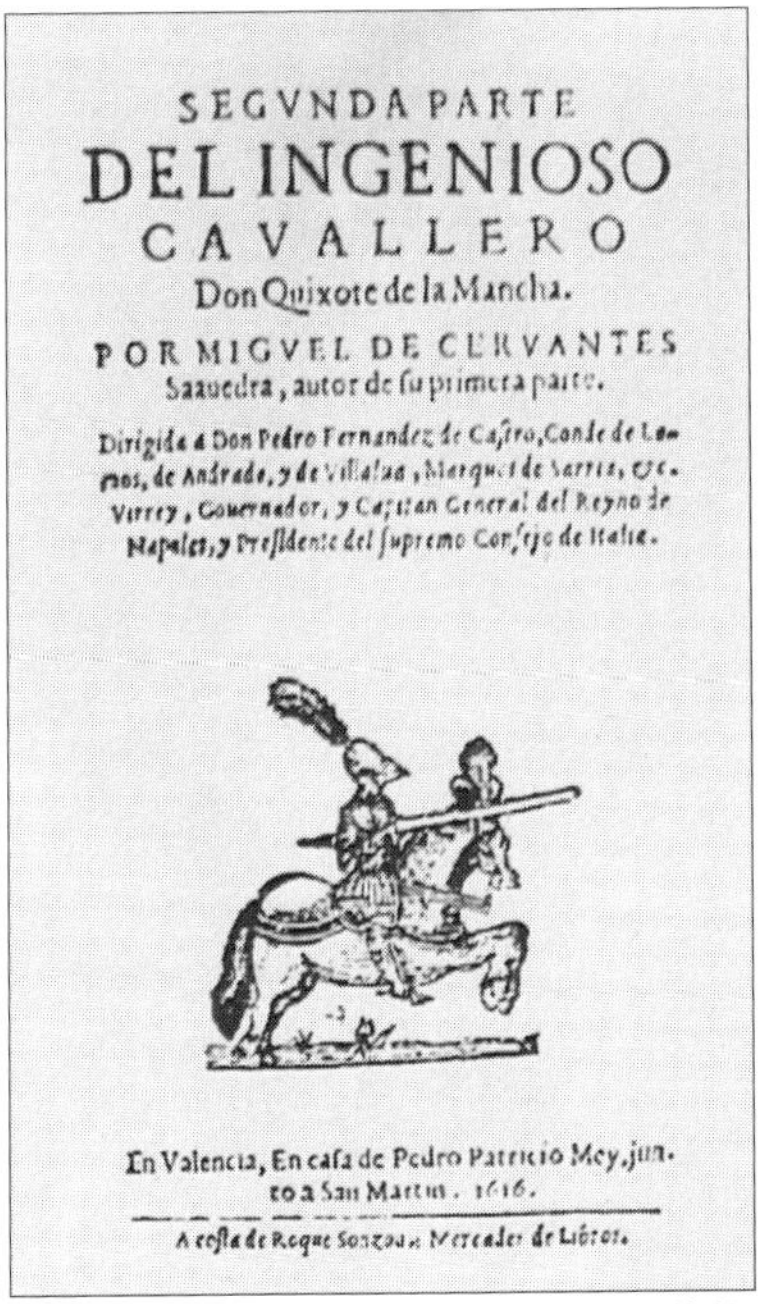
SEGVNDA PARTE
DEL INGENIOSO
CAVALLERO
Don Quixote de la Mancha.
POR MIGVEL DE CERVANTES
Saauedra, autor de su primera parte.
Dirigida a Don Pedro Fernandez de Castro, Conde de Lemos, de Andrade, y de Villalua, Marques de Sarria, &c. Virrey, Gouernador, y Capitan General del Reyno de Napoles, y Presidente del supremo Consejo de Italia.
En Valencia, En casa de Pedro Patricio Mey, junto a San Martin. 1616.
A costa de Roque Sonzonio Mercader de Libros.
セルバンテスの『トン・キホーテ』後編の表紙

ところがそこまでは知るよしもないアベリャネーダは、前編を踏襲して後編でもEl ingenioso hidalgoのままにして変更を加えていない。何から何まで綿密に偽装工作をほどこしてきたアベリャネーダもそこまでは気が回らなかった。たったひとつ抜かった点である。

El ingeniosoの語を「奇想驚くべき」と訳すか「奇想天外の」とするか、あるいは「機知に富んだ」かそれとも「才智あふれる」なのかさまざまに分かれるのは、重複するのを厭う訳者がそれぞれに知恵を絞った結果であって原文はingeniosoの一語である。セルバンテスの『ドン・キホーテ』前編は一六〇五年に出ており、アベリャネーダには『ドン・キホーテ』の前編はなく、後編だけを一六一四年に出版した。明らかにセルバンテスの前編を踏襲した作であり、セルバンテスの後編は一六一五年であるからその一年前の目と鼻の先にわざと贋作をぶつけてきた意図がうかがえる。

便宜上、ここでは贋作と言うが、当時は文学上の所有権はなく贋作の概念はなかった。書かれたものは万民のものであって誰でも他人の作品を利用することができた。たとえシェイクスピアが「原ハムレット」を改変したとて誰も抗議する者はないのである。同じようにセルバンテスはアベリャネーダの書いた『ドン・キホーテ』後編を不当だとして誰に抗議することもできない。「ある物語が複数の作者を有することは別段目新しいことではない」とアベリャネーダも悪びれもせず序文に述べている通り罪にもならないのである。

これに近いところの例ではファン・マルティがマテオ・アレマンの『グスマン・デ・アルファラチェ』（一五九九）の贋作を書いている。そのときの偽名がマテオ・ルハン・デ・サアベドラであった。セルバンテスと同じサアベドラの家名に何らかの暗示があるのかどうか推し量る術はないが、とは言えドン・キホーテやサンチョはセルバンテスの創作であることを思えば、グスマン・デ・アルファラチェにしても然り、アベリャネーダの主張には少し無理がありはしないかだろうか。

ともかく前編『ドン・キホーテ』の大当たりに気を良くしたセルバンテスが、前編の構成のばらつきの反省の上に立ってこの度はしっかりと構想を練って後編の執筆を進め、ちょうど第五十九章あたりで偽物の存在を知った体を取っているがその真偽は不明である。もっと先から知っていたのではないかと言われているし、その証拠も幾つか挙げられている。

いま一歩のところで贋作が本物よりも先に世に出たのだからセルバンテスの驚きと怒りはいかばかりか。先述の表紙にしても、明らかにセルバンテスの図柄を引用しているのが分かる。セルバンテス作の前編と後編を重ね合わせるとぴったりと重なるところを見ると同じ版木を使っているのだろう。ただし前編の地面に意味不明のV字のへこみが見られるが、後編ではこれが平らに修正されている。ところがアベリャネーダの『ドン・キホーテ』はセルバンテスの前編をそのまま踏襲してV字が残っている。これもやはりアベリャネーダの手抜かりかも知れない。そして洒落たつもりなのかドン・キホーテが構えた槍の穂先が鵞ペンのように尖らせてあるのが分かる。見た目には分かりにくいが、これらの二葉を重ね合わせてみるとアベリャネーダのドン・キホーテの方がやや大柄でロシナンテも頑丈に出来ていて双方に微妙なずれが発見できる。これは絵図を重ねて写したのではなく前編をもとにして版木を彫り直したのが分かるが、そのあたりの詳細については『贋作ドン・キホーテ』（中公新書）に詳しく述べているので重複は避けねばならない。ただ贋作者アロンソ・フェルナンデス・デ・アベリャネーダの若干の素性調査をしておきたい。

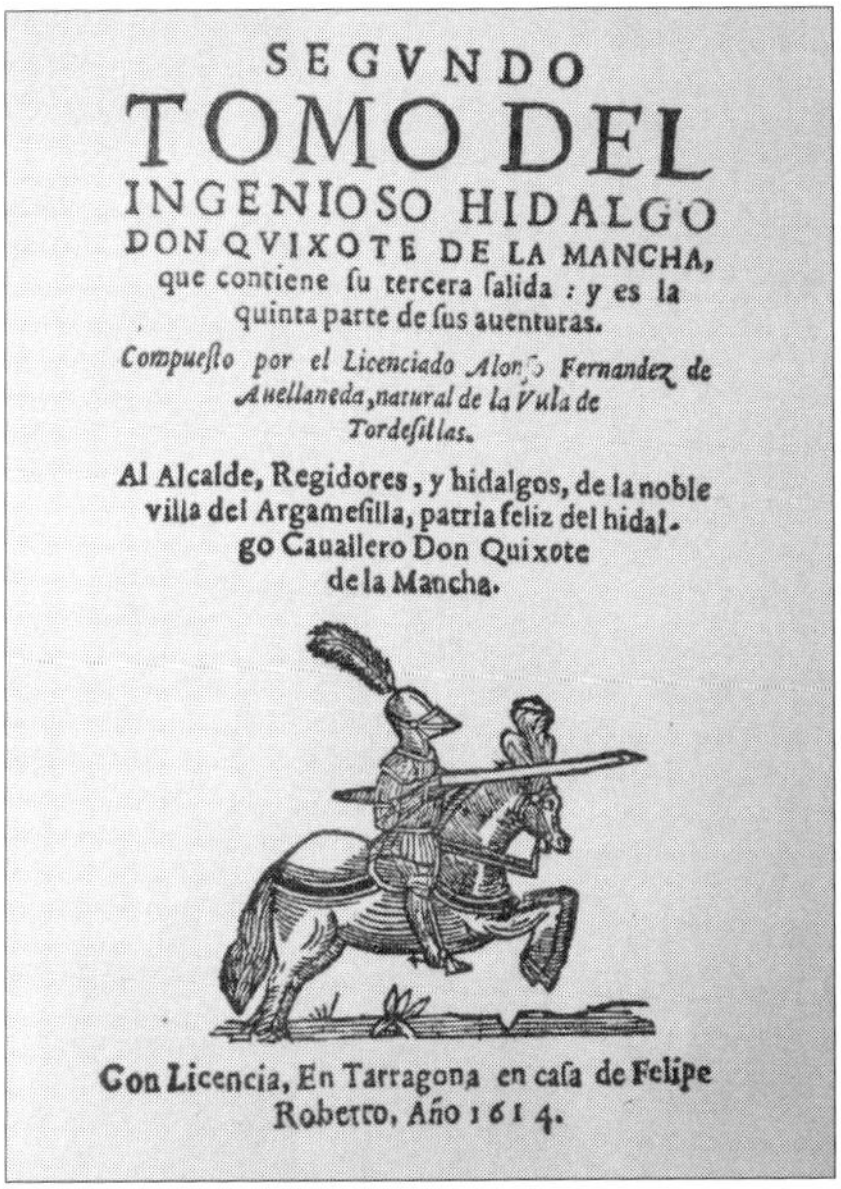
SEGVNDO
TOMO DEL
INGENIOSO HIDALGO
DON QVIXOTE DE LA MANCHA,
que contiene su tercera salida: y es la
quinta parte de sus auenturas.
Compuesto por el Licenciado Alonso Fernandez de
Auellaneda, natural de la Villa de
Tordesillas.
Al Alcalde, Regidores, y hidalgos, de la noble
villa del Argamesilla, patria feliz del hidal-
go Cauallero Don Quixote
de la Mancha.
Con Licencia, En Tarragona en casa de Felipe
Robetto, Año 1614.

アベリャネーダの『トン・キホーテ』の表紙

アベリャネーダはなぜ贋作を書いたのか

アベリャネーダ作『ドン・キホーテ』への非難は、セルバンテス自身が後編で最後まで絶え間なく罵詈雑言を浴びせ続けているので豊富にありすぎて検討するには膨大な量を引かなければならない。『ドン・キホーテ』の序言でまずアベリャネーダは、セルバンテスと言う御仁は気力だけは若者なみに盛んだが手先よりも口先ばかりが達者な片手の老兵だと悪口を言ってのける。レパントの海戦で左腕に被弾して自由を失ったのをセルバンテスは名誉の負傷と誇りにしていたのは周知のところであり、明らかにそれへのあてつけである。さらに、かの御仁は老朽化しておりまして、寄る年波にすっかり気むずかしくなり、何事によらず悉《ことごと》くがお気に召さず、しかるがゆえに友人もないのでありますと追い打ちをかける。およそ小説の序文らしからぬ悪意に満ちた中傷である。

続けて、野卑で怠惰な人々の間に流布している無益な騎士道物語の有害な書物を根絶やしにするのを狙いとしている、と述べて贋作を世に出すうしろめたさを隠しているが、これはセルバンテスが前編の序文で『ドン・キホーテ』を書く意図は、徹頭徹尾、愚かしい騎士道の書物に対する攻撃であって、世間の大衆の間に蔓延している騎士道物語の権威と影響力を打ち壊すことを目指すのだと述べている言葉をそのまま踏襲しているのは見やすい事実である。もっとも『ドン・キホーテ』の後も騎士道小説の人気は衰えることがなかったとティルソ・デ・モリーナ（一五七九―一六四八）が『トレドの別荘』で述べているように完全に打ち壊すまでにはいかなかった。目論見通りに『ドン・キホーテ』が騎士道物語の息の根を完全に止めたのなら、皮肉なことに『ドン・キホーテ』

戯曲家ティルソ・デ・モリーナ

こそが最後の騎士道物語にして最高の傑作であったと言えようが現実にはそうはならなかった。

次に「異端審問所（宗教裁判所）審査官の期待通りに健全かつ公序良俗に反せず、見事な芝居を無数に創作なし……誠実かつ豊穣にスペイン演劇を盛り立ててきたがゆえに異邦の国々が正統な評価を持って臨み、わが国も大いに恩恵に浴している人物を貶める方法に依ったのであります」と言う。この時代にスペイン演劇を盛り立ててきた人物とは他でもない、スペイン国民演劇の創始者として絶大の人気を誇っていたローペ・デ・ベガ（一五六二―一六三五）のことである。大仰な賛辞もさることながら、セルバンテスは後編でローペが大衆を見張る役目にあったことに触れている。

異端審問所は「お身内衆」と称して民間人を手先に使って民衆の監視に当たらせていた。隠密裡に異端審問所に働くひとびとであればその数を確定するのは難しいが、全国に散らばった「お身内衆」は二十万を越すのではないかと推定されている。ここに「お身内衆」と訳した原文はファミリアルだが、これからも容易に推測のつくようにもともとは同胞の一員、家族を意味する言葉である。それが転じて篤い宗教心から生じる正義感と善意のもとに異端審問所の活動に協力をする人物を指す言葉となった。無償の奉仕である。その職務には、異端の摘発はもとより庶民の反カトリック的言動にも眼を光らせ、不穏な動きや不敬な言動があれば、それを密告におよんで罪人の捕縛に協力する任務も含まれていた。

実際のところ、たとえばピレネーの山奥で捕縛した罪人をバリャドリッドまで連行するには、お身内衆の手を借りなければ動きがとれなかった。また異端裁判の当日に牢獄から行列を組んで会場へ向かう罪人の監視を引き受け、逃亡を阻止するのも大切な役目である。場合によっては、見物人が投げつける石つぶてから罪人を守ってやらなければならない。異端審問所のお手伝い役のファミリアルを「お身内衆」と訳すかあるいは「代理人」とでも訳すべきか躊躇いを感じる。職務を考えれば簡単に「捕吏」と言ってしまうのも少し違う気がする。一応ここでは慣習に従って「お身内衆」としておくが、ともかくひとたび事件が起これば何かと雑用の多い職務である。しかるに無償であるだけにこの役目を務める者にはすべからく大きな特権が与えられていた。特権が与えられると人間はとかく横暴となる。もともとが密偵の類であるところへ加えて横暴となれば、庶民からは極めて評判がよろしくない。ある旅人がお身内衆の横暴をこう記している。

「異端審問所のお身内衆を務める騎士は殺人、謀殺、強姦、あらゆる卑劣な所業をやってのける。捕まりそうになると異端審問所の権威を笠に着るので世俗の司直には手が出せない。他より長い腕を持つ異端審問所が相手ではいかなる法的権力も引き下がらざるを得ないのだ。異端審問所のお身内衆がある人望の篤い人物を殺害した。審問官は死罪を下さねばならないはずだが、同時に外出を許した。悪事を働いたお身内衆には世俗の法の力が及ばないので異端審問所が起訴する。異端審問所に捕らわれて牢へ閉じこめられるが、すぐにそこを抜け出て平然と町を闊歩して囚人にはあるまじき振る舞いである。訴訟は結審にいたるまで長々とかかり、罪の重い場合は十年、時には終身、異端審問所の囚人として留められるのも珍しくない。」

生涯を異端審問所の囚人として留められると言うことは、すなわち形だけ起訴はされていても、実際には以前と変わらず大手を振って自由に暮らしていることを意味する。悪事を働いたお身内衆が、いずれそのうち無罪放免になるのは誰もが承知である。もちろんすべてのお身内衆が悪人と言うわけではないが、異端審問所の権威を笠に虎の威を借りて悪事の仕放題となれば庶民の反感が募るのも無理はない。そのような庶民感情を踏まえたうえでのことであろうか、セルバンテスが『ドン・キホーテ』後編の序言で、当代随一の人気演劇作者ローペ・デ・ベガに向けて慇懃無礼に痛烈な一撃を加えているのである。もともと仲の悪いふたりである。セルバンテスは、すでに六十八歳の晩年にあって、この翌年に没している。一方のローペは五十三歳の働き盛り。実際、ローペ・デ・ベガはこのときすでに僧籍に入っていた。そして異端審問所のお身内衆を務めていたらしい。セルバンテスがそう書いているのだからまず間違いはないと思われる。しかも色恋沙汰の絶えないローペが、聖職者として決して模範的とは言えない人物であったことは、当時知らぬ者のない事実であった。それを思えばこれは痛烈な皮肉であろう。ローペがそれに選ばれていたについてはそれほどに信頼の篤い人物だったという証拠にもなるが、実際、五十二歳のときには司祭に叙任されている。

ローペ・デ・ベガの『近代戯曲作法』によると芝居は楽しく面白ければいい。アリストテレスの『詩学』にのっとって古典主義の言う「時と場所と筋の三一致の法則」などは一部の学者のもてあそぶ観念の遊びであって、お金を払って娯楽を求める大衆には無縁である。大衆には芝居は一時の娯楽であって楽しければいい。それを書く作者も演じる役者もそう考える。ところが古典主義を信奉するセルバンテスには近頃の芝居はことごとくが荒唐無稽、あるいはそのほとんどが足も頭もない途方もないデタラメな怪物と見える。にもかかわらず喜んでそれを観る大衆が、いいところなぞ少しもないのに素晴らしい芝居だと褒めるのはいかにも歯がゆく腹立たしい。なろうことなら明敏で思慮分別のある人物が上演前に戯曲をあますところなく検閲した後、その保証と査証と署名がなければいずれの当局も芝居の上演を許可しないようにすればこんな不都合がなくなるだろう。また自分の書く物が見識ある人物の厳しい検閲を通過しなければならないとなると、芝居を書く詩人たちはもっと注意を払って書くようになるだろうと言う。当時の芝居はすべて詩劇であったので戯曲家はすべて詩人でなければならない。その詩人達が「もっと注意を払って書くようになる」という言葉は生涯に千以上の作品を書き散らしたローペ・デ・ベガへの当てつけに違いない。

もっとも、弟子筋にあたるモンタルバンの言う数であって誇張があると見られるが、少なくとも三百以上は書いている。セルバンテスのような寡作者からみればまさに「書き散らした」感がするだろう。しかしローペにすれば、古典主義の法則にのっとった芝居は、少数の識者のもてあそぶ概念であって一般大衆にとって三一致の法則などは理解の埒外にある。芝居はまずおもしろくなければならない。セルバンテスに言わせれば、

戯曲家ローペ・デ・ベガ

第一幕の若者が第二幕ではメキシコに渡って財をなし、第三幕ではスペインへ戻って若い娘を娶って老後を過ごす。そんな時間と場所の一致を無視した無茶苦茶な展開を頭部と尻尾が一致しない荒唐無稽な怪物だと退けるのだが観客はこれを喜ぶ。しかも少数の学者の苦言よりも多数の観客の評判を得て生活の糧を稼ぐほうが役者の台所もうるおう。具体的な名前こそ出していないが第四十八章の演劇論争は、まさにローペ・デ・ベガへのあてつけであることは誰にでも分かる書き方をしているのである。

もともと戯曲家になりたかったセルバンテスは、生涯に千以上の戯曲に加えて小説や詩を書き他人の恋文の代筆もしたと言われるローペの人気に圧倒されて手も足もでなかった。幾ら書いても出版社は見向きもせず、もとより上演もされない。古典主義の法則を遵守していくら徹夜を重ねて書き上げたところで評価はされない。骨折り損のくたびれもうけとなるだけである。ローペ・デ・ベガの人気にはとても太刀打ちできないと悟ったセルバンテスは、自分の戯曲集を『上演されたことのない戯曲八編』と自嘲するに至って、ついにローペ・デ・ベガを「自然の怪物」と敬遠して兜を脱いで傷心の筆を折った。その代わりに第一部で書き終えるつもりだった短編『ドン・キホーテ』が思いの他の人気を得たのだから皮肉である。

『ドン・キホーテ』を読んだローペ・デ・ベガは、こんなものをもてはやすのは愚の骨頂であるといち早くこき下ろして嫌悪をむき出しにした。犬猿の仲だとの世評はともかくとして、セルバンテスにしてみれば演劇論の違いで贋作をぶつけられるほどにローペ・デ・ベガから恨まれる筋合いはないのであって、ローペにしてもそれぐらいのことで自ら愚作とこきおろす『ドン・キホーテ』の続編を書く労力を費やすとも考えにくい。ましてやその愛好者や友人ないしは得体の知れない狂信者から目の仇にされるのははなはだ迷惑である。

ともかく演劇論争のこの章は、そんな売れない作品を抱えて不遇をかこっているセルバンテスの悔しさがにじみ出ている部分である。そして自身の作品である『ラ・ヌマンシア』をここにそっと忍ばせて、これは法則にのっとった立派な古典主義作品であってローペのような決して荒唐無稽な芝居ではないと言わせている。せめてもの憂さ晴らしであろうが幾らセルバンテスが自分の芝居を自画自賛してみても時代は受け付けなかった。事実、『ラ・ヌマンシア』などはいかにも中世をひきずった古風な発想で新しいところがなく内容も退屈である。

当時の戯曲はすべて韻文で綴られているので芝居は聴くと言う。作者は詩人でなければならないのだが、『ラ・ヌマンシア』の韻律はいかにも単調で変化に乏しく、繰り返しが目立ってお世辞にも斬新とは言えない。ローペ・デ・ベガや「知性の怪物」と言われたカルデロン・デ・ラ・バルカ（一六〇〇―一六八一）の華麗で響きのいい韻律を聴くだけの耳を持っている民衆がセルバンテスの『アルジェの物語』や『アルジェの浴場』などの芝居を見るとき、アルジェに捕虜になっていた実体験の生々しさは心を打つが、芝居としては決して舞台に乗せられるほどの風格を備えているとは思えないのである。

古典主義演劇はスペインでは勢力を持たなかったけれど、フランスではコルネイユやラシーヌのように世界的に名を知られた劇作家もいるのであってなにも古典主義すべてがダメと言うのではない。ローペやカルデロンの見事な韻律に耳の肥えた観衆にはセルバンテスの詩文はいかにも耳障りに響く。セルバンテスが優れた詩人であったとは言えない。『ドン・キホーテ』が名文かどうかにも意見が分かれるであろう。駄作も含めてセルバンテスである。劇作家として成功しなかったのは演劇理論の相違のように主張するがあながちそうとばかりは言えず、作者の資質による表現や韻の踏み方にも問題があったと言えそうである。セルバンテスの詩人としての資質も問われるべきではないのか。

アベリャネーダはおそらくは第四十八章のこの部分をローペ・デ・ベガへの批判と取ってセルバンテスへの反感を募らせて反発しているのだと思われる。アベリャネーダがなぜそれほどにローペ・デ・ベガに肩入れするのかは判然としないが、熱狂的な信奉者であったのではないかとは言われるゆえんである。セルバンテスにしてみれば言いがかりに近い非難だが、ただ分からないのは「小生に侮辱を加えた」の一語である。どのような侮辱を加えたのかアベリャネーダは明らかにしていないので研究者を悩ませ続けている。

アベリャネーダは何者か？

今、アベリャネーダを便宜上、セルバンテスの敵と呼ぶなら、この敵はセルバンテスから侮辱を受け、あるいは受けたと信じ込んでいる人物で、ローペ・デ・ベガの愛好家あるいはきわめて近い位置にいるのがはっきりしている。しかしアベリャネーダの『ドン・キホーテ』でローペ・デ・ベガに言及したり彼を彷彿とさせる記述は一般的によく知られているものばかりで、当代随一の人気作家の材料であるから誰でも手にすることができた。どの作家でも手近に閲覧できる作品をアベリャネーダも取り上げているからといって、すなわちローペ・デ・ベガの友人ないしは仲間であったと断定するのは早計に過ぎるであろう。ましてやローペ・デ・ベガ本人だと断定するのは論外である。贋作の表紙にはトルデシーリャス生まれの学士、タラゴナで認可を受け一六一四年にフェリペ・ロベルトにより出版されたと堂々と印刷されてある。そして本文の冒頭には偽物とは言え印刷許可証まで添えられてある。

それによると一六一四年四月十八日、タラゴナ大司教ならびに王室審議会員ドン・ファン・デ・モンカダ猊下《げいか》のもとにタラゴナ大聖堂司教座聖堂参事会員、教区事務長、司教総代理職のフランシスコ・デ・トルメ・

「狂王女ファナ」

イ・デ・リオリ博士の依頼を受けたラファエル・オルトネダ神学博士が査読した結果、教義にもとる不穏当な記述はないと保証している。それを受けて同フランシスコ・デ・トルメ・イ・デ・リオリ博士が同年六月四日にタラゴナで印刷販売の允可《いんか》を与えているのである。

　いかにも仰々しくもっともらしい体裁を整えているが、まずトルデシーリャスにアベリャネーダ家は現存したが、学士アロンソ・フェルナンデス・デ・アベリャネーダなる人物は見つからない。トルデシーリャスと言えば教皇アレクサンデル六世の肝煎りで一四九四年六月七日にスペインとポルトガルの間で新領土の分割方式を取り決めたトルデシーリャス条約でつとに有名である。スペインの歴史ではカルロス一世の母「狂女王ファナ」が四十七年間の幽閉の生涯を過ごした城館の土地として知られている。ドゥエロ河の右岸に樹木とぶどう園に囲まれて立つこの瀟洒で快適な町をアベリャネーダはどんな理由があって故郷と偽ったのか。少なくとも出版地タラゴナのあるアラゴン地方とは何らの関わりも見いだせない。そしてタラゴナ大司教区の総代理云々も架空の人物であって、リオリ博士もオルトネダ神学博士も存在しない。

　タラゴナ大聖堂の古文書をしらみつぶしに詳細に調べた結果、判明したのは一六一四年にリオリという名の司教代理は存在しなかったこと、ならびにアラゴン総督が発行したはずの印刷許可書も見つからなかった。印刷屋ロベルトもアベリャネーダの創造した人物であり印刷所も偽りである。当時としては審査証がないと印刷できないので、トルデシーリャスで書いたふうを装ってカスティーリャの法令の及ばぬ遠く離れたカタルーニャのタラゴナで印刷したように韜晦《とうかい》しなければならなかったのであろう。実在するか否かは誰も気に留めなかったのである。先述の表紙の若干の齟齬も含めて、いかにも念の入った驚くべきペテンの書である。

ところでアロンソ・フェルナンデス・デ・アベリャネーダが偽名であると最初に看破したのはセルバンテス自身である。「まるで大逆罪でも犯したかのように名前を隠し生国を偽って、晴れて天下に姿を現そうとしない」と序文で皮肉っているが誰もこれに注目しなかった。アベリャネーダとははたして何者なのか、その素性を初めて問題にしたのは一七三七年のグレゴリオ・マヤーネスだった。つまりアベリャネーダが偽名であると研究者が指摘したのではなくセルバンテスがそう言っているのであって、そこから偽者探しが始まったのだから注意を要する。アベリャネーダはさほど珍しくもない家名だし実際、トルデシーリャスに実在する。またアロンソ・フェルナンデスなどはどこにでも転がってる普通の名前であって、これを偽名だと断定する客観的証拠は何もないはずである。青森県の鈴木太郎を偽名だと断定するようなもので、セルバンテスにはなぜアロンソ・フェルナンデス・デ・アベリャネーダが偽名だと断言できるのかが腑におちない。なぜ瞬時にしてこれが偽名だと看破できたのか？　それはとりもなおさずセルバンテスがアベリャネーダの素性を知っていたからに他ならない。それでもなおセルバンテスがアベリャネーダの素性を知らなかったとする研究者は多い。

シシフォスの神話のようにアベリャネーダの素性を求めて数々の推論が立てられては転がり落ちていった。セルバンテスの言う「ときどき冠詞を落として文章にアラゴン訛りが見られる」ので、アラゴン人だとする判断だけでは漠然としすぎる。冠詞を落としたぐらいでアラゴン訛りと断定するのは早計に過ぎるのであって、実際、贋作にアラゴン訛りはほとんど認められないと言う研究者もあるぐらいである。しかもセルバンテスの『ドン・キホーテ』がアラブ人シーデ・ハメーテ・ベネンヘリが書いたものをスペイン語へ翻訳したことになっているように、アベリャネーダも作者を某アリソランに想定してそれを翻訳した体裁を取っている。だとすればセルバンテスが言う冠詞や前置詞を欠くアラゴン訛りは翻訳者の責任であると指摘するアルベルト・サンチェスの意見はもっともである。はたしてアベリャネーダは作者なのか翻訳者ないしは編者なのかはっきりしない。また贋作『ドン・キホーテ』の本文に見られる濃密な宗教色はセルバンテスにはない特徴である。ここに手がかりを求め、宗教・神学に詳しい人間でしかもロ一ペ・デ・ベガに近い人物の捜索が盛んに行われた。

その結果、アベリャネーダがアラゴン人でドミニコ会士ないしはそれに近い人物であると最初に主張したのは、一七九七年のファン・アントニオ・ペリセールであった。アベリャネーダの『ドン・キホーテ』序文でまずトマス・アキナスへの言及がみられることや、快復期のドン・キホーテがドミニコ会士ルイス・デ・グラナダの『罪人の導き』を読み、ロザリオを手に教会へ説教を聞きに行くのはセルバンテスのドン・キホーテに比べてやや意表をつく行動である。本文中に挿入された『失意の富者』と『幸せな恋人達』のエピソードなども共に聖母マリアの奇跡を主題にして熱烈な帰依を語る内容であって、ロザリオへの言及は十三回にわたっており、聖母についてはそれを上回る。このように聖母への帰依を説きロザリオの使用を奨励するのはドミニコ会の特徴である。またセルバンテスのサンチョが口にするのはせいぜいが悪魔ぐらいであるが、アベリャネーダになると聖人、聖者、聖書への言及が頻繁になされるのも何かゆえんがありそうである。

アベリャネーダの『ドン・キホーテ』の全体から宗教色、それもドミニコ会士の香りがふんぷんと匂ってくるのは確かで、セルバンテスはアベリャネーダをドミニコ会士とまでは断定していないが、ここから判断するにトルデシーリャス生まれと言うのは韜晦手段だとしても、アラゴンのドミニコ会士かあるいはそれに近い宗教者ではないかと推測されるのである。こうしてアラゴン人のドミニコ会士でそれらしき人物はいないかと虱潰しに探索がなされたものの本人の推定までは至らずめぼしい成果は得られなかった。

メネンデス・ペラーヨはこのような根拠をたわごととして退け、アラゴン詩人アロンソ・ランベルトをアベリャネーダだと指摘するが、これとても二流の詩人が大変な労力を費やしてあてつけがましく贋作『ドン・

キホーテ』を書かなければならない意味が分からない。お互いに何らの繋がりもない上にローペ・デ・ベガとの関わりや、なによりもセルバンテスが侮辱を与えた事実を等閑に付している。ローペとの関わりを重視するあまりアベリャネーダをローペ・デ・ベガ自身だとする荒唐無稽な説から、ローペが直接書かないまでもアイディアを出し、指導協力したとする説も根強く残っている。これなどはどうしてもローペ・デ・ベガを作者に仕立て上げたい愛好者の主張に過ぎず明確な証拠はない。しかもローペの格調ある文章と贋作『ドン・キホーテ』ではあまりに違いすぎるのである。

セルバンテスは偽者を知らなかった、もし知っていたらそれを黙っているはずがないとの意見もあるが、はたしてそうだろうか。侮辱を加えたと言う意味がセルバンテスに通じないのであればアベリャネーダがそんなことを書くはずがない。セルバンテスだけには通じる一語であって、それだからこそ恨みがましく言っているのである。それでなければアベリャネーダの独り相撲となってしまう。『ドン・キホーテ』の最終章でセルバンテスはこう言っている。

「もし幸いにして『ドン・キホーテ・デ・ラ・マンチャの武勲、後編』と銘打って巷に出回っている物語を書いたと言われる作者に出会うことがあれば、あそこに書いてあるような奇想天外な戯言《たわごと》を書かせる機会を図らずも与えてしまったことをくれぐれも詫びていただきたい。これは、あのような荒唐無稽を書かせる動機を与えた心苦しさを抱いたままこの世を後にするからであります。」

贋作を書かせる動機を与えてしまった自分に責任があると言う。これはアベリャネーダを知っていなければ言えない言葉だし、贋作を書かざるを得ないほどの侮辱を加えた心苦しさを幾分かでも分かっているからこそ書ける文章である。こうも言う。

「トルデシーリャス生まれの偽作者がどうあろうと、……もともと奴の肩に収まる荷物でもなければ、涸渇した才能の手に負える仕事でもないのだ。もしその男を知ることがあれば、ドン・キホーテの疲弊した、今や腐敗した骨を墓穴にそっとしておくように言ってくれ。」

アベリャネーダごときの才能では『ドン・キホーテ』は荷に余るのだと皮肉を忘れない。これはどうしてもセルバンテスはアベリャネーダを知っているとしか思えない言葉である。セルバンテスは誰だか知っていたが知らないふりをしていたと言うのが本当のところであろう。いや、知らないふりをしているとも言えない。『ドン・キホーテ』の随所で明らかに知っていると暗示している。

しかし『ドン・キホーテ』はそれを明言する場所ではないし、いずれどこかで知らしめるつもりが機会のないまま、翌年にはセルバンテスが亡くなってしまったのかも知れないのである。数ある説のいずれも「侮辱を加えた」の謎の一語に触れずに無理を承知で作者を想定してきた感がぬぐえず、読者を納得させるまでに至らず崩壊していった。アベリャネーダがセルバンテスに抱く恨みや敵意の辻褄がどうしてもあわないのである。どの説もこの謎を敬遠して通り過ぎているが、多少ともそれを解決したのがマルティン・デ・リケールのヘロニモ・デ・パサモンテ説である。

ヘロニモ・デ・パサモンテ説

『ドン・キホーテ』前編第二十二章にガレー船を漕ぎに送られる囚人の護送隊と遭遇する場面がある。なかでもひときわ厳重な鎖に繋がれた囚人がヒネス・デ・パサモンテ、あざ名をヒネシーリョ・デ・パラピーリャと称する折り紙付きの極悪人である。これがなんと実在の人物で名をヘロニモ・デ・パサモンテと称してセルバンテスの戦友でもあったのをモデルにしていると言うから驚く。セルバンテスは一五七一年のレパント海戦に参戦していた。そのとき左腕に被弾して自由を失い、セルバンテス自身もそれを名誉の負傷といたく自慢に思っていたのはつとに有名な話である。この時期、彼と同じ部隊にヘロニモ・デ・パサモンテと称する若者がいた。後に一五八八年の無敵艦隊遠征のとき、カレー沖の火船攻撃で座礁した「サン・ロレンソ」の船上で頭に銃弾二発を受けて戦死したガレアサ艦隊司令官ウーゴ・デ・モンカダのもとでこのふたりが八ヶ月ほど同じ部隊に軍隊生活を送ってレパント海戦に参戦していたのである。

だとすれば互いに顔見知りとなり言葉を交わしいても不思議はない。その後、セルバンテスはイスラムの捕虜となってアルジェで五年間の奴隷暮らしをすることになるのもまた有名な話だが、パサモンテは同じ時期になんと十八年間もトルコの捕虜となり、ガレー船も漕いでいた。やがてこの戦友同士が二十年の歳月を閲《けみ》してマドリッドで再会したらしいのだ。おそらくお互いに久闊《きゅうかつ》を叙し、近況を語りあって思い出話にひとしきり花を咲かせたに違いない。

ところが問題は一六〇五年に出版された『ドン・キホーテ』前編である。先に述べたようにこれの第二十二章で王室ガレー船の徒刑囚が港へ護送される道中に出喰わすのだが、その中にひときわ厳重に足枷、首枷をはめられた囚人がドン・キホーテの目に留まった。名高い悪党のヒネス・デ・パサモンテであった。役人の言うところでは、悪人だけれどなかなか立派な男で、自分の生涯を『ヒネス・デ・パサモンテの生涯』と題する一巻に綴ってあるとも言う。ドン・キホーテがこのあと警護の役人どもを蹴散らして囚人を解放するのはお定まりの展開であり、行きがけの駄賃に悪党ヒネスは、従者サンチョが命より大切にしている灰毛のロバを盗んで逃げるのはご愛敬として、問題は徒刑囚ヒネス・デ・パサモンテの名前が例の戦友ヘロニモ・デ・パサモンテに酷似していることである。

加えてヒネスがとんでもない悪党に仕立てられてガレー船の漕刑囚に送られる点である。都で評判の『ドン・キホーテ』を読んだ当のヘロニモ・デ・パサモンテがこれに気づかないはずがない。明らかに自分の名前がもじってある。しかも大変な悪党にされているではないか。なお悪いことに彼は実際に『ヘロニモ・デ・パサモンテの生涯と苦難』(Vida y Trabajos de Jeronimo de Pasamonte) と題する自伝を出版しているのである。セルバンテスはパサモンテから直接その話を聞いていたかも知れない。それどころかこれを事前に読んでいた可能性もある。それが証拠にアベリャネーダの自伝と重なる記述場面が『ドン・キホーテ』に散見できるのである。だとすれば作中の悪党ヒネスに『ヒネス・デ・パサモンテの生涯』と題する自伝があるとする設定は、単なる偶然と言うには出来過ぎているのである。

パサモンテの自伝の存在に気づいたのはメネンデス・ペラーヨだった。ナポリの古文書館で一八七七年に発見したのがそのまま保存されていたが、一九五六年になって綴りを現代化して出版された。しかしこれをアベリャネーダの『ドン・キホーテ』と関連づけるひとは誰もいなかった。このふたつの書物で頻繁に繰返される表現の類似性に気づき、パサモンテをアベリャネーダと同一人物であると説いたのがマルティン・デ・リケールだった。調べによるとこのヘロニモ・デ・パサモンテなる人物は相当に恨み深い性格の人間であったらしく、セルバンテスが共に生死の境をくぐってきた戦友の名前をもじってヒネスに変えたあげくヒネシーリョ・デ・パラピーリャと揶揄し、しかも希代の悪党に仕立て上げた扱いを非常な侮辱に感じたことは充分に考えうる。

また、アベリャネーダが序言に記している謎の言葉「小生に屈辱を加えた」の意味も理解できるのである。侮辱されたと当人が公言するほどの事件であるからには、セルバンテスにも覚えのないはずがない。だがはたしてセルバンテスがいつ誰にどのような侮辱を加えたのかが研究者には分からなかった。しかし読者には謎でもセルバンテスには見当がついていたはずである。昔の戦友をだしにつかって悪党に仕立て上げてガレー船送りにした負い目があった。自伝を書くぐらいだからヘロニモ・デ・パサモンテには、贋作『ドン・キホーテ』を綴るぐらいの筆力があったと見ていいのだろう。

サラゴサ近くのカラタユの住人だと言うからアラゴン訛りがあっても不思議でない。そしてドミニコ会士ではないが神学に深く傾倒し、ドミニコ会の教えに心酔していた人物でもあった。もちろん軍隊経験も豊富にある。これまで推測されてきた贋作者アロンソ・フェルナンデス・デ・アベリャネーダの人物像がこうしてヘロニモ・デ・パサモンテひとりに見事に収斂されて行くのである。真犯人としてまことにぴたりと当てはまって都合がいいのだが残念ながら物証に欠ける。

したがってこれも数ある仮説の域を出ないのだが、しかしセルバンテスと敵対していたローペ・デ・ベガを贋作者に想定する荒唐無稽な説に比べれば、はるかに真実に近いように思える。怒りにかられて『ドン・キホーテ』を書き上げてしまう戦友ヘロニモの過剰とも言える敵意にセルバンテスは戸惑いを感じたかも知れない。だが随所に「あのアラゴン生まれの作者が」とか「トルデシーリャス生まれと自称しているあるアラゴン人が書いた」とかなり断定的に述べているように、全体の雰囲気から推してセルバンテスは、アベリャネーダの正体があのアラゴン生まれのヘロニモだと承知のうえで、怒りの矛を収めて口を噤んでいる節があると思えるのである。

第三章 『ヘロニモ・デ・パサモンテの生涯と苦難』とレパント海戦

パサモンテの捕虜生活

贋作『ドン・キホーテ』は一六一四年後半に出版されたが、その以前に原稿の形で出回っていたことが実証されている。これは当時ではよくあったことらしいが、サラゴサで一六一三年三月二十六日に開催された詩歌大会で贋作『ドン・キホーテ』の存在がほのめかされているのである。セルバンテスの『ドン・キホーテ』では後編の第五十九章でアベリャネーダの『ドン・キホーテ』に言及されているが、実際には後編を書き始める以前からこれを読んでいたのは確かである。そして『ドン・キホーテ』前編でパサモンテを侮辱し、その自伝の記述を拝借していたこともあって簡単に贋作の作者とその意図が分かった。しかも後編の第五十九章で隣の部屋でアベリャネーダの『ドン・キホーテ』を読んでいたのはご丁寧にもドン・ヘロニモである。ここでさりげなくドン・ヘロニモを登場させるのは、アベリャネーダの素性がヘロニモ・デ・パサモンテであるとそれとなく暗示するためではなかろうか。

パサモンテは一五五三年にサラゴサに生まれている。トルデシーリャス生まれではない。セルバンテスは一五四七年生まれの六歳違いであるから見た目はほぼ同世代。一五七四年のチュニス要塞の防衛戦のときに捕虜となって十八年間の奴隷生活の苦役を過ごし、ガレー船を漕いでいる時期もあった。セルバンテスもアルジェで一五七五年から一五八〇年まで捕虜生活を送っている。『スペイン作家叢書』に所収の『ヘロニモ・

デ・パサモンテの生涯と苦難』によると末尾に「自筆のこの書物を一六〇三年十二月二十日にナポリで書き終えた。ここに記したことがすべて真実であると聖体に誓って自筆署名。わが告解師にしてサント・ドミンゴ会の神学教師アンブロシオ・パロンバ師の許可のもとにこれを書いた」と創作日時が明記されている。

そして「サラマンカ大学、神学士、ドミンゴ・マチャード、この書物を筆写し、書肆にて装丁したことを証明する。この書物は宗教裁判所が取りあげて当地ナポリのエピスコピオへ移し、そこで四か月以上にわたって閲読精査され、信仰にもとり良俗に反する要素のないことが判明、当該書物の作者であるヘロニモ・デ・パサモンテに戻された。告げ口をする者たちから異端的であるとか、異端の思想と悪魔の業が書かれていると言う非難があり、それゆえ司教総代理の前に出頭しなければならず、この書物を筆写した者として私もそうであったが、その非難には根拠がないと認められた。すべてが真実であり、それに相違ないことを堅く誓い、いついかなるときも必要に備えて自筆署名いたすものである。一六〇四年十一月十四日、ナポリ」と認可を得た経緯も型どおりに記してある。

さすがにこれは本物である。そして冒頭の書き出しには、まずローマのサント・ドミンゴ聖修道会総管長ヘロニモ・ハビエレ猊下《げいか》とイエズス会スペイン助任司祭バルトロメ・ペレス・デ・ヌエロス猊下へと題して仰々しく献辞が添えられている。

「十八年間トルコの捕虜となった後、神は私を秘蹟の地によみがえらせてくださいました。おかげをもって最初の四旬節にカラタユの主教会で神父様のお説教を拝聴する恩恵に浴しました。私としてはこの書物をバルトロメ・ペレス・デ・ヌエロス神父と並んであなた様にも献呈するのは恥じ入るばかりでありますが、尊敬おく能わざる人物とお見受けした次第であります。神の御子の聖傷にかけて、慎んで祈願いたしますのは、カトリック教徒の間にあまた偏在する災いに手段の講じられることであります。ただその思いから、いささかの虚栄も高ぶりもなく、わが人生と真意のすべてを綴りました。この献辞を認《したた》める以前、ナポリの司教区で邪悪の印ありとして異端の書の嫌疑を受け、四ヶ月を越えてから手元に戻され、望むならば印刷してもよろしいとの認可を戴きましたので尊師の援助にすがるほかを考えなかったし、考えてもおりません。カプアにて、一六〇五年一月二十五日。猊下のいと卑しき僕、ヘロニモ・デ・パサモンテ」

カラタユはアラゴンの都市である。『ドン・キホーテ』にも頻繁に言及されているところから判断してアベリャネーダにはなじみの土地であったことが分かる。さらにこれより一日後の日付でローマのイエズス会士、スペイン助任司祭バルトロメ・ペレス・デ・ヌエロス猊下へと題して記す。

「猊下の手により神が私を秘蹟の地によみがえらせ給い、あなた様に面識を得てその高い学識を知るにおよび、この書物に私が綴る意図を理解して下さるに相応しいお方と考えました。と申しますのが、私がトルコ人、モーロ人、ユダヤ人そしてギリシャ人の間にいた時、彼らが悪しき天使と契約を交わして破滅に陥るのを見てきたからであり、……わが苦難と生涯ならびにわが思いのすべてがここに記されております。サント・ドミンゴ教団の総管長共々、猊下にもご判断を仰ぎたく存じます。主が尊師を末永く守り給うように。危機を避けて在住のカプアにて、一六〇五年一月二十六日。猊下のいと卑しき僕、ヘロニモ・デ・パサモンテ」

カプアに危機を避ける理由が浅学にして分からないのだが、開巻劈頭《へきとう》、いかにも荘重なまるで聖職者のごとき書き出しは、作者の厳格な性格を彷彿とさせる雰囲気を漂わせており、厳粛な宗教書を思わせる筆致である。セルバンテスのようにベハル公爵やレーモス伯爵にお世辞たらたらの献辞を捧げて歓心と庇護を得ようとする思惑はうかがえず、ひたすら宗教界の権威にすがって敬虔なカトリックであることを誇示している。そして「重ねた労苦は最良の師だとスペインでは言う。この言葉をより明らかにするため、そして神の広大無辺を証すべく、幼少時代からのわが人生と苦難を記して博識の諸賢の判断を仰ぐのがわが意志である」と述べて自伝の常道通りに幼年時代の生い立ちから始まる。始めの十章ほどまでは簡潔な記述に終わっているが、相当の悪童ぶりを見せて河でおぼれそうになったり天然痘や四日熱、他にもひどい病気にかかって幾度も生死の境をさまよって奇跡的に回復している。病と怪我と貧困の悲惨な幼少時代をなんとか無事に切り抜けて青年に達してからバルセロナへ出たが、そこで募集していた兵隊に応募して後の無敵艦隊の指揮官ドン・ミゲル・デ・モンカダの部隊へ入った。そしてレパント海戦の総司令官ドン・ファン・デ・アウストゥリアの麾下《きか》のもとイタリアへ渡っている。

先にも述べたが、この闘いにセルバンテスがいたのは周知のところである。ガレー船に乗船してメッシーナへ向かい、一五七一年十月七日、日曜日の日の出、トルコよりも百艘少ない数で敵と戦闘に入った。キリスト教徒側が勝利を収めたのは史実にあるとおりだが、現実には船の数は双方とも二百艘強とほぼ同数であった。そしてこの時、セルバンテスもガレー船の火縄銃士としてメッシーナへ向かっていたのは記録に残っている。続く七三年十一月、パサモンテの隊はチュニス攻略に向かった。この同じ年、セルバンテスもドン・ファン・デ・アウストゥリアの麾下にあってフィゲロア隊長の部隊に配属され、やはりチュニスのラ・ゴレタへ向かっている。このように両者の距離が非常に近く、またその体験談が『ドン・キホーテ』前編第三十九章以降の「捕虜の物語」に詳しく述べられているので一読願いたい。このときの隊長フィゲロアはカルデロンの芝居『サラメアの村長』にも登場するかの著名な歴戦の勇士ロ一ペ・デ・フィゲロアである。

さて、パサモンテはモンカダ指揮下のナポリ歩兵連隊の一兵卒だったが、ひどい四日熱に冒され、隊長ドン・ペドロ・マヌエルはメッシーナでもパルマでも、そしてトラパーナでもパサモンテを置いていこうとした。

しかし彼は断固名誉にかけて艦隊に同行するか、さもなくば死あるのみと主張して毅然と下船を拒んだ。こう記している。

「忘れもしないラ・ゴレタの浜辺に上陸した日、めまいが激しく、四日熱を発症していた。……隊長が私を小船に戻そうとした。私は言った。〝なぜでありますか？〟隊長は、病人は残っていろ、と言うのだった。オルギン少尉が言った。〝たいした兵隊だ。行かせてやればいい。〟」

どこかで聞いた覚えのある状況だと思ったら、これはセルバンテスのレパント海戦時のエピソードと同じである。フェリペ二世の異母弟ドン・ファン・デ・アウストゥリアを総司令官とするキリスト教徒艦隊は、メッシーナを出撃してレパント海域へ向かった。九月二日にメッシーナへ到着していたセルバンテスはベネチアのバルバリーゴ麾下《きか》の第三艦隊に補充兵として配属され、ドーリア艦隊のウルビーノ隊に所属してガレー船マルケサ号に乗船していた。全艦隊の左翼に配置されてガレー船の櫂と櫂の間の所定の位置に火縄銃を抱いてうずくまっていた。全長五十メートル、幅六メートルほどの二百トン級のガレー船に兵士が百五十人ほど配備されるが待機の場所がなく、通常は動いている櫂と櫂との間の邪魔にならない空間が割り当てられるのである。

六時十五分前、トルコ艦隊を視野に臨み、戦闘の合図の緑の旗が掲げられた。その後のレパント海戦の顛末に触れる余裕はないが、この記念すべき十月七日、決戦の当日、セルバンテスは三日熱に冒されて体調が悪く高熱を発していた。まさか船酔いではないだろうが、飲料水のせいか熱を発して吐き気があったのである。一説には出航前にすでに熱病を発していたがメッシーナへ戻されるのを嫌って病気を隠して乗船し、船では毛布にくるまって寝たきりであったと言う。

ともかく戦闘のとき寝床を離れてはならないと命令を受けて甲板の下にうずくまり、かたわらでは弟のロドリーゴが介抱してくれていた。決戦に臨んでみんなはセルバンテスをそのままに残して戦闘配置についたところ、倒れ伏していたセルバンテスが熱にふらつく身体を起こし、自分の持ち場を声高に要求した。しかし立ち上がるのさえやっとでとても闘える状態ではなかった。だが眼路の限りを埋め尽くしたトルコ艦隊を見たセルバンテスは血気にはやり、隊長や同僚が押しとどめるのも聞かずに持ち場につこうとした。

その身体ではとても闘えないから病人は残っていろと同僚は勧めたが、セルバンテスは「なぜだ！　義務を果たすなというのか！　神と国王のために闘って死ぬんだ、身体などどうなってもいい！」と昂然と叫び、ここまで来て引き下がれない、名誉にかけても闘うと言い張った。しかし聞き入れられず、事実、消耗が激しく、隊長や同胞は下へおりて寝ているように言うばかりである。業を煮やしたセルバンテスは「みんな聞いてくれ、今日のこの日まで国王陛下に命をあずけ、命令に従ってすべての闘いで申し分のない兵士として立派に闘ってきた。たとえ今、病気でも熱があろうとそれにそむくことはできない。神と国王陛下に仕えて闘って死ぬ方がましだ。下へおりるなどもってのほか。隊長殿、自分を最も危険な場所へ配置してください。そこで闘って死ぬ覚悟であります」と怒りを込めて反抗した。

これを聞いて「たいした度胸だ、言うとおりにさせてやればいい」と言う士官があって戦場へ出ることが出来た。その結果、左腕に三発被弾したのだと言われてきた。しかし揺れる戦乱の船から誰が放ったかも分からない銃弾が三発も同時に同じ箇所へ命中するのは偶然にしても出来すぎている。狙ってもなかなか当たるものでない火縄銃を三人の敵兵が一介の兵士セルバンテスに向かって同時に発射して同時に三発が同じ場所に命中したとは奇跡のほかの奇跡である。おそらくは平均十四グラムの鉛弾が三つに炸裂して破片が当たったのが真相ではないかと思われる。左胸の銃創が最も重篤であったのもその証拠であろう。その他の破片が腕の神経を損傷して不自由になったと考えられる。

当時は砲弾でも舷側に当たったって砕け散るのはよくあることで、とりわけ無敵艦隊では急製造の砲弾のほとんどが砕け散って効果がなかったのが実験でも実証されていることを思えばまんざら考えられないことでもない。ともあれ、これらの場面は戦友マテオとガブリエルが一五七八年三月十七日に司法官ヒメネス・オルティスとセルバンテスの父ロドリーゴの前で証言したものである。三年後の十月十日にはアルジェで認められた「報告書」にも収められているのだからパサモンテの自伝に比べて信憑性ははるかに高い。

この一致はどういう事なのか。日時こそ違えパサモンテもセルバンテスと同じく四日熱にかかっていた。そして戦闘からはずされるより立派に闘って死ぬ方を選んだ。あまりにも状況が酷似しているうえにやり取りの台詞までが同じである。まったくの偶然にしては出来すぎている。パサモンテがセルバンテスの英雄話を盗んだのであろうか。セルバンテスのエピソードはレパント海戦時、パサモンテのそれはその二年後のラ・ゴレタ攻略戦の時だから時間から言ってその逆はあり得ない。ふりかえってパサモンテが公式文書である「報告書」を知るはずもないが、セルバンテスの英雄話は世間につとに知られていた。しかもラ・ゴレタ奪取のときには驚いたことにパサモンテが記しているような戦闘は実際にはなかったのである。であればパサモンテが広く知られていたセルバンテスの英雄話を横取りして創作したことになる。

部隊こそ違え同じ神聖同盟軍に所属していたセルバンテスとパサモンテがメッシーナの陸上で接触した可能性は考えられる。そしてラ・ゴレタ救援にはセルバンテスも参加している。それは第三十九章の「捕虜の物語」に詳しく書かれている通りである。このふたりが知己を得ていた可能性は充分にあり得ることで、二十年後にマドリッドで久闊《きゅうかつ》を叙したとき、近況を話すうちに自叙伝執筆に自ずと話題が及んだであろう。

セルバンテスの英雄的行動は軍隊仲間の間で広く知れわたり、幾つかの記録がそれを証明している。実事、一五九三年にパサモンテが自伝の主筆原稿を回覧させていた情報があり、セルバンテスは自分の英雄話を剽窃した『ヘロニモ・デ・パサモンテの生涯と苦難』を読んで怒りを覚えたにちがいない。

『ドン・キホーテ』後編に至るとパサモンテを執拗に非難攻撃しながらも『ヘロニモ・デ・パサモンテの生涯と苦難』の影響が随所に見られ、その体験談を彷彿とさせる部分をセルバンテスが多数取り入れているのは確かである。パサモンテとセルバンテスはレパント海戦の時、共にモンカダの部隊に所属していたが、パサモンテはレパントの海戦については自伝にほとんど語るところがない。キリスト教世界とイスラムとの雌雄を決する歴史に残る一大決戦であれば兵士としての自負もあるだろう。もう少し何とかありそうなものだが「私の乗っていたガレー船はトルコのガレー船三艘と闘ったけれど無傷だった」と素っ気ない。

思うに、名誉の負傷をしたセルバンテスに比べてパサモンテにはこの闘いで誇るところは何もなかったのであろう。ところがラ・ゴレタ奪取の時はセルバンテスと同じ行動をしたかのごとくに述べている。しかし実際にはレパント海戦の敗北後で浮き足立っていたトルコは、キリスト教徒の艦隊を見ていち早く逃亡したので戦闘はなかったのである。セルバンテスにしてみればパサモンテがあきらかに自分の行為を剽窃したと分かる。まさにセルバンテスが『ドン・キホーテ』でヘロニモとおぼしきヒネス・デ・パサモンテをペテン師、臆病者そして盗人とけなして非難したのも不思議はないのである。

ところころがセルバンテスもパサモンテを大いに利用している。トルコで現実にガレー船を漕いでいたパサモンテをセルバンテスは、漕刑囚の章で王室ガレー船を漕ぐ罪人に仕立て上げ、他にも『ヘロニモ・デ・パサモンテの生涯と苦難』に書かれたエピソードを取り込んでいる。些細なことだが、『ドン・キホーテ』では自伝の表題を『ヒネス・パサモンテの生涯』と記して「苦難」が抜けている。話に聴くだけで一六〇三年に印刷された正式表題をセルバンテスがまだ知らなかったと考えられる。さらに「捕虜の物語」の隊長などはパサモンテの肉体的特徴を備えている。したがってパサモンテにしてもセルバンテスがあきらかに自伝を模倣しているとすぐに分かったであろう。

さらには、この隊長が二十二年間、捕虜としてスペインの国外にいたのとパサモンテがスペインへ戻らなかった二十二年と妙に一致している。セルバンテスはモーロの海将ウチャリーに買い取られていたがパサモンテの主人もウチャリーであった。ウチャリーの死によってハッサンの手へ移るのも同じである。

レパントの英雄行為を盗んだヘロニモ・デ・パサモンテをヒネス・デ・パサモンテに変えて憂さを晴らしたセルバンテスは、捕虜の物語で『ヘロニモ・デ・パサモンテの生涯と苦難』の内容を剽窃していると見えるのである。それを見たパサモンテが今度はセルバンテスの『ドン・キホーテ』後編を先取りしてしまった。お互いに取りつ取られつの争奪戦である。今や世界的文豪となったセルバンテスだからパサモンテが模倣したのがあたりまえのように考えられがちだが、その実、意外とセルバンテスがパサモンテから拝借した部分が多いのである。パサモンテの自伝を横に置いて『ドン・キホーテ』後編を書いているセルバンテスの姿が想像される。後編はすべてアベリャネーダの模倣かあるいは写しにすぎないとする極論もあるほどである。

自伝『ヘロニモ・デ・パサモンテの生涯と苦難』

『ヘロニモ・デ・パサモンテの生涯と苦難』によるとパサモンテはチュニスに一年間駐留していた。そこへトルコ艦隊がガレー船三百艘とガレアサ二艘で攻撃をしかけてきた。ガレアサは大型の戦闘用ガレー船で帆柱は三本、舷側に大砲を六から八門装備していたので脅威である。それから五十三日後にラ・ゴレタとチュニスが陥落してパサモンテは首筋から左肩へ抜ける火縄銃の貫通銃創を受けたが一命は取り留めた。そして死人同然のところを十五ドゥーロで買い取られ、トルコまでの七百マイル（約一一二〇キロ）をほとんど手当のないまま行かねばならなかった。狂ったように声を張り上げてみたが死ねなかった。ナバリーノでやっと治療を受け、冬の四ヶ月の間になんとか快復した。

強靱な生命力でありこれはアルジェで五年間捕虜になっていたセルバンテスについても言えることである。

ところがパサモンテはそれからガレー船艦長のもとで十八年間の奴隷生活を送ることになる。まずチュニスへ送られて攻城機で破壊された城壁を丸太で補強する任務についた。それから城塞構築のためビセルタへ送られたのだが『ヘロニモ・デ・パサモンテの生涯と苦難』第二十章からの記述には壮絶な脱走計画の詳細が記されており、捕虜生活の様子を知るよすがとなるので抄訳で抜いてみる。

「私の主人はチュニスのキリスト教徒百人をビセルタへ送った。私もそのひとりだった。毎朝、毎夕、丸太、鍬、道具類を担いで城塞を築く山手へ通ったので、海辺の城塞の門前を通った。そこで私は、門番の老人を襲って城塞を占拠し、城壁の下に停泊している旗艦の艤装を整えて町を砲撃し、キリスト教徒の土地へ逃げない手はないと考えた。信頼できるキリスト教徒の幾人かにこれを話した。やろうじゃないか、自由のためなら生死をともにすると言ってくれた。熱湯を蒸留しているキリスト教徒が城塞内にひとりいた。信頼できる人間だと踏んだので計画を打ち明けると充分な手応えを感じた。こう助言してくれた。『うまくいきますよ。俺は武器弾薬庫の在処を知っている。それにここにいるガレー船は櫂が二十本程度の小船だし、老人が少しいるだけだからね。だけど運河にいる海賊ガレー船が出て行くのを待ったほうが安全だ。というのもあの兵隊どもが城内に宿営しているので面倒なことになるからです。』

ガレー船はいつも朝かあるいは午後に出航するとのことだった。そこで午後に攻撃を仕掛けることに手筈を決めた。城塞へ労働に行っているキリスト教徒の囚人はわれわれ八十人、ほかの二十人は何らかの職人で運河の小島で小型船を建造していた。私はそれぞれの頭《かしら》三人に回状を持たせて、騒動が起こったらすぐに決起するように小島の者たちにも知らせた。城門を襲撃して奪取したら、二十人が城門に登って落とし格子を斬る。ほかの二十人で城門に閂をかけて防御し、城門が確保されれば他の者と共に登って断固守り抜く。私は残りの四十人を率いて弾薬庫へ直行して騒乱を起こす。町に砲撃を加え、運河の向こう側の城壁に穴を開け、その下に舫《もや》ってあるガレー船を奪取してキリスト教徒の土地へ向かうのである。このように打ち合わせをしてからみんなは密かにナイフを入手し、卵大の石をふたつ入れる小袋をズボンの裏にこっそりと縫いつけた。ただ裏切り者が出ないことだけを祈った。

朝にガレー船が二艘出て行くかと思えば午後には別の二艘が戻ってくるので夏の間はなにも出来なかった。夏はこんな状態だったが、さらに悪いことに寒くなるとガレー船が二艘、運河で冬を越すのだった。海賊船ではなくアルジェからチュニスそしてロス・ヘルベスへと商取引をしている商人の立派なガレー船がやって来たのだ。そこに停泊していたフランスのサエティア船（三角帆三本の中程度の船）の間に投錨したので、あれを奪取しようと私は言った。すぐれた船乗りでジェノバ人のラサリン・デ・アレーナスが漕ぎ手の監督を勤めて他の四人と舵を取り、他の者たちはガレー船を漕いで戦うようにと指令を出した。仲間のひとりでファン・フェルナンデスと言う者が中央甲板から勇気づけに叫んだ。『マルタ、万歳！』トルコ人たちにマルタのガレー船が来たと思わせるためである。効き目は覿面であった。私は仲間のフランシスコ・ペドロソと旗艦の錨綱と舫い綱を斬りに向かった。

フランシスコは料理番を勤める古い奴隷で信用されていた。この男が薪用の斧を決行の夜までに手に入れておくはずだった。艦長に仕えているスペイン人がわれわれが作業していた城塞の工事主任を勤めていたのだが、見張りをしてくれており、合図がふた通りあった。ガレー船が入ってきて旗艦が港外に停泊しているときは窓から土を落とす。港内へ入ってくるときは水を流す。決行の夜、共にいるトルコ人にぶどう酒を焼酎で割ってたらふく飲ませたので三日の間は眠りこけたままであったろう。大槌をもっている枷役人が扉の鍵をふたつとも壊して足枷を着けるとき鍵をはずしたままにしておいてくれた。

見張り役のスペイン人が夜の三時か四時に窓から土を落とした。ガレー船がやって来てサエティア船の陰に停泊したからだ。神の恵みだったと思う。刻限となった。真夜中頃だろうが外は月明かりで真昼のようだった。扉へ着いた。みんな一緒だった。小さな声で呼んだ。『フランシスコ！　斧をよこせ。』ギリシャ人はひとつしかない斧を持って震えていた。『ラサリン、サエティア船の後に船がいるかどうかふたりで見てこい。』彼は応えて『よし、ガレー船の艫綱《ともづな》と舫い綱を斬ってくれ。ぬかるな。』上首尾だった。三十歩ばかり先の仲間と任務を果たしに行った。梯子をかけてちょうど真ん中あたりにある麻の艫綱の結び目を刃物で斬り、舫い綱を斬ってからガレー船へ乗り込んだ。船尾の縄ばしごを仲間が海へ斬りおとした。このとき叫び声がした。剛毅で勇敢な鍛冶職の奴隷達がガレー船に攻撃を仕掛けたのだった。石を投げ、ファン・フェルナンドが『マルタ万歳！』と叫んで叱咤激励している。

事実、恐怖にかられて向こうの城壁を何人ものトルコ人が滑り降りた。上にいる見張番には月明かりで状況が見えたのでキリスト教徒が逃げるぞ、と急を告げた。この叫び声にくじけた仲間が運河へ飛び込んだ。ガレー船が動けなければおしまいだと思ったので私は『知ってのとおり俺は目が悪い。ガレー船が見えたら教えろ！』と仲間に言ってあった。斧をふるって懸命にやって見たが、ペドロソはもう海へ飛び込んでいた。そこで船尾へ走り、うなる斧を避けて水へ身を投げた。陸へ着いて『ペドロソ、ペドロソ！』と呼んでみたが見つからなかった。漕ぎ手の監督をまかせた男が先へ行くしかないと言っていたのでまた海へ飛び込んだ。

ナイフを口にくわえて懸命に泳ぎ、ガレー船から弓の一射程先へ出て古い塔のかたわらに座って身体を休めていると町と城塞から歓声が聞こえた。ガレー船が遅れていると見たので私はまた海へ飛び込んだ。まもなく武装を終えて出撃しようとしているガレー船にぶつかった。遠くへ離れるまで私は衝角（船首につけて敵船を突き破る装置）の先端にしがみついているとファン・フェルナンデスと彼とで引き上げてくれた。衝角に膝をついて私は両手を天にかかげて感謝を捧げた。

私は漕座の先頭についてみんなで船を動かした。このとき城塞から砲弾が三、四発飛んできて頭上をかすめた。『あたるもんか、ろくでなしめが！』と叫んだ。枷《かせ》をはずしてくれた鍛冶屋のギリシャ人は、命がかかっているものだから中央甲板でライオンみたいに猛り狂っていた。窓から合図の土を落としてくれたスペイン人は安全な所で眠っていたが、叫び声を聞くと剣をひっつかんで船へ乗り込んできた。

船は西に針路を取りファリーナ湾の先端を回り始めた。舷側にいた連中がこれに気づいて『おい、ラサリン、舵を左だ！』と叫んで船尾へ走った。ラサリンもモレロもニクロソもメテリンも姿がなかった。一緒にいるはずの十人も見えなかった。小型のガレー船が追尾してくるのを見て、タバルカへ行けば助かると思って陸へあがってしまったのだ。生き延びたものはひとりもいなかった。

海岸へ駆けつけたトルコ人たちは艤装が出来ている船を見つけて飛び乗り、後を追って半時間もしないうちに攻撃を仕掛けてきた。遠距離から盛んに撃ってきたので硝煙が立ちこめ、他の船が追えないほどだった。舵を取っていた九人は死んで誰もいない。後部の櫂で舵を取ろうと思ってニコラというギリシャ人を呼んだ。彼は砲弾が飛び交って頭を吹き飛ばされそうな状況で櫂で舵取りなんかした覚えがないとさんざんに悪態をつくのだった。沖合四十マイル（約六四キロ）ぐらいだろうか、漕ぎ座二十二のガレー船が二艘と旗艦が突撃の喊声を挙げて殺到してきた。メロンを断ち割るように丸腰の十八から二十人を細切れにしてやった。こちらも二十八から三十人が負傷した。四カ所に傷を負っていた私は覚悟を決め、死ぬつもりで海へ飛び込もうとした。右手にいた背教者の友人がそれと知って庇って助けてくれた。

必死の思いで港へ漕ぎ戻り、負傷したまま牢獄へ放り込まれた。私は命拾いをしたけれど、四カ所の傷はひとつが右手、剣の峰があたって下の歯をごっそり、そして上の歯を一本と唇を少しばかり持って行かれた。顔にあたっていれば耳から耳まで傷跡が残ったろう。出血がひどかったのと寒さで（二月二日、木曜日の夜だった）私は床石みたいにかじかんでいた。傷を負っていたので働きには出られなかったが、これは助かった。というのが今度のことで容赦なく棒が飛んでくるからだった。ひと月半かそこらで私を労働に連れ出した。

私の主人がコンスタンチノープルへ召還され、そこからエジプトのアレクサンドリアの総督として派遣されることになった。純潔なる栄光の殉教者サンタ・カタリーナの土地である。主人は武装ガレー船をキリスト教徒に漕がせてあのあたりの海を巡ったので私は機会をうかがっていた。夏の六ヶ月を航海して冬の六ヶ月は陸にいた。囚人仲間に鍛冶屋がふたりいた。ひとりはトラパネスの男でいまひとりはジェノバ人、ふたりとも腕のいい職人だった。ある日、ふたりを祭壇のそばへ連れて行き、ゆるい手枷を十二個造ってくれないか、逃げるつもりだと打ち明けた。裏切りがあれば俺がみんなに代わって犠牲になるつもりだと言うと、任せておけと請け合ってきっちりと仕事をやってくれた。

アレクサンドリアでペストが猖獗《しょうけつ》を極めた。主人は奴隷が町へ出ないようガレー船に足止めにした。そして港の入り口から十八マイル（約二八・八キロ）のところに十六日停泊した。豪儀な鍛冶屋どもは十二どころか十四個も造ってくれたので、船尾の溜まり場で信用できる者たちに配った。残るふたつのうち一個は自分用に取っておいて、もう一個を私の前、船首から三列目で漕いでいるナタル・ベリョ・ビタレに渡した。

アレクサンドリアから六十マイル（約九六キロ）のダミアタの総督はどこへ着いても足枷をはずして買い物に行かせるのだった。このキリスト教徒たちは気のいい奴ばかりで、チュニスとラ・ゴレタの兵隊でスペイン人とイタリア人だった。

たまたま同郷のマルティネス・ゴメスが監視つきでアレクサンドリアへ来ることがあり、私の所へやって来たので計画を話した。彼が言うには「いや、待った方がいい、復活祭が終わると俺の主人がすぐここへやって来るからそれまで待て。いっせいに鎖をはずして奴のガレー船から櫂と剣を運ぶんだ。」あちらのキリスト教徒たちと相談して結果を知らせてくれるように頼んだ。情報は暗号で伝えていた。剣のことは太刀魚、櫂のことは燻製鰻だった。

船尾の漕ぎ手と他の仲間達に話したところ、大喜びで私を抱きしめるのだった。悪魔は常に職務に怠りなく、人を堕落に導くにおいてはなおさらだが、後になって分かったところでは、あちらの連中はお互いにこう言っていた。『手枷が十四個あるし、もう七個か八個ははずせる。なんで兵隊どもの指図がいるんだ？』そして私には知らせず、島へ漕ぎ出す最初の日に決行すると取り決めていた。

出港したのは夜だった。『誰も眠るな。今夜、自由になるんだ』と次々に伝わった。カタミアと言う奴が私を呼んで『パサモンテ、伝言だ』と伝えた。私は凍り付いた。すぐさま事態を悟った私は『パサモンテが動くなと言っている』と伝言を回した。ビセルタの件で私を知っている者たちはすぐに伝えてくれた。船首から六と七番目の列に猪のような兵隊と騎兵隊の指揮官を勤めていた七十歳ばかりの獅子のごとき武人で名をタイティアサと言う赤毛がいた。誰も動くなとの伝言が届くと、先の男がやにわに立ち上り、聞こえよがしに言うのだった。『このユダヤ野郎の糞ったれが！』私は監督官の目を盗んで出来るだけ甲板に伸び上がり、『ここへこい！』と呼びました。状況を話してやるとすぐ赤毛に伝え、船尾まで回してくれた。そして、『心配するな、船尾が決起するときに気をつけろ』と返事が戻ってきた。

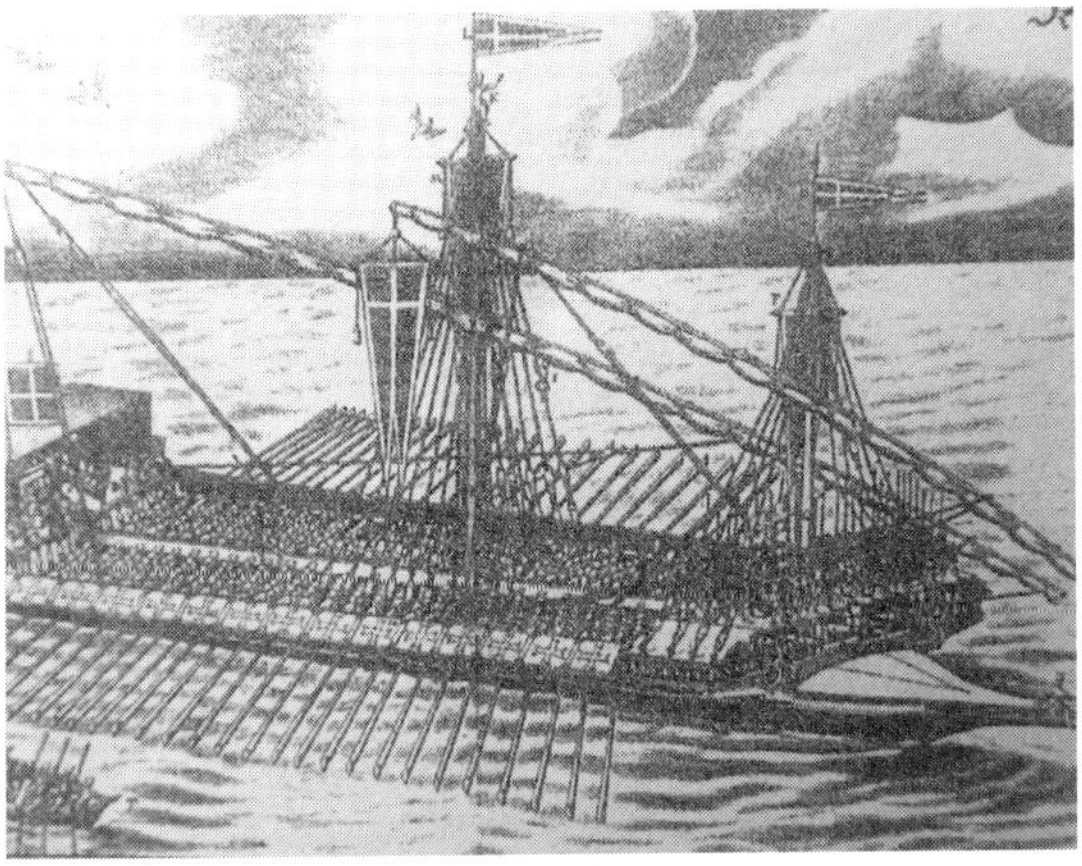

ガレー船

私は勇気が湧いてきて、仲間のナタル・ベロに言った。『おい、奴ら勝手にやるらしいぞ。仲間入りしようぜ！』あちらには足枷をはずしたのが八人、手枷のままが十二人いて、剣が一本、釘を植え込んで矛槍にした銛《もり》が多数、小型砲の弾が二百発以上、すべて船尾の溜まり場に揃えてあった。私と仲間は終夜、鶴のように警戒に怠りなく、ほかの漕ぎ手たちも同様だった。

すでに夜明け頃、武器はなく気落ちしていたところ、ちょうど香料を積んだカラムサル（船尾の高い、三本柱のトルコ商船）が北西風にあって島へ入れずに岬に投錨した。十万ドゥカードの価値はある獲物だった。カラムサルを見たパシャ（軍司令官の称号）が『おお、見事なカラムサルだ！』と言うと衛兵に『おい、キリスト教徒を呼べ。海へちょっと出たところであのカラムサルをいただきだ。』衛兵が立ち上がって『キリスト教徒ども、櫂につけ！』と言うのを聞いた船首の者たちは、何を思ったか戦闘だと叫んだ。赤毛の隊長が巻き上げ機に飛びついて長柄をふたつにへし折って獲物にする。長い釘とハンマーを持ったハンガリー男が監督のこめかみに打ち込んで殺した。釘を取り付けた槍を引き寄せていたジェノバ野郎がオタ・パシャに投げつけたが、懐に航海図を入れていたおかげで命拾いをした。

こうして船首のトルコ人は海へ飛び込むか放り込まれるかした。抜き身の剣をひっさげてこう叫んでいた。『てめえら、降伏しろ！』パサモンテは金槌へ飛びついて手枷に力一杯たたきつけた。しかし壊れなかった。もう一度やったがダメだった。『こん畜生！』もう一度やってみた。すると壊れたので中央甲板へ駆け上がった。言ったように、船首は大騒動だった。船首に残っているのはタールみたいに真っ黒で染みたいに大きな見張りの黒人だけだった。

ダマスコ剣を手にしたこの畜生は、キリスト教徒ふたりに手傷を負わせていた。船首を制圧できると思っていた私はどうしていいかわからなかった。黒人の頭を矛でかち割ってやるつもりで漕ぎ座へ抜けようとしたら、『どこへいくつもりだ、犬野郎！』と上から怒鳴った。『なにを！』と叫んで刃物を取ろうとしたのをアントニオ・トラパネスがひったくって『あっちへ戻ってろ！　行け、ここはいい！』と言った。船尾へ来てみると、キリスト教徒はことごとく打ち倒され、チコ・デ・ガエタとマウリナ・リパルトが仲間に向かって『船首はどうだ？　船首はどうなってる？』と叫んでいた。船尾のトルコ人たちは矛槍を持ち、弓も火縄銃もあった。そしてわれわれを殺すなと主人が命じていた。そうしなければ降伏した者たちに剣を振るって殺してしまうからだ。

足枷をはずせたのに短剣ひとつ武器のない私の無念さを思いやっていただきたい。このときキリスト教徒四人から無残にも耳と鼻をそぎ落とし歯を折った。頭に釘を打ち込まれたトルコ人が死にかけていた。誰にやられたのかと尋ねたら、息を引き取る前にヘロニモ・デ・パティの仕業だと言った。これは真実ではない。連中はヘロニモ・デ・パティを捕らえ、腕と脚を折るために地面に引き据えた。

あの黒人の見張り番が彼にこう耳打ちした。『ヘロニモ、トルコ人になったらどうだ。そうしたら許してもらえるぞ。』この期におよんでなんたる誘惑だろう！　善良な男は毅然と応えたそうだ。『おお、畜生め、救いの港にいる今になってそれはなかろう！』そして声を励まして言った。『殉教の聖女サンタ・カタリーナ、どうかお慈悲を。あなたさまの大地に伏しております！』腕をふたつにへし折り、脚もやはりふたつに砕いた。事実、彼はトルコ人を殺してはいなかった。しかし処刑してしまったのである。苦痛に神の御名を呼ぶまま砂地に放置されていた。真夜中に背教者が首を斬り落とし、主人はそれを良しとし、ギリシャ人たちは聖者のように葬った。

奇跡があったのを話しておこう。ヘロニモ・デ・パティのことだが、彼に最初の一撃を加えたのは卑劣なあの黒人だった。ところが突然、熊ん蜂に首筋を刺されて二度目の大槌を振るえなかった。ガレー船へ戻ると口が拳ふたつ分ほどに腫れ上がっていた。すぐに陸へ運んだが死んだ。みんなにとって、そして脅かされていた私にとって少なからぬ幸せであった。神を讃え奉る。

パサモンテの身請け

エルサレムから修道士たちがアレクサンドリアへ布教に来ていたが、今年はフランシスコ会の快活で気力に溢れた修道士がベネチア人の倉庫でお説教をしていた。この人の所へ行って計画を打ち明け、剣とヤスリを調達して貰えないかと頼んだ。過去の経緯や十分なやる気のことを理解したこの人物は、今年はこのまま耐えなさい、次の四旬節にエルサレムから人を寄こして伝言を託しましょうと言うのだった。このことを友人たちに話し、きっとやり遂げてくれるひとだと保証した。

四旬節が訪れ、ドミニコ会の説教師がやって来た。告悔をしてから計画を話した。柄を含めて三パルモ（約六三センチ）の剣と音のしないヤスリを鞘付きで用意すること。短剣三本を作らせ、良く斬れるように切っ先を十分にとがらせておくこと。これらを修道士が整えることに話が決まった。才覚にすぐれたこの修道士は一月半もすると甲冑をも貫き通すほど切れ味のいい剣を手に入れて来た。私はトルコ風の衣装を調達しなければならなかった。決行の夜、キリスト教徒に情報を伝え、枷をはずして外套の下にこれを着込み、見張りの通った後、隙をついて船尾へ回って敵をやっつける。武器を格納してある船尾を押さえるのはたやすい仕事である。こう決めていると、フロリオ・マルテス、ビセンシオ伍長それにフランシスコ・レバサがやって来て『パサモンテ、あんたの勇気と頭のいいところで自分だけはうまくやれるだろう。だが俺たちにも武器をなんとかしてくれなくちゃ先へは進めねえ。あんたと同じで俺たちも命が惜しい』と言うのだった。そんなにたくさんの剣を手に入れるのは難しいが修道士は、大丈夫、私が都合しょうと請け合い、すぐに調達してきた。

それから何日かして後ろの漕ぎ手たちが来て言った。『なあ、パサモンテ、俺たちは後ろにいるから最初の騒ぎで八つ裂きにされちまうんだ。武器はないのか？　レバサやビセンシオ伍長みたいに剣をくれ。フロリオと俺たちとそれにあんた、そこへ他の連中が枷をはずせば千人力じゃねえか。』必死に命の心配をしている連中に私は、大丈夫だ、誰にも言うな、剣を探してこようと応えた。

例の修道士は、私たち全員の名前を羊皮紙に書き記した。何のためかと尋ねると、ミサをあげるときに祭壇で私たちのことを祈願したいからだと応えた。フロリオ・マルテスを筆頭に連中の名前を挙げ、私を最後に置いた。おお、神のみぞ知る！

収容所にフランス人の床屋でニサという者がいた。フロリオ・マルテスや他の連中は、この床屋の道具箱に武器を入れて運べばより安全だと言うのだった。よせばよかったものをこの床屋に打ち明け、相手は喜んでやりましょう、自分もみんなと同じで自由になりたいのだと請け合った。われわれが船に乗るまでにアントニオ・トラパネス親方は櫃《ひつ》の裏底に細工を施し、薬品類を入れてそれを取り去ればあとは空っぽでそれ以上は調べられないようにした。この床屋はルター派だとの情報があった。ルター派の床屋をどうしても仲間には入れたくなかった。善良なる修道士は、ラテン語がよくできたこの悪党にラテン語で伝言を託すのだが、こいつと昵懇の間柄となって私よりも信頼できると言うのだった。それほどしっかりと修道士の心をつかんでいたのだ。すでに四旬節半ばを過ぎていたが復活祭になって乗船した。床屋は武器を渡してくれと執拗にせがんだが、私は言を左右にして渡さなかった。

聖週間になった。ガエタの若者、ギリシャ人のカラカウル、それに幾人かの共犯者が主人に密告した。私は修道士のもとへ出向いて裏切りのあったことを知らせ、床屋には気をつけるように言った。善良なる修道士は、武器はどこへも動かしたくない、ここで保管するから持ってくるようにと言うのだった。ルター派の床屋が言った。『どうするね、パサモンテ？　時間がないいんだよ。』私は応えて『親方、事情を話さなかったか？　計画はなしだ。勝目はないし主人が幸運なのか、それとも罪深い俺たちのせいか、何度もご破算になったのは周知の通りだ。しかも若い奴とカラカウルがパシャに告げ口をしやがった。武器はもう海の底だ。これ以上、運命を試したくない。』武器を箱ごと引き渡すと主人に請け合っていた裏切り者の床屋はすぐにパシャのところへ行き、夜明け前にベネチア人の倉庫へ行ってごらんなさい、主任司祭の櫃に名簿と一緒に武器があるはずだと密告した。

聖水曜日か木曜日の夜だった。あれほどの不運はあるものでない。あの夜、眠っていると窓に見張りがつき、扉に武装兵が立った。私は祭壇にひざまづき、はらわたがちぎれるほどに祈願を込めた。床屋の喉を掻き切るつもりでペドロにナイフをかせと言った。彼はうろたえて返事をしなかった。仲間たちも後生だからそれはやめるようにと言う。おかげで不本意ながら奴を生かしておくことになった。

夜明け前、木曜日か聖金曜日だったと思うが、パシャがベネチア人の倉庫へ行くと扉を開けさせて中へ入り『その櫃を開けろ！』と命じた。修道士が開くとジェノバ人背教者が剣を六本、ヤスリ九本、そしてわれわれの名前を書いて結んである羊皮紙を取り出した。パシャが修道士に言った。『わしを殺してガレー船を乗っ取ろうと企てる奴隷どもの武器をあんたが持っているとはどういうことかね？』徒労に終わった修道士は弁明した。『閣下ならびにトルコのみなさん、みなさんはイスラム聖者の教えに従いますね？』『たしかに』『それじゃ、みなさん、本当のことを申しましょう。ここに記されているキリスト教徒たちは私に身を託した者たちです。彼らのために私がこの剣とヤスリを調達いたしました。みんなは何も知らないのです。私が命じたのですからキリスト教徒奴隷たちに罪はありません。どうか咎めないでやって欲しい。責めは私にあります。私を火炙りなり串刺しなり、好きなようになさるがよろしい。』

パシャが言った。『ウソをうつけ、裏切り者めが。ここの商人どもの助けがなかったら、貴様ひとりでこれほどの剣とヤスリをどうやって集められる？』『それは、閣下、実を申しますと、ここを出帆しましたカタルーニャの船にナポリの銀細工師がおりまして、この剣とヤスリを格安の価格で売ってくれたのです。今年は領事殿が司祭の奉禄を前払いして下されたので全部これにつぎ込んでしまいました。これがうそいつわりのない真実でございます。』この弁明を信じたパシャが言った。「いますぐにもこの修道士をキリスト教徒の土地へ送還しろ。」鎖につながれて私どもの収容所へ連れて来られて厳重に鎖がかけられ、カンディアへ向かうカラムサルがいたのでそれに乗せられた。

昼の二、三時間前に主人が浴場へやってきて八から十人の死刑執行人を並ばせて壁ぎわに鉄棒を立てかけ、それでキリスト教徒の関節をはずすのだと言った。パシャが陣取っている高みの窓から修道士の名簿に従って改宗者が名前を読み上げ、執行人二人が両方からひとりずつ力一杯に殴り始めた。五百回に達すると主人が幾つか尋問をする。懸命に言い訳をするのだが、怒ったパシャは鞭打ちを命じ血が飛び散った。千回に達すると片耳を切り取って中へ戻した。それから別の名が呼ばれ、執行人が職務を果たし、片耳を切り取って中へ戻す。こうして五人から耳を切り取り、千を越える鞭打ちがなされた。モーロの床屋が酢と塩の壷を持っていて、中へ戻ると傷口を洗った。それが薬だった。裏切り者の床屋は何食わぬ顔をしていた。奴の首が繋がっていたのが不思議だ。哀れなパサモンテは名簿の最後なので呼ばれるのも最後だったのでその気持ちはいかばかりであったかご推察あれ。

セルバンテスと捕虜仲間

執行人は私を地面に寝かせ、黒い胴衣を着たままだったので頭の方へ裏返しに引き上げて油を塗ると奴隷たちが押さえて叩き始めた。五百回になっていなかっと思うが、パシャが言った。『やめろ。』そして通訳を務めている改宗者チュス・バクシを呼んで言った。『ビセラのガレー船で反乱を起こし、多数のキリスト教徒が死んで負傷者もでた。いまから二年前にガレー船を奪おうとして十四の手枷の事件を起こした奴だ。そして今度もこの卑劣な行動だ。だが耳も鼻もそがずおいてやる』信じられないことだ！　私はさっそく喜びにあふれる声でパシャに言った。『まことに、閣下、ここへ商取引にくる船はすべて閣下の名声を伝えております。ですがあなたは、われわれを飢え死にさせ、裸で放置しております。黒ん坊のムルガンがわたしたちの目玉をくりぬくならそれもよろしい。いいですか、閣下、この鳥籠の鳥達は懸命に自由を求めています。さらには、閣下、わたしどもがまるで人ではないかのように、ガレー船の二十本の櫂に五人ずつの奴隷であります。』

私の言葉を聞いた主人は、顔を窓の中の方へ向けて大笑いをした。下にいるおおぜいのトルコ人とモーロ人は、主人が笑うのを見て一斉に右手の親指を立てて歓声を上げた。歓声を聞いたパシャは番兵に『解放してやれ』と言った。番兵は耳をつかんで切り取ろうとした。まさにナイフがあたるときパシャがトルコ語で「馬鹿もの、放してやれと言っただろうが」と叱りつけた。モーロ人は『行け、小僧、ありがたく思え』と言ってナイフを収めた。われらがパサモンテは、棒叩きを他の者の半分ですんで、耳も切られずに浴場へ戻されて命拾いをしたのだった。

わが主人がロードスで亡くなり、ハッサン・ハガの所有となってわれわれはコンスタンチノープルへ行った。その年、アルジェでガレー船二艘が反乱を起こし、多数のキリスト教徒が死んだ。奴隷たちの中には身代金が八百から千ドゥカードを下る者はいなかった。反乱を起こしたガレー船の情報でわれわれが大喜びしたせいでみんなが二百の鞭打ちを食らった。パブロ・マリーノが金貨百五十ドゥカードを持っていたので六十以上を足して私を身請けしてくれた。私は自由になれる手筈が整っていたので復活祭の二日目に解放された。」

解放後のパサモンテ

『ヘロニモ・デ・パサモンテの生涯と苦難』の物語から最も労苦に満ちたトルコ奴隷の生活から脱走計画失敗の部分をかいつまんで紹介した。そのほとんどが脱走の綿密な計画の詳細と実際の蜂起から虫けらのごとくに惨殺されていく経緯《いきさつ》が記述の大半を占めている。セルバンテスも脱走に失敗したとき、仲間はハッサン・パシャから耳や鼻をそがれたり串刺しの刑にあったのだが、首謀者のセルバンテスだけは失敗のたびにパシャの前に引き据えられながら不思議と処刑は逃れ、土牢へ放り込まれてそこで三ヶ月もあまり粉挽きの労働を科されただけで命は助かっている。幸運の理由はセルバンテスにも分からないらしいが、そのような不思議がパサモンテにも起こっている。

因みにセルバンテスの身代金は六百エスクードなので概算でパサモンテの約二倍半であった。一介の兵卒に過ぎなかったセルバンテスが、セッサ公の推薦状とメッシーナで療養中に貰ったドン・ファン・デ・アウストリアの感謝状を懐に忍ばせていたのを見つけられ、重要人物と誤解されたため主人のハッサン・パシャから高額を要求されたのであって、これはセルバンテスの不運であった。

ガレー船反乱に対する刑罰の実体験は、その描写の残虐さにおいて『ドン・キホーテ』の挿話「捕虜の物語」の遙かに上を行く臨場感を醸し出して読者を恐怖に誘い込むのに十分であるが、自伝の残りの部分はそれほど興味を引く内容ではなく、残念ながらパサモンテの構成力の限界を感じさせる。

身請けのあとも相当な苦労の果てにやっとスペインへ戻ったパサモンテは、生計を立てるのに並々ならぬ苦労を嘗めさせられる。アルジェから戻ったセルバンテスがマドリッドで役所に職を求めても、レパントの海戦などすでにはるか昔の歴史であるスペイン社会では剣もほろろに冷たくあしらわれ、英雄の密かな自負心は無惨に打ち砕かれて不遇を託《かこ》っていたのとまったく同じである。この後、パサモンテは司祭になって聖職禄を得るつもりで一五九六年にイタリアへ戻っている。兵士の時代に軍隊でミサをあげるほどの知識とお説教の経験があり、なによりも敬虔なカトリックの信仰が篤かったパサモンテだが、思うように聖職禄を得ることは出来ず、そのままナポリ王国で兵隊となっている。さらにパサモンテは、下宿の女将達から迫害と毒殺の標的になったことを微に入り細をうがって長々と語って女達を魔女と呼んで指弾したり、体験した地獄のごとき諍いの有様を連綿と描いて実際に魔女の幻影を見たり魔術を恐れたりする。

当時の人間としては普通なのかも知れないが、パサモンテの場合には魔女や魔術にいささか執拗にこだわる精神の異常さを感じさせる。また、結婚の後は舅・姑との深刻な泥沼の争いに陥り、子供の頃から弱かった右目の視力を失ったとも話している。事実、自伝の二十章では戦闘の最中に「知っての通り俺は目が悪い！」と仲間に叫んでいるし、目の回復を聖母に祈願したり、視力のせいで兵役につけなかったりで若いときからかなりの弱視で苦労をしている様子が窺える。

ついに五十一章では右目の視力を失うに至るのだが、セルバンテスの『ドン・キホーテ』前編で漕刑囚から解放され、行きがけの駄賃にサンチョの灰毛のロバを盗んで逃走した悪党ヒネス・デ・パサモンテが、後編になって人形遣いペドロ親方に変装して再登場するときに右目を失った隻眼であるのも思わせぶりな重なりである。ヒネス・デ・パサモンテとヘロニモ・デ・パサモンテの姿が重なるのはあながち偶然の一致とも思えないのである。いずれにせよ最後に自分を敬虔なるキリスト教徒として熱意を込めて信仰を告白し、悪魔の誘惑に関して存分に蘊蓄を傾けて一六〇三年十二月に自伝を書き終えている。

もっとも五十四章あたりから最終章にかけてはラテン語の祈祷の文言とその解説ならびにお説教やミサなどの宗教事ばかりが羅列されて、たしかにこの方面に専門的な知識を備えているのはうかがえるが、もはや自伝の体をなしていない。ひるがえってなんと言っても圧巻は先の脱走計画部分である。十八年にわたる捕虜生活の間に企てた脱走反乱の経緯を詳細に語ってくれているので貴重な実録でもある。お気づきのように時期も場所も明確だし、人物も逐次実名をあげて記載してあるので公式記録さえあれば照らし合わせて事実を追うのは楽であろう。

四度の脱走に失敗したセルバンテスが不思議と串刺しの極刑を免れたごとく、パサモンテも危うく死刑を逃れたものの処罰の後遺症や悪癖で幾度となく死線をさまよっている。トルコのもとでの捕虜の生活の厳しさ、絶えず命の危機にさらされた過酷きわまりない苦難の自伝であるが、同時期にアルジェで捕虜になっていたセルバンテスは捕虜の実体験にもとづいた芝居『アルジェの物語』（一五八五）と『アルジェの浴場』（一六〇六）を書いている。四度の脱走計画に失敗しながらもセルバンテスは不思議とパシャの過酷な処罰をまぬがれてきたが、友人や仲間は耳を切られ鼻をそがれ、串刺しになった。作品の出来としての評価は決して高くはないが、そこに綴られているトルコの残虐さはもとより、脱走計画のひとつひとつには想像ではおよばない詳細さと命がけの臨場感が記されているのである。

最後にパサモンテは四十章で例の裏切り者の床屋ニサにマドリッドで再会している。黄金噴水の傍らで横になってアリオストをイタリア語で声に出して読んでいると話しかける者があった。

「この男こそは、あのアレクサンドリのアベネチア人の倉庫で剣六本とヤスリ九本をドミニコ会士の櫃へ隠しておいたとき、われらを売った裏切り者の床屋であった。逃亡してから十四年が経過して、罪人がまんまと手元に転がり込んできたではないか！　嬉しさのあまりに血が凍る思いだった。しばらくは呆然としていた。短剣でもあれば、それに場所が場所であれば奴を殺していただろう。偽りの喜びを隠して彼を抱きしめ、心に思った。こいつは奇跡だ。」

パサモンテの面目躍如たる機会の到来である。これまでの記述から推して、パサモンテの性格としてはこの絶対の好機を逃すはずがなく、たちまち相手に躍りかかって留めを刺すか、さもなくば機会をうかがって満足のいく復讐を遂げるかと期待させる。事実、あの時、床屋の喉を掻き切るつもりでペドロにナイフをかせと言ったが、仲間が押さえたので不本意ながら生かしておいたのではなかったか。ところが翌朝、案に相違してパサモンテは聖職者になるためアラゴンへ早々に発たねばならなかったと言う。あっさりと復讐を放棄してしまうのである。

この事件に深入りを避けるための脚色なのか、あるいは床屋との邂逅そのものが創作なのかわからないが、読者はちょっとした肩すかしを食らうのである。これで思い出されるのはセルバンテスもアルジェでブランコ・デ・パスの裏切りにあって密告されるが、その人物にマドリッドで再会していることである。彼も復讐の刃を取るまでには至らなかったが、これもよくできた一致なのか、セルバンテスがパサモンテのエピソードを拝借したのか、あるいはパサモンテがセルバンテスを真似たのか不明である。自伝とはいえ人に読ませるためであってみれば脚色もあれば創作も入る理屈である。

セルバンテスの怒り

贋作『ドン・キホーテ』の作者詮議にはいまだ結論が出ていない。ギルマンやマヌエルなどはアベリャネーダの文体を凡庸と退け、リケールにしても双方の『ドン・キホーテ』の類似点のエピソードを詳細にあげてアベリャネーダがセルバンテスを模倣したと主張するが素性の確定にまで至っていないし、アイルワードにしても両者の類似点を縷々説明するだけでアベリャネーダの特定にはいっさい触れてようとしない。エピソードの類似点はふんだんに例をあげていくらでも論じることはできようが、それにもまして興味深いのは、いまだ遍歴の冒険途上にあるドン・キホーテ本人が、すでに完結した己の冒険譚を綴った書物『ドン・キホーテ』の後編を読むという奇妙な現象が生じる点である。いわゆる本物より先に偽物が出てしまったのだが、ドン・キホーテは言う。「自分がこれを読んだと考えて大喜びされるのはいかにも業腹である。」

セルバンテスにしてみれば確かにそうであろう。だから隣の泊まり客ドン・ヘロニモから借りた贋作にパラパラと目を通すと、三つばかりの欠点を指摘してすぐに返却している。それだけでもうすっかり読んだことにして、「実にくだらないものとはっきりした」と言うのである。だがその言葉とは裏腹に、怒り心頭に発したセルバンテスが実際には、この贋作を極めて丁寧に隅々まで読んでいるのが分かる。後編の創作には贋作をかたわらにおいて随時それを読み返しながら書いているのではないかと思わせるほどに機会をとらえてはアベリャネーダ作品をこき下ろしにかかるのがおもしろい。

たとえばバルセロナの印刷所に足を運んだドン・キホーテは、そこでアベリャネーダの後編が校正されているのを見ることになる。「はなはだ不躾な書物である」とやんわりと批判しながらも、いずれは丸焼きになる豚の運命と同じで必ず最後の日が訪れであろう痛烈なひと言を加える。アベリャネーダの贋作がいくら良くできた楽しい書物であっても、所詮は真作『ドン・キホーテ』に近づくだけだが、『ドン・キホーテ』の真作は、それがすぐれていればいるほどいっそう真実の物語となるのだと自らの正統性を強調して留めを刺しておく。こうして贋作が依然として印刷され続けているのを目の当たりにしたドン・キホーテは、憮然たる面持ちで不快感も露わに印刷所を後にするのである。

これで多少とも溜飲を下げたセルバンテスであるがまだ足りない。第七十章に至ってセルバンテスは、地獄の入り口から戻ってきたアルテシィドーラに悪魔たちの戯れを語らせる。それによると地獄の門口で悪魔達が現代のテニスにあたる遊びをしていたのだが、空気と毛屑を詰めた書物をボールとして使っていた。なかでも悪魔たちが念入りに殴りつけては中身を叩きだし、紙をばらまいている書物があった。言うまでもなくアベリャネーダの『ドン・キホーテ』である。あるアラゴン人の書いた世界で最悪の書物であると言う。そのあまりのひどさにさすがに地獄の悪魔もあきれ果て、二度と見たくないからバラバラにして地獄の奈落の底へ叩き込めと騒いでいるのだ。

アベリャネーダもろとも贋作を奈落の底へ叩き込んでこれで腹が癒えたかと思いきや、まだある。第七十二章に予期せぬ人物が登場するのだ。偽者のドン・キホーテ主従を村から引っぱりだしてサラゴサへ送るきっかけとなったグラナダのモーロ人貴族ドン・アルバロ・タルフェその人である。場所はドン・キホーテの村から二日の距離にある旅籠だから村へ帰る直前である。そこへグラナダへ戻る途中のドン・アルバロが泊まり会わせた。なぜドン・アルバロがこんな時期にこのあたりにいるのか分からない。偽ドン・キホーテをトレドの瘋癲病院へ入れ、友人に事後を託してグラナダへ一年以上も前に戻ったはずではなかったか？

もちろんその後、所用があってカスティーリャへ出てきたとしてもかまわない理屈であるが、一六一〇年にはイスラム教徒の追放令が出ているはずだからカスティーリャ地方をうろついているのは不都合である。また追放令の発布からしてアベリャネーダのメロン畑のモーロ人の番人の存在にしてもおかしいのだが、そのあたりの事情は贋作にも真作にも触れられていない。追放令の発布より先に書かれていたと考えることも出来るが、ともかく極めて唐突に贋作の主要人物ドン・アルバロが真作『ドン・キホーテ』後編に登場してくる。

ここで初めて本物のドン・キホーテの姿を見たドン・アルバロは、自分が村から連れ出したドン・キホーテも従者サンチョも目の前にいるドン・キホーテ主従とは似ても似つかぬ偽者であったといともあっさりと自分の過ちを認めるのである。それならば村長の前でその真実を証言して貰いたいとドン・キホーテが申し出ると、これにもまた快く了承して口述書が出来上がる。宣言して曰く、

「これまで本物のドン・キホーテ・デ・ラ・マンチャと面識がなかったばかりか、アベリャネーダ某の書いた『ドン・キホーテ・デ・ラ・マンチャ、後編』のドン・キホーテとはまったくの別人である。」

セルバンテスにしてみれば、いくらアベリャネーダの『ドン・キホーテ』を罵倒して足蹴にし、たとへ地獄の奈落の底へ叩き込んでもすっかり安心できなかった。自分の方が本物だといくらドン・キホーテが声高に叫んでみても世間のひとには決め手となる確証が足りない。だからもっとも身近にいたドン・アルバロには、はなはだぶしつけながら遠路はるばると後編の最後に登場して貰い、公証人の前に口述書を作成して貰うし

かなかったのである。公的な手段をとって正式な証明書を手に入れることでセルバンテスはやっと満足できたし、これでドン・キホーテも心穏やかに村へ戻れたのである。

レパント海戦の戦友ヘロニモ・デ・パサモンテを極悪人に仕立て、実際に苦難の経験をしたガレー船の漕刑囚に送るのは意地の悪い皮肉である。ヘロニモをヒネスからヒネシーリョに、そしてパサモンテをパラピーリャとひねくり、なおもパラビーリャとあだ名をつけて念の入ったからかいをするセルバンテスの意図は何であろうか。パサモンテ家はアラゴンにわずかしかないかなりの名門でこれを揶揄されるパサモンテには不愉快に違いない。侮辱と感じたのはあり得る。自伝からも分かるとおりパサモンテはかなり恨み深い人間であり、十八年間の捕虜生活の辛酸をなめてきた人間らしく極めて疑り深い人物でもある。しかも折り紙付きの極悪人に仕立てて漕刑囚におとしめる。実際にガレー船を漕いで来たパサモンテへの痛烈なあてつけであろう。

十七世紀のマドリッドの狭い文学世界でアベリャネーダの素性が未だもって分からないのも不思議である。またアベリャネーダがひとかどの文学者であるなら文学世界にまったく顔を現さないのも妙である。最後に、アベリャネーダが実は偽名ではなくアロンソ・フェルナンデス・デ・アベリャネーダそのひとであるとする考え方もあることを言っておかなければならない。偽名だと言うのはセルバンテスの仕組んだまやかしであって、当時のトルデシーリャスにアベリャネーダ姓が存在したことを思えばアロンソ・フェルナンデス・デ・アベリャネーダが本名であってもおかしくはないのである。意外などんでん返しであるが実在が証明されない以上、真偽のほどは何とも言えない。

第四章　郷士ドン・キホーテの家系調査

ラ・マンチャのある村

その昔、『目には目を』と題する暗くて重い内容のフランス映画があった。医者が夜中の往診を渋ったばっかりに妻に死なれた男がその医者に復讐を企てる物語だった。随分と古い作品なので記憶が曖昧になっているが、確か舞台はアラブ地方だったように思う。復讐に燃える男に扮するのは往年のドイツの名優クルト・ユルゲンス。さんざんに医者をひっぱりまわしたあげく、最後に荒涼たる砂漠へと放り出す。この砂漠を無事に生きて抜け出すことが出来れば命は助かる。野垂れ死にするのも勝手次第、すべては自分が撒いた種だというのである。

理不尽とも思えるこの男の狂気じみた復讐論理はともかくとして、この最後の場面でカメラが徐々に登って行き、塀を越え家並みを過ぎ、やがて城壁の上にでると眼路の限りに広がる荒涼たる砂漠の情景が画面一杯に映し出される。ただの砂地ではない、冷え固まった溶岩のごとき岩石が黒々と点在する丘陵が重畳と重なり、わずかばかりの平地はゴロタ石が瓦礫のように埋め尽くしている。そのまっただ中へ一滴の水もなく放り出される医者の運命は見る者の想像に任されているが、驚くのは砂漠よりも砂漠らしいこの情景がまぎれもなくマドリッド郊外であると言う事実だ。

草木一本生えない地獄のごとき砂漠の情景を求めて世界中の地方を訪ねた監督は、灯台もと暗しで意外と身近なスペインの大都会マドリッドの郊外に理想の情景を見つけたと言う。あの風景を観れば、医者が無事生還できると思う者はまずあるまい。生存の期待を完璧に打ち砕いてしまうすさまじい情景の土地がマドリッドの郊外にあったのである。もっとも、さすがに現在ではマドリッド郊外にも電車が走り高層マンションが林立する近代的なベッド・タウンに変貌している。

砂漠よりも砂漠らしいこの土地を抜けて南へ直線距離で二百キロばかり行った所、炎熱酷寒の過酷で厳しい自然条件ながら多少とも草木があって人も住めるラ・マンチャ地方のさる村にドン・キホーテが住んでいた。つい先頃まで洞穴にランプで生活していると揶揄されるほどに荒涼たる無人地帯の代名詞でもあったラ・マンチャ地方、それも十六世紀末のことである。人間よりも羊の数の方が多く、お陰で今もスペイン随一の芳醇な高級チーズの産地となっている。

作者セルバンテスはドン・キホーテの住まいを明確にはしていない。『ドン・キホーテ』が希代の名著になるとは知るよしもない作者は「名は思い出したくないが、ラ・マンチャのさる村に……」といかにも軽々と戯れの如くに書き始める。あまりにも有名な書き出しである。何らかの差し障りがあって作者は村の名前を思い出したくなかったのか、あるいは単なる語り始め常套句として書き出しただけなのかいまだに諸説紛々としてはっきりしない。将来も明らかになることはあるまい。

しかし考えようによっては『ドン・キホーテ』を真実の物語だとしきりと強調する作者セルバンテスが、肝心の主人公の村の名前を思い出せないのは胡乱《うろん》な話である。ちょっと調べればわかることである。意図的に思い出さない、つまり記したくないのである。いずれにしてもドン・キホーテはラ・マンチャのある村に住まいを致す最下級の貴族、すなわち郷士であった。緑したたる大地に穀物が豊かに穂をつけ、果物がたわわに実る村でないことだけは確かである。

曖昧なのはドン・キホーテの住所だけではない。まず本人の姓名が極めてあやふやである。ドン・キホーテ・デ・ラ・マンチャと称する立派な名前は遍歴の騎士として諸国冒険に乗り出す門出に付けた名乗りにすぎない。ドン・キホーテにはこれとは別に先祖代々から受け継いできた立派な家名がある。セルバンテスは第一章の冒険でドン・キホーテの家名がキハーダあるいはケサーダの可能性があるが、それよりも信憑性のおけるのはケハーナであるが、いずれにせよ諸家の間に異論があって確定できないと曖昧な事を述べている。

しかも最後のケハーナについてはキハーナと記されている版もある。アベリャネーダの贋作『ドン・キホーテ』を史実にもとるでたらめな書物であると一蹴して、自作こそが歴史の事実に取材した真実の物語であると標榜する『ドン・キホーテ』の冒頭から主人公の名前が二転三転するとはこれまた胡乱なことではあるまいか。

冒険を求めて遍歴の旅に出たドン・キホーテは、折しも夏の炎天下に日傘を差し掛けてムルシアへ絹の買い付けに下向するトレドの商人の一行と邂逅、姫君を拉致参らせる不逞の輩と見て攻撃を仕掛ける。絹取引の盛んだった時期でもあってしきりと商人が往来していたのである。ところがいまだかつて人を背に乗せて全力疾走などしたことのなかった名馬ロシナンテが途中で足を取られて膝を屈し、ドン・キホーテをはるかかなたの地面へ見事に放り出し、身動きのならないところを袋叩きにあって満身創痍、炎熱の地面にひっくりかえったままの所へ運良く通りかかったのが近所の村人ペドロ・アロンソである。

「これはキハーナさん」……「誰がおまえ様をこんな目にあわせただかね？」（前編第五章）

親切なペドロはドン・キホーテをロバの背に乗せて村へと運んで第一回目の冒険の終わりである。その顛末はともかくとしてここで大切なのは村人ペドロがドン・キホーテをケハーナでもケサーダでもなくキハーナとはっきり認めていることである。したがってドン・キホーテの家名はキハーナで決まりかと思いきやなんと前編の終盤に至って異論が出てくる。第四十六章でドン・キホーテは丸太を組んだ檻に入れられて狂気の治療のため村へ連れて戻られる運びとなる。自らを魔法に掛けられたと信じておとなしく檻に入るのは騎士道の手本と仰ぐ『アマディス・デ・ガウラ』の影響でなければならない。邪悪なる仇敵アルカラウスの魔術にアマディスは幾度となく命の危険にさらされて呻吟する。それを陰に日向に擁護するのが顔知られずのウルガンダである。

牛の歩みにまかせて一同がのんびりと道をたどる合間に芝居や騎士道物語にまつわる蘊蓄をかたむけ、様々の議論が交わされるのだが、往年の名声赫々たる騎士の名をあげながらドン・キホーテがこう言う。

「勇気溢れるスペイン人ペドロ・バルバとグティエレ・キハーダ（拙者はこのキハーダ家に繋がる男子直系の子孫でありますが）……」（前編第四十九章）

グティエレ・キハーダは十五世紀に実在の人物である。ドン・キホーテを創造するにあたってセルバンテスの脳裏にはこの騎士の姿があったのではないかと言われている。その真偽はともかくここでドン・キホーテ自らが自分の家系はキハーダの直系だと述べている。つまり姓はキハーダだとドン・キホーテ自らが断言しているのであってみればドン・キホーテの名前はキハーダに相違ない。ところが近所の農夫ペドロはキハーナと呼んでいた。セルバンテスの思い違いであろうか。ここで再び第一章に戻るが、遍歴の騎士らしく立派な名乗りをつけるべく思いにふけって考え出した名前がドン・キホーテであった。曰く、

「家名はキハーダあるいはケサーダだと言われるが、これについては作者によって若干の相違がある。もっとも信頼するに足りる推測によればケハーナと呼ばれていたようだ。……すでに述べたが、真実の物語のい

ろんな作者が、郷士の姓はキハーダであって、誰かの言うようなケサーダのはずがないと主張するゆえんはここにある。」

別の作者がいるように装っている意味の詮索は置くとして、遍歴の騎士にふさわしい呼称をつけたくて一週間ものあいだ知恵を絞ったあげく、キホーテと言う名前をひねり出し、これに尊称ドンを添えてめでたくドン・キホーテと名乗ることになった。スペイン語の法則にしたがってキハーダに接尾辞をつけてキホーテをひねりだしたに他ならないことが分かる。これがケサーダだとケホーテとならざるを得ない。キホーテに転じるからにはもとはキハーナでもケハーナでもなくキハーダに違いなくケサーダのはずがないと断言しているのである。キハーダとは顎骨、つまり平たく言えば下顎を形成している骨、あるいはえら骨を指す言葉である。下顎と言えばハプスブルグ家の突き出た顎骨が有名である。実際に間近にカルロス一世（神ローマ皇帝カール五世、在位一五一九―一五五六）と言葉を交わしたベネチア大使が日記に述懐している。

「下顎が広く突き出ているので歯のかみ合わせがうまく行かず、語尾がはっきりとしないので聞き取りにくい。歯は残りが少なく虫歯だらけである。顔つきは端正、顎髭は短めで薄くて白い。いつも痔疾に苦しめられ両手が麻痺するほどの痛風に頻繁に襲われている。」

痔疾に苦しめられていたとは気の毒な話だが歯の痛みも相当なものであったろう。フェリペ二世の異母弟ドン・ファン・デ・アウストゥリアも痔疾が高じて亡くなったと言われる。ティツアーノの描くカルロス一世の肖像画からもうかがえるように下顎が広く突き出している。美食を求める健啖家でもあった国王には虫歯にもまして歯のかみ合わせが悪いのはさぞかし難儀なことであろう。言葉が聞き取りにくいのは外交官泣かせであったらしいが、さらには絶えず痛風に悩まされていた。王族に多い贅沢病である。ただし年代から言ってセルバンテスの脳裏にあったのはカルロス一世の世継ぎフェリペ二世（在位一五五六―一五九八）であったと思われる。同じくベネチア大使の証言によれば、小柄で手足のほっそりした人物であったらしく、やはり額が広く目は青い。顎髭は短く刈り込んで髪は金髪、宗教心に熱い印象を与えたという。熱心なカトリック信者で晩年には聖遺物の蒐集に資金を惜しみなく注ぎ込んでエスコリアル宮を所狭しと埋め尽くしたのは有名な逸話である。とりわけ父親譲りの肉体的特徴はその下顎に顕著に表れ、口は大きめで下唇は邪魔になるほどに分厚かったらしい。

カルロス一世とフェリペ二世

お抱えの歯科医カストゥリョ・デ・オネイロがどこへ行くにも扈従《こしょう》し、侍医のディオニシオ・チャコンも通風の手当に欠かせぬ存在であった。とは言えやはり言葉が聞き取りにくく、本人もそれを意識してか自ずと口数が少なく寡黙になりがちで各国の大使が謁見の場で言葉を引き出すのに苦労したとも言われる。野菜嫌いで肉ばかりを好む偏食のせいで重症の痛風に冒され、晩年は身動きもままならぬまま激痛に苛まれて悲惨であったが、この突き出た下顎は後のフェリペ三世、フェリペ四世と忠実に受け継がれていくハプスブルグ家の特徴であった。

セルバンテスはこのフェリペ二世に篤い信頼を寄せることしきりであった。事実、キリスト教徒同盟軍がイスラム教徒トルコと雌雄を決するレパント海戦（一五七一）に参加した青年兵士セルバンテスは、ナポリから帰国の途上に海賊船に襲われ、アルジェで五年の捕

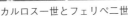

虜生活の辛酸をなめるのはすでに述べた。届くあてもない身代金の到着を待ちわびつつセルバンテスを始めとするキリスト教徒の捕虜達が血の涙を流して希求したのはフェリペ二世率いるスペイン艦隊の救援であった。このときの体験をもとにして書いた戯曲『アルジェの物語』と『アルジェの浴場』の場面を借りて世界に冠たる大帝国である祖国スペインのフェリペ二世に寄せる期待と悲惨な捕虜生活の実情を切々と訴えている。しかし待てど暮らせど遂に救いの手は差し伸べられなかった。フェリペ二世陛下はわれらを見捨て給うたのか、とセルバンテスは慟哭の悲哀を噛みしめたことだった。

四度にわたる脱走計画の失敗にも不思議と命ながらえてなつかしの祖国へ帰国がかなったとき、セルバンテスはレパント海戦の勇者の誇りを密かに抱いて職探しに奔走したが世間の目は冷たかった。海戦の手柄を讃えるセッサ公の「推薦状」もフェリペ二世宛の紹介状ももはや反古同然で一顧だにされない。五年間の抑留中に世界は移り、レパント海戦はもはや遠い追憶のかなたに消えて社会は変貌を遂げていた。セルバンテスは落魄の身を認めざるを得なかった。『ドン・キホーテ』を書いた現在ではもう二十五年以上も昔のことであるし、治世もフェリペ三世の御代に変わった。それでも風化することのない辛苦の体験を胸底に秘めるセルバンテスが、正義の騎士ドン・キホーテの容姿にフェリペ二世の姿をだぶらせた可能性はある。

顎骨を意味するキハーダをドン・キホーテの家名にしたのにはそれだけの意味があったとするのは勘ぐりすぎだろうか。加えてキハーダには鎧の腿当ての意味もあるとなれば騎士の名前には格好の名称であろう。ただしこれはあくまで『ドン・キホーテ』前編での話である。それにしても近所の農夫がキハーナと呼んでいたのがひっかかる。しかもドン・キホーテの本名にかかわる不思議はまだある。

『ドン・キホーテ』の前編が世にでたのは一六〇五年である。そしてドン・キホーテの家名はキハーダかケサーダ、あるいはキハーナなのか最後になるまではっきりとしなかった。いずれ短編で終わる予定であったればこそ名前に勘違いの生じたとする説もある。あるいは意図的に名前を韜晦《とうかい》しようとしたとも言われるが、それにしては変転のし過ぎである。それから十年後の一六一五年に『ドン・キホーテ』の後編が出版された。その最終章にいたって長きにわたった遍歴の旅を終え、正気に戻ったドン・キホーテが穏やかに病床に横たわっている。理性を取り戻し、妄想の日々を悔いて遺言書を認めるのである。自由で明るい理性を取り戻したドン・キホーテが言う。

「わたしは狂人でありました。そして今は正気であります。ドン・キホーテ・デ・ラ・マンチャでありました。そして今は申しましたように、善人アロンソ・キハーノでございます。」

郷士アロンソ・キハーノ

ドン・キホーテ自身が臨終の口から自分の名前を述べているのだからこれほど確かなことはない。さらには村の司祭が「善人アロンソ・キハーノはほんとうに正気に戻っている」と請け合う。このように最後の章に至ってドン・キホーテの名前がアロンソ・キハーノであることが唐突に四度も反復確認されるのである。そして姪の名前がアントニア・キハーナであることも判明する。こうなると前編でのキハーダやケサーダのあいまいさは何であったのか。ドン・キホーテの名前はアロンソ・キハーノであったことになる。前編ではセルバンテス自身がドン・キホーテの名前は疑問の余地なくキハーダに違いないと断言していたのに妙なことである。なぜここに来てセルバンテスはドン・キホーテの名前を明確に示してしかも何度も念を押すのだろうか。これには何やらわけがありそうである。

もともとセルバンテスはドン・キホーテを「名は思い出したくないがラ・マンチャのある村に」と書き出している。そして最後まで村の所在を明確にはあかさなかった。『ドン・キホーテ』は史実に取材した真実の物語であると強調されているのだが村の名前は思い出せない。その理由は後編で述べられているが前編では最後まで慎重に名を伏せて村の位置を確定できないようにしていた。ところが一五一四年にアベリャネーダと称する偽名の人物による『ドン・キホーテ』後編が本物より先に世に出てしまった。まさに珍現象であるが、アベリャネーダはこの贋作でセルバンテスが隠してきた村の名前を遠慮会釈なくラ・マンチャのアルガメシーリャ（アルガマシーリャ）と決めつけてしまった。初めて目にする名前であり、セルバンテスの神経を逆なでする行為である。

しかもアベリャネーダはドン・キホーテの名前を贋作の冒頭からこれも何らの躊躇もなくマルティン・キハーダと決めつけてしまっている。そして姪にはマグダレーナと名付け、ご丁寧にも熱病であの世へ送ってしまった。アベリャネーダの勝手な命名であり改竄である。前編の第一章においてセルバンテスがドン・キホーテの名前は疑問の余地なくキハーダだと記しているからアベリャネーダがそれを踏襲したのはうなずける。しかしマルティンは何を根拠につけたのか。姪の名前も勝手にマグダレーナと命名して早々と死なせてしまった。セルバンテスにしてみれば余計なお世話どころか許せない暴挙である。

贋作が出たときセルバンテスは後編のほとんど終わりに近いところまで書き進んでいた。偽者がすでにサラゴサへ行ったと知ってドン・キホーテの旅程を急遽、バルセロナへ変更している。偽者の後塵を拝するのだけは避けることが出来たが、名前だけは何とかしておかないと腹の虫がおさまらない。そこで最終章の遺言を書く段になって突然にドン・キホーテの本名がアロンソ・キハーノであることが念入りに明かされるのである。ドン・キホーテの名前はアベリャネーダの言うマルティン・キハーダでは断じてないと言いたいのである。本物のドン・キホーテはアロンソ・キハーノであってマルティン・キハーダは偽者だと知らしめたい。姪の名前もマグダレーナではなくアントニアである。しかも熱病で死んではいない。ドン・キホーテの枕頭でその最期を立派に看取っている。そして二度と偽者ドン・キホーテが跳梁しないようにアロンソ・キハーノを正気に戻して安らかにあの世へ旅立たせたのである。

偽者のドン・キホーテは狂気のままカスティーリャの荒れ野へ彷徨い出ていまだに杳として行方が知れない。本文を読めば分かるとおり、当初、セルバンテスにとってはドン・キホーテの名がキハーナでもキハーダでもよかった。住んでいる村もさしたる重要性はなかった。むしろ大切なのは史実に基づく物語が少しでも真実からそれないことである。ところが贋作者アベリャネーダが余計なことをしてくれた。しかも目と鼻の先に出版された『ドン・キホーテ』後編は構成の貧弱さと文章の拙さの目立つ駄作である。これはセルバンテスの名誉にかけてこちらが本物の『ドン・キホーテ』であることを主張しなければならない。そんな自負心と苛立ちと憤懣を第五十九章以下に叩きつけるように書き連ね、最後に「ドン・キホーテの家名はアロンソ・キハーノである。マルティン・キハーダは真っ赤な偽者だ」と叫んでいるような気がする。セルバンテスは鷹揚に鼻先でせせら笑って贋作を相手にしなかったと言うのはそれこそ真っ赤なウソで、実は怒り心頭に発していたのが本当のところである。

ついでながらドン・キホーテの時代には下級貴族である郷士風情にはドンの敬称をつける習慣が浸透していなかった。国王を筆頭として爵号を持つ貴族につけるもので、郷士にもドンがつくようになるのは十七世紀に入ってからである。もとよりセルバンテスもそれを承知のはずで、事実、後編の第二章でサンチョにこう言わせ、この矛盾に無関心でないことを示している。

「みんなはおまえ様をとてつもない気狂い、わしのことはそれに劣らぬ馬鹿だと思ってます。郷士さま方は、わずかばかりのぶどうの株と猫の額ほどの土地しか持たないボロボロの貧乏郷士が、身分をわきまえずにドンの称号をつけて騎士を気取ってござると言ってます。」

このような非難にたいしてドン・キホーテは「わしにはかかわりのないことだ」と言下に退けているが、これが都会でのことであればそれなりに物議をかもす僭越な問題であろう。本名であるアロンソ・キハーノにもマルティン・キハーダにもドンの称号がついていないのは当然であるし、それでなければならないはずである。だとすれば一六〇五年の作品である『ドン・キホーテ』にドンがつくのは当世風の斬新な試みの諧謔であったのか。グラナダやコルドバあるいはサラゴサなどの錚々たる土地から現れた騎士ならともかく、荒涼たるラ・マンチャの名も知らぬ田舎郷士風情がドンを僭称してドン・キホーテ・デ・ラ・マンチャと名乗るとは片腹痛い。題名そのものがすでにちぐはぐな滑稽味を含んで人々の哄笑を誘ったに違いないのである。まったくの余談ながら、一五一九年九月二十一日にマゼランが五隻の船でセビーリャから世界周航の航海へ乗り出したとき、サン・フリアン港で反乱を起こして処刑された『サン・アントニオ』号の船長の名前がガスパル・ケサーダであったことを思えば、ケサーダはまんざら架空の名前でもないのである。

セルバンテスの姓名

作者セルバンテスの苗字についてもひとつの不思議がある。ミゲル・デ・セルバンテス・サアベドラ（Miguel de Cervantes Saavedra）は、一五四七年九月二十九日にアルカラ・デ・エナーレスに生まれて一六一六年四月二十三日にマドリッドで六十八歳で没している。父親はロドリーゴ・デ・セルバンテス、母親はレオノール・デ・コルティーナス。ふたりの間の子供は父方の姓と母方の姓を受け継ぐのが原則だから息子ミゲルの姓名はミゲル・デ・セルバンテス・コルティーナスでなければならない。父方の先祖にも母方の先祖のどこにもサアベドラの家名は見あたらない。それもそのはずでもともとセルバンテスの家系にはない名前である。実際のサアベドラ家はもともとガリシア出身で後にセビーリャに居を定め、スペイン中世に何世紀にもわたってグラナダ王国との国境防備を巡って有名を馳せるようになり、十五世紀には町でもっとも勢力のある家系となって財をなしてきたのである。その英雄のひとりにファン・デ・サアベドラがいた。

彼は一四四八年の遠征でほとんど全滅に近い敗北を被ってグラナダでモーロの捕虜となった。身代金は十二万ドゥカード（金貨）と桁違いであった。アルジェでのセルバンテスの身代金の六百エスクードと比べてみればその法外さが分かる。セルバンテスが感じたであろうようにサアベドラ姓であることは悲劇的であると同時に栄光でもあった。アルジェでの己の悲惨な捕虜体験をセルバンテスは、ファン・デ・サアベドラのグラナダでの捕虜体験に重ね合わせたのだと思われる。死を前にしてもイスラムの威嚇と誘惑に屈しなかった不屈の魂にいたく感動を覚えた。同じような体験を経てきたセルバンテスは自己の運命に果敢な捕虜の理想であるサアベドラの苦難をだぶらせたのである。死を乗り越えてきた自分の捕虜体験に自負を抱くセルバンテスは、キリスト教徒とイスラムとを隔てる辺境の地で戦い抜いて捕虜の苦難を経てきた不撓不屈の人物サアベドラに、自分の境涯を見る思いであったろう。それにあやかってサアベドラ姓を選び取ったのである。

もともと姓は十三世紀ごろから出身地、特徴、欠点、職業、あだ名、英雄的な武勇などをもとにした呼び名をつけるようになったのが始まりである。これをApellidoと言うが、その動詞Apellidarには「兵を呼ぶ、招集する」の原義がある。貴族が招集をかける時あるいは戦場で突撃に移ったり味方を集めたり、また救援を呼ぶ時にもこれを叫んだのである。『アマディス・デ・ガウラ』の第五十八章でアマディスが突撃するときに「ガウラ、ガウラ」と地名を叫んで雄叫びを挙げ、それまでベルテネブロスの異名で隠していた素性を現してしまった。リスアルテ王も馬に拍車をかけると「クラレンシア、クラレンシア」と家名を叫んで敵陣へ突入していく。姓はもともと戦場での名乗りだったのである。

個人が父親とは違う名前をつけるのを認める習慣は黄金時代の小説や芝居にも現れており、このように父方にない家名をつけるのは十六世紀スペインにあってそれほど風変わりでもなかった。犯罪者が名前と姓をかえるのはよくあることだし、同様に異端審問所の吟味にかけられた改宗者がその姓名を記した懲罪服（サン・ベニート）が教会の壁に吊された場合、必然的に新しい名前をつけざるをえなかったことを思えば重要な行為であるには違いなかった。

サアベドラは先祖伝来の家名ではなく、セルバンテスが一五八〇年以降に勝手に使い始めた苗字である。兵隊になる前からすでに一連の詩を書いており、一五八〇年に解放されてスペインへ戻ってからは芝居、詩そして物語をも含む作家の道を歩み始めることになる。このサアベドラ姓が最初に現れるのは帰国後翌年の芝居『アルジェの物語』からである。上演もされなければ『ドン・キホーテ』ほどに読まれる作品でもないが、アルジェでの最も過酷で豊穣な体験を証言する作品であり、死との過激な遭遇を通してアルジェの奴隷達の有為転変の生命のはかなさを訴え、同時にセルバンテスのなかに湧きおこる捕虜生活が残した精神的外傷・痕跡を赤裸々に描き出している。

作品としての評価ははかばかしくないが、アルジェでの過酷な苦悩の体験を生き延びたセルバンテスにしか書けない貴重な証言の芝居である。登場人物の兵士サアベドラはまさに作者セルバンテスの代弁者を務める人物であって、死に臨んでもキリスト教の信仰を捨てない毅然たる祖国愛に満ちた捕虜の典型的な模範として描かれている。『ドン・キホーテ』中の「捕虜の物語」にも自伝的要素を帯びて確固たるセルバンテスの分身として兵士サアベドラが登場してくる。サアベドラにあやかってセルバンテスが創造した理想的な「自我」の人物像であろう。その誇りが垣間見える。

アルジェでの苦しい捕虜生活から帰還した一五八〇年後の署名からサアベドラ姓が初めて現れるのであって、それ以前の署名には見あたらない。『ドン・キホーテ』が出た一六〇五年からさかのぼること十五年、公式書類に「Miguel de Cervantes Saavedra」と署名をしており、私生児イサベルの出生証明書にもサアベドラの署名が見られるのである。

II　ドン・キホーテ時代の生活と技術

第五章　ドン・キホーテの経済状態

ドン・キホーテの書斎

セルバンテスによるとドン・キホーテは暇さえあれば、もっとも一年のほとんどが暇だったらしいが、毎日を読書三昧に過ごしていた。

「この郷士が閑《ひま》なときは、もっとも、一年のほとんどが閑なのだが、騎士道物語を一心不乱に読みふけり、狩猟はおろか田地田畑の管理さえもすっかり忘れてしまうほどであったことを言っておかなければならない。これに寄せる好奇心と傾倒ぶりが病膏肓《やまいこうこう》に入り、読みたい騎士道物語を手に入れるために耕地を幾ファネーガも手放し、そうやって出来る限りの書物を買い込んだのだった。」（前編第一章）

一五八八年、フェリペ二世は一千万ドゥカードの巨額をつぎ込んで偉容を誇った無敵艦隊をもってエリザベス女王のイングランドへ遠征軍を派遣したが、それに先立つエスコリアル宮の建設に優に五百万ドゥカード以上を費やした。少し瀟洒な家の家賃が年間十四ドゥカードですんだ時代である。都会ではこのように大量の金銀がまるで湯水の如くに消費され、イングランド征服の野望がはかない夢となって半数以上の艦船が大西洋の荒海に藻くずとなって消え去るとき、貴族のほぼ九十パーセント近くを占める郷士階級は地方に居を構え、そのほとんどが貧乏であった。ラ・マンチャ地方の典型的な郷士であるドン・キホーテが裕福であるはずもなく、事実、毎日の食費と衣類で収入のほとんどが無くなるのだった。ドン・キホーテがどこでどの程度の学問教育を受けていたのか不明だが、貧しいとは言え書物は読める。武人が無筆を誇り、文字を書けないのこそ由緒正しき貴族の印であるとうそぶき、署名の出来ない国王がいた滑稽とも言うべき時代は終わっていた。

郷士アロンソ・キハーノはもともと書物の好きな人物で、羊飼いの恋物語を謳った詩集などを普段から愛読していた。徒然《とぜん》の日々の合間にいわゆる牧歌調の詩歌を朗唱し、時には想を得て自らも一編を吟じる生活を送っていたのである。後編第六十七章あたりからしきりと牧歌調の田園生活の素朴な素晴らしさを褒め称え、遍歴の騎士の夢が破れて村へ戻る章では、牧歌生活の素晴らしさをしきりと称賛してサンチョも引き込もうとする傾向が見られるのもその表れであろう。ところが騎士道小説を読んでから歯車が狂い始めた。とかく柔弱な人間ほど空想の世界では悪を退治し敵を打ち負かして英雄になるものである。邪悪な巨人どもを退治し、天下に仇なす魔法使いからやんごとなき姫君を救い出す波瀾万丈の荒唐無稽な世界がドン・キホーテには滅法おもしろく、たちまちその虜となってしまった。

夜はまだ暗いうちから暁の訪れまで、昼間は払暁から日暮れまで読書三昧に時を過ごし、こうしてほとんど眠もやらずに読みふけったので脳味噌がひからび、ついには正気を失うことになってしまったのである。ここから長大な『ドン・キホーテ』の冒険物語が始まる。

ところでこの時代、書物は高価だったのは確かだが、当時の収入からしてどれほどの価格であったのか現在では正確に知る術がない。ただし安くなかったことだけは確かである。したがって流暢に読めるだけの学力があっても経済的に書物が手に入らない現象も生じる。例えばクリストバル・ロハスと称する隊長が『城砦構築の理論と実際』と題する堅い書物を一五九八年に印刷しているが、これの費用が十一レアルと記されている。

ペセタ（ユーロになる以前の通貨）に換算すると三万七千四百ペセタと意外と安いのだが、印刷部数や販売価格などを知る術がない。ましてやそれが手稿本や写本の類になるとその高価なことは類推のしようもない。『スペイン戯曲の華』（一六一五）と題する書物をバリャドリッドの書籍商マルティネスが二百冊を千二百レアルで買い取った記録があるが、これによれば一冊六レアルである。もちろん書物の価格は千差万別であるから何らの断定もできないが、黄金時代には印刷技術が飛躍的に発達を遂げてかなり安価に書物が入手できるようになったのは事実である。すでにセビーリャで最初の書物が一四七六年、バリャドリッドでは一四八一年、トレドでは一四八三年に印刷されている。印刷技術にいたく感動したカトリック両王などは、一四八〇年の勅令で印刷を広く自由に認めたので書物の印刷が順調に伸びたのである。

十六世紀のバリャドリッドで仕立屋、靴職人、金銀細工師などの職人が書物を所有していた記録が残っている。一四七九年に床屋のミゲル親方が詩集を七冊所有していた。一四九二年には毛梳き職人の未亡人コロマが十冊を持っていた記録がある。貴重品であるからもとより冊数は極めて少ない。多くて十冊程度、靴職人のディエゴ・デ・アグエロが二十五冊所蔵していたのが例外的に多かったぐらいで、とてものことに図書室と呼ぶにはほど遠く、せいぜいが書棚程度の数であった。しかも少なくともスペイン国民の八十パーセント、つまり村人のほとんど、職人の大部分が文盲であったことを考えると彼らがこの書物を自ら読んだと一概に断定はできない。あたかも現代の大百科事典のごとく家具の一部、ただの見栄か飾り、あるいは好奇心から書物を集めたことも十分に考えられるのである。

流暢に読み書きの出来るのは貴族や聖職者（聖書の読めない僧侶、とりわけ高齢の尼僧などがいたのは承知だが）、学者、医師などはもちろんとして商取引に携わる人々や建築家、画家など職業柄文字を必要とするごく一部に限られていた。なかでも財力があってしかも文字が読める裕福な商人達は書物、とりわけ騎士道小説などおよそ何の利益ももたらさない文学書にはほとんど興味を示さなかった。日々の平安と商売繁盛を願う祈祷書とか市が開かれる期日を知るための暦さえあれば事は足りたのである。財力を誇って高価な絵画などは購入するが、腹の足しにもならない娯楽書物などが玄関を通過して書棚に収まることはなかった。十六、十七世紀のスペインで図書室と呼ぶに相応しいだけの書物を持つのは一部の特権階級でしかなかったのである。『ドン・キホーテ』にも後編第十六章の「緑外套の騎士」は、中どころより少し上の金持ちで七十冊ばかりの本を持っていると記されている。歴史、宗教書の類である。

財力のある富裕商人はティツィアーノやルーベンスの絵は蒐集しても詩歌、小説の類を余暇の楽しみに購入する気はないとなれば、その所有者の大半は専門書を必要とする学者を含めて法律家、貴族、聖職者などであった。当時、個人の所蔵で五百冊を越えると立派な図書室であった。例えばカラブリア公フェルナンド・デ・アラゴンや王室顧問官ロレンソ・ラミーレスの図書室などには宗教書、ギリシャ・ローマ古典、科学書、詩歌、小説などの多岐に渡る蔵書がそろっていた。五百冊とまでは行かなくとも二百から三百もあればたいしたもので、フェリペ二世からエスコリアル宮の建築を任されたファン・バウティスタが没したあと、一五七二年に後任を託されたファン・デ・エレーラの図書室などはさすがに建築関係の技術書が多いのが特徴だが、その他に神学、法律、医学そして芸術と幅広い多様性を見せているが文学書はない。エスコリアル宮の主任建築技師として年間一千ドゥカードの年金を支給されている高給取りだからこそ可能だったと言えるだろう。

普通は自宅に数冊から二、三十冊を所有しているだけでも豪勢なことで、このあたりになると貴族や僧侶はもちろん先にものべたように少し経済力に余裕のある職人なども含まれてくるのである。イサベル女王は『マーリン』、『聖杯の探求』、『ランスロットの物語』、『サイファーの騎士』等を所有していたし、カルロス一世の騎士道好きは知られており、側近に読ませて王妃もこれに耳を傾けたと言われる。宮廷の貴族達にも愛好家があって、カラブリア公爵の書棚には『アマディス・デ・ガウラ』、『エスプランディアンの武勲』、『パルメリン・デ・オリーバ』などお定まりの騎士道物が二十冊あった。フェリペ二世もこの種の物語を愛好し、アマディス風の馬上槍試合や模擬試合などの騎士道の武芸大会を好んで催したのである。

無敵艦隊（一五八八）の時代にフェリペ二世から絶大の信任を得てエリザベス女王の宮廷へ派遣され、スペインの利害を守って熾烈な闘争を繰り広げてエリザベス女王の激怒を買ったベルナルディーノ・デ・メンドーサ（一五四〇—一六〇四）などは九十冊の蔵書があったが、これらは一部であったと言われる。エリザベス女王を「あの女」と呼んではばからなかった傑物であるが、さすがにこの人物はサンティアゴ騎士団員であると同時にギリシャ語を学びラテン語の読み書きにも堪能な文人でもあった。

一六〇四年の財産調査目録がマドリッドの古文書館に保存されているのだが、故人の読書から日常の生活習慣、家具から衣服に至るまで詳細に記録されている。もとより外交や軍事関係の書物が多いが、それにまじって音楽や詩の本が異彩をはなっている。大貴族のような図書室こそ持たなかったものの宮廷生活のしがらみに絡め取られた人物が、古きよき時代の自由な冒険を書物に求めたのでもあろう。『ドン・キホーテ』が蔵書にないのはまだ出版されていないからだと思いたい。

ベルナルディーノ・デ・メンドーサ

宗教の世界でも、高名なイグナチウス・ロヨラやサンタ・テレサなどの聖職者が騎士道小説を愛好していたと言う逸話もほほえましい。ドン・キホーテなどは書籍文化から離れた位置に置かれていたはずである。だからといって田舎の住民がまったく書物を読まなかったというわけではない。前編第三十二章で旅籠の亭主は、騎士道物語を読みすぎたおかげでドン・キホーテの頭が狂ったのだと聞いて呆れ顔ながらも「世の中にあれほど楽しい読み物はない」と同情的にこう述べている。

「ここにも、ほかの書物にまじって二、三冊ありますがね、わしばっかりかほかの大勢の者たちにも元気を与えてくれたものですよ。と言うのは他でもない、刈り入れの時になるとここへ麦刈り人夫が大勢集まって骨休めをするのですが、なかに字の読めるのが何人かいつもいまして、そいつが一冊を選んで取り上げると三十人以上がそのまわりを取り囲み、浮き世の憂さを忘れてうっとりと聞き入るんでありますよ。少なくとも手前なんぞは、騎士達が打ち下ろす猛烈な凄まじい剣戟の修羅場を聞くと自分でもその気になってしまって、昼でも夜でもずっと聞いていたくなります。」

旅籠の亭主も文字は読めないのである。この時代の常でひとりで孤独に読書をするのではなく、字の読める者が周囲に読み聞かせたのであることがわかる。それが証拠に『アマディス・デ・ガウラ』などにも「みなさん、すでにお聞きの通り」のごとき語りかけが頻繁に見られる。作者はひとりの読者よりも聴衆を意識して書いているのがあきらかである。

騎士道物語などと言うものは娯楽のために嘘八百のでたらめばかりを書き連ねてあるのだと諭す司祭に向かって亭主は、主人公の騎士が巨人の胴中をひと太刀でまっぷたつに切り離したり、百六十万の軍勢を相手に獅子奮迅の大立ち回りを演じてまるで羊の群れのように易々と蹴散らしてしまったり、火を吐く竜に馬乗りになって退治する活躍の真実を口角泡を飛ばして言い募り、時には怒気を含んで食ってかかるのである。騎士道の書物に述べてあることをそっくりそのまま頭から信じている様子である。まさにドン・キホーテの相似形が出現したかの趣である。しかし幸いこの亭主がドン・キホーテとならないのは、往時の遍歴の騎士道が今の時代にはすっかり廃れてしまっていることを十分に承知しているからである。ドン・キホーテにはそこの分別がない。

ともあれ田舎の旅籠の亭主が書物を所有しているのに驚かされるが、実は泊まり客が置き忘れていったのだと落ちがつく。それにしても小麦の刈り取りに雇われた人夫の中に字の読めるものが必ず何人かいるというのもまた驚きである。おもしろいことにスペインにも瓦版のようなものがあった。紙に印刷されたのを二つ折りにしてそれを横に渡した革紐に懸けておいたのでこれを革紐文学と称する。盲人などが内容を覚えて広場や街角でそれを披露し、同時に文字の読めるひとにその印刷物を売る。買ったひとが仕事の合間にでもそれをみんなに読んで聴かせるのである。内容は俗謡、笑劇、物語、騎士道物の抜粋、芝居のさわりなどであった。

同時代のローペ・デ・ベガやカルデロンの芝居でも小説を読んだり詩歌を作ったりする農夫が登場する場面があるが、あくまで虚構であると承知しておかなければならない。農民が難解な書物を読むのを無上の楽しみにしていること自体が当時の観客には滑稽味を醸し出すのである。自分の名前を記号のように書けたから文字が読めるとは言えないし、拾い読みする程度を指して読めるとも言い難い。ローペ・デ・ベガの芝居に登場する農民がはたしてどの程度まで読みかつ理解できたのか疑問である。牛の尻を追う農夫が書物を読む場面そのものが舞台に笑いを誘う現象であって、あの時代に本を傍らに畑を耕す農夫がいたと文字通りそのままにうけとってはなるまい。麦刈り人夫に書物が読めるというセルバンテスの記述も額面通りに信じるべきではないのかも知れない。

本を買うだけの経済力はないが本を読みたい人間はいた。印刷技術の発展によって身分の低い者でも書物を読む例は確かに見られる。これらのひとが書物を安く入手するには三通りの手だてがあった。まず競売に出るとき。財政に行き詰まって破産した貴族が家具調度品をそのまま居抜きで屋敷を売りに出すことがあった。金銀の皿小鉢や燭台の小物に混じって書物も捨て値で売却される。それを買い取るわけだが、それでもやはりそれなりの金銭は必要とする。自腹を切って書物を購入できる人間はごく少数に限られていたのである。

お金のかからないところでは貴族の館の図書室を利用することである。もっとも誰でもと言うわけにはいかないのは当然で、屋敷に働く秘書、侍従、図書係、あるいは比較的自由に出入りを許されていた楽師などが主人の図書室を利用したのである。オルガン奏者のルイス・ミランや戯曲家ローペ・デ・ベガなどもこの方法を大いに利用して恩恵に与ったらしい。しかし貴族の館とかかわりのない庶民には所詮は無縁の図書室であって最後の手段は聖職者や教会の図書を借りることであった。実際に教会などでは希望者に書物を貸し出す制度があったようで、すでに十六世紀頃から大きな都市だと貸本屋があったのである。

事実、フェリペ二世の三度目の妃イサベル・デ・バロアが『ドン・キホーテ』にも登場してくる騎士道物語『日輪の騎士』を借りてくるように召使いに命じている例がある。一五六七年五月の記録であるが二十一歳の若い王妃が『日輪の騎士』を読むと聞けばドン・キホーテが小躍りして喜びそうである。ただし命じられた家臣が誰から借りてきたのか、具体的にどこへ拝借に出かけるのかその行き先は残念ながら不明である。

公共の図書館のような制度がなかった当時、貸本屋は庶民が書物に親しむ第一歩であったにちがいない。反故紙であれ手紙の切れ端であれ文字と名のつくものは片端から読まずにはいられないほどに読書好きのセルバンテスであったが、日々の生活の困窮に追われて高価な書物を購入する余裕などあったはずがない。おそらくはこのような貸本制度や貴族の館につてを求めて苦心の末に読みたい本を手に入れて読書三昧にふけったあげく、あのように膨大な知識を仕入れることが出来たのではないかと推測される。因みにセルバンテスとほぼ同じ時代を生きた戯曲家ペレス・デ・ゲバラは亡くなったとき二十五冊を所有していたと言われている。文筆を生業とする貧しい作家であるから二十五冊が多いのか少ないのか判断のつけようもないが、もっと貧しかったセルバンテスがどれほどの書物を所有していたのか興味のあるところである。

カスティーリャ地方の郷士などはずいぶんと貧しいので、ドン・キホーテのように土地を売って書物を得るなどは法外の贅沢である。現実に書物を購入して書斎が持てるのは都市の貴族に限られていたと見てよい。ところで貸本を利用したり貴族の邸につてを求めたり、あるいは競売の書物を安く手に入れたりできるのはあくまでもマドリッドやバリャドリッドなどの都会での話である。ドン・キホーテの住むラ・マンチャの片田舎にそんなものがあるはずもない。したがって読みたい本はすべて自分で調達するしかないが、それには莫大な費用と労力を要する。だからセルバンテスの言うように郷士アロンソ・キハーノは騎士道物語を買うために「幾ファネーガもの耕作地を売り払ってしまった」のである。

一ファネーガは約六千四三九平方メートルにあたるので二千坪近くになるだろうか。それを幾ファネーガも売り払ったのだから相当の面積を手放して書物に換えてしまったことになる。一ファネーガの土地にどれほどの値がつくのか正確にはわからない。十二ファネーガの農場を七十ドゥカードで売買した記録はあるが、格差の激しい土地だけに基準とはなりがたいが、書物が相当に高価であったことだけは推測できる。因みに花嫁の持参金が七十五ドゥカードであったり、海岸地方で鯨一頭が四十五ドゥカードで落札された時代である。いずれにせよドン・キホーテは畑地を売却したお金で手にはいる限りの書物を買い集め、そのことごとくを書斎に積み上げていたのである。それらを朝から晩まで毎日のように脳味噌が干からびるほどに読みふけったと言う。

はたして頭に変調を来すほどの読書家であったドン・キホーテがどれほどの書物を所有していたのだろうか。善人アロンソ・キハーノを遍歴の騎士へと駆り立てたのはすべて騎士道物語が原因であると衆議一決、前編第六章で村の司祭と床屋の親方が率先して書斎にある書物に残らず焚書の刑を下すことになるのはすでに述べた。家政婦の言うところでは、立派に装丁のなった大型の書物が百冊を越える数と小型のものが何冊かあった。小型の書物はそのほとんどが牧歌調の詩歌の類であったそうだから、ドン・キホーテの所有していた騎士道物語は百数冊になるようだ。狭い書斎であればこれだけで部屋はいっぱいになったであろう。それにしても都会の大貴族の所蔵が五百冊もあれば記録的な数である時代に、ラ・マンチャの片田舎の貧乏郷士が百冊以上もの騎士道物語を自宅に所蔵しているのは画期的に驚くべき数字であることが分かる。

ラ・マンチャの片田舎に文字の読めるのは司祭か土地の郷士しかいない。旅人がたまに旅籠に置き忘れた一冊がその界隈の貴重な宝物となるほどの土地柄である。書籍文化からはるか遠くに離れていた土地で郷士アロンソ・キハーノが先祖伝来の土地を数ファネーガも売り払って何の益にもならぬ騎士道の書物を購うなどは村人にしてみれば正気の外、すでに常軌を逸した奇行の沙汰であろう。もともと農地の所有者は貴族や聖職者で都会に住んでいるのが普通である。あるいは地方の土地は一握りの豪族などに集中していたことを思えばドン・キホーテの祖先は相当の身分であったろう。しかもその土地を誰が買い取ったのかも不思議である。村にはサンチョのような農民がほとんどで、自分の土地は持たずに小作人や日雇いの生活である。日々の費《つい》えがやっとで土地を買うなど夢のまた夢である。裕福な大貴族も商人も総じて都会に住んでいる。

また、運良く買い手があったとして、ドン・キホーテはその代価をもってどこへ書物を買いに行ったのだろうか。活字文化の果てに位置するラ・マンチャでは手に入らない。まずマドリッドかバリャドリッド、あるいはサラマンカあたりまで脚を延ばさなくてはなるまい。そう無造作に書物が集まるわけではない。アロンソ・キハーノが誰に幾らで土地を売ってどこで書物を購入したのかなどはもとより余計な詮索であるのは承知だが、ドン・キホーテが先祖伝来の土地を手放して書物を購入したと言うのはたやすいが、現実には思いの外に難しいのである。

ドン・キホーテが百冊以上も蔵書を所蔵していることは、すなわち彼の財力が予想に反して相当のものであることを語っている。ドン・キホーテと言えば貧乏郷士と相場が決まっているがその実、意外と裕福であったとも言えるのである。しかしそれを書物に消費してしまえば自ずと日々の費えは慎ましくならざるを得まい。台所の方へ回してくれればいいものをと憤懣やるかたない家政婦や姪にしてみれば、紙くず同然としか思えない書物を目の敵に嬉々として炎にくべて何らの痛痒も感じないのも当然である。

それでも二度目の遍歴の旅に出るとき、脳味噌の足りないサンチョをそそのかして従者に従え、前回の失敗に懲りて鞍袋には着替えのシャツなどの雑貨を加え、旅籠の泊まり賃や食費を用意する周到さだった。その調達にあれを売ったりこれを抵当に入れたりしてかなりの額に達したとセルバンテスは述べている。誰が何を抵当にとって融通してくれたのか、ドン・キホーテの近隣界隈の状況を多少とも知りたい興味にかられるが、これまたドン・キホーテにとっては余計な詮索であろう。

アベリャネーダの『ドン・キホーテ』にはもっと具体的に「土地を二カ所とかなり立派なぶどう畑をひとつ売り払い、その上がりを全部、旅路の費用にあてた」と明記されている。しかもサンチョに「ロバを買い与え、着替えならびに三百ドゥカードを越える現金を所持していた」と添える。三百ドゥカードあれば並の建築技師なら三年分の給料に相当するし、四十歳のモーロ人奴隷を三人は買い取れる金額であることを思えば、膨大な金を鞍袋に入れた贅沢な旅である。われわれはドン・キホーテが貧乏郷士であると何の疑いもなく信じてきたが、これを見る限り毎日の食費だけで年収のほとんどがなくなるという言葉をにわかには信じがたくなる。

しかし高価な書物を百冊以上も買い揃えて泰然自若として居られるだけの財産があったことも事実である。詩集を除いて蔵書が百冊と言うことはドン・キホーテが読んだ騎士道物語は大雑把に百冊程度であった理屈である。もっとも騎士道物語などの書物は専門書と違って元来が貸したり借りたり、読み終えればひとに譲ったりもする類の書物であった。現代風に考えればたかだか百冊の騎士道物で頭に異常を来すとはいかにも脆弱な脳味噌であると揶揄したくもなるが、一冊の書物が人生を狂わせることのあることを思えばあり得ることかも知れない。

由緒正しい貧乏郷士

都心のある中流家庭の一日の出費の記録によれば食料に九十九マラベディ、他にローソク一本が四マラベディ、薪と炭に十二マラベディ、ぶどう酒が六マラベディなどの諸々を合わせて百二十一マラベディ。それに家政婦の日給が十七マラベディ、薬代、洗濯費などの諸経費を入れるとほぼ一日に百五十マラベディとなって年間三万四千七百五十マラベディ、約九十三ドゥカードすなわち百二十六レアル強の出費となる。

ラ・マンチャのドン・キホーテの家計はおそらくこれより低いのだろう。なお当時の通貨がエスクード、ドゥカード、レアル、ベリョン、クァルトなど金貨、銀貨、銅貨が複雑に錯綜していて、しかも時代によってめまぐるしく変動するので今となってはお互いの貨幣交換数値を正確に把握できない。日本のように九両三分二朱と簡単にはいかないのである。全体を統一して通貨単位のマラベディで計算するが、これも概算であっておおよその概念でしかないのでご容赦願いたい。

ドン・キホーテの時代にスペインに高名貴族が二百家ばかりあった。これら公爵や伯爵などの爵位を持つ貴族では、その年収も例えば無敵艦隊の総揮官を務めたメディナ・シドニア公は十七万ドゥカード、オスーナ公は十五万ドゥカード、アルバ公が二万ドゥカードと法外な桁に達する。ついでにトレドに限って言うなら大司教は八万ドゥカード、主任司祭が千ドゥカード、礼拝堂付き司祭で二百ドゥカードである。大工、石工、左官の手当が平均して日に三レアル、年間にして八十二ドゥカード。バリャドリッドの日雇い人夫が年に三百日働いて（仕事があればだが）六十ドゥカード、ラバ追いが一年間ラバの尻を叩き続けてせいぜい十二ドゥカードの時代であるから庶民の二百倍近い収入であることが分かる。マラベディに換算すると一レアルを約二百七十五マラベディとしてラバ追いの年収八百二十五マラベディ。これは卵がほぼ三千二百個買える計算である。

爵位を持つ高名な二百家はスペイン貴族の華であったが、その下に位置するのが騎士である。何百万もの騎士がいたがその一番の望みはアルカンタラ、カラトラーバ、サンティアゴのいずれかの騎士団の団員に叙せられることであった。ただし騎士団か得られるのは名誉だけで実際の収入は自分の土地からの収益に求めるか、あるいは商業取引や手工業に従事した者もあった。騎士達の年収は平均して二千から一万ドゥカードぐらいのところで、中級から上になるとだいたいが都市に居住していたようである。この下に貴族階級のほぼ九十パーセントを占める郷士がいた。アロンソ・キハーノすなわちドン・キホーテの属する階級がこれである。最下級の貴族である郷士はだいたいたいが貧乏と相場が決まっていて先祖から受け継ぐ血筋だけが唯一の拠り所である。ドン・キホーテ自身も前編第二十一章でこう述べている。

「たしかにわしは、田畑も所有地もある由緒ある旧家の郷士で、屈辱の対価に五百エスクードをもらえる権利を有しているから、わしの物語を書く賢者が先祖と血筋をはっきりとさせて、国王の五番めか六番めの子孫にしてくれるだろう。」

血統につてはドン・キホーテが十五世紀に実在した騎士グティレ・キハーダの男子直系の末裔だと自慢していたのはすでに述べたが、そのうえ土地も財産もある少しは知られた旧家であると言う。五百エスクードの補償金というのは、郷士が平民から名誉毀損の侮辱を受けた場合、訴訟を起こして相手に賠償金を請求できた。争いが平民同士だと請求額は三百エスクードだが、郷士が侮辱された場合は五百エスクードを請求できる権利があったのである。だから自分はひとたび事があれば賠償金とし二十三ドゥカード、約八千五百マラベディを請求できるれっきとした郷士だと言いたいのである。

田舎に住む貧しい郷士が平民との区別を誇示するには由緒正しい血統しかない。名前にドンの敬称をつけることができるのも貴族の特権であるが、先にも触れたように郷士にドンがつくのは十七世紀に入ってからのことであった。末端の貴族の称号もやがては金銭で売買されるようになり、二百レアルで一代限り、四百レアルで二代、六百アル奮発すれば末代までの称号が買えるようになるのである。当時の著名な戯曲家カルデロン・デ・ラ・バルカの芝居『サラメアの村長』（一六三六）に主人公クレスポが称号を買うのを拒む場面が見られる。たとえお金で貴族の称号を手に入れたとしても、もとは平民だと知らぬ者はない。禿頭にカツラを乗せてごまかして今さらなんになろうかと言うのである。すでにこの時代、貴族称号の売買が芝居になって揶揄嘲笑の批判を受けるほどに一般化していた証拠である。

戯曲家カルデロン・デ・ラ・バルカ

いずれにしてもドンのつく最新流行の郷士ドン・キホーテの身分はあくまで郷士であって騎士ではなかった。しかるに遍歴の騎士として諸国巡歴の冒険に乗り出すには騎士でなければ都合が悪かろうという重大な欠如に思い至った。そこで旅籠の亭主に頼んでさっそくに滑稽な騎士叙任式を執り行うのが第三章での事件である。今はなき騎士叙任式など誰も見たことがない。百年前の『アディス・デ・ガウラ』（一五〇八）で読み覚えた儀式をまねて怪しげな叙任式を経たドン・キホーテは、一階級昇進してめでたく騎士となったわけである。

『アマディス・デ・ガウラ』によれば騎士になるにはもちろん血統も大切だがそれに加えて武勇の誉れも認められねばならない。アロンソ・キハーノごときが一夜にして騎士に叙任されるはずもないのだが、そこは何分にも理性の狂った人間のことである、自分勝手にそう思い込んで騎士を僭称するのである。

さて、ラ・マンチャの郷士ドン・キホーテの実際の生活ぶりはどのようであったのか。セルバンテスは第一章でこう書き出している。

「槍立てに槍、古びた楯、痩せ馬と足の速い猟犬を備えた郷士がひとり住んでいた。」

玄関を入ったところかあるいは中庭に大きな傘立てのようなものがあって、そこに槍を立てておく。この槍を構えて騎馬でぶつかるときに敵の穂先を防ぐ楯がいる。左通して身を守る小型のもので、通常は革を幾重にも張り合わせた楕円形ないしはハート型をしている。移動の時は腕に革ひもで首から吊したりする。アーサー王伝説では肩に掛けたりしているようだが『アマディス・デ・ガウラ』によると「楯を首にかけた最高の騎士」、「アマディスは剣を鞘に収めて楯を首にかけた」、「楯を首にかけ槍を手に取る最良の首領にして万夫不当の騎士」などの描写が常套句のように随所に見られる。また、闘いの時に首にかけた楯ごと敵を引き寄せる場面もあるところから首に吊したまま扱うのが戦法であったらしい。

そしてドン・キホーテは早起きをして狩猟に出かけるのを楽しみにしているから足の速い猟犬はかかせない。もともと郷士に猟犬はつきもので「猟犬（ガルゴ）のない郷士（イダルゴ）は何か（アルゴ）が足りない」と語呂合わせの諺まで出来ているほどである。またすでに型どおりに駄馬（ロシン）がいるが恐ろしく痩せている上に蹄はひび割れだらけの馬だと言う。辞書の説明によれば外見、血統、素質、能力のすべてから見て良質でない馬、要するに農耕馬である。しかも痩せている。この駄馬のなかの駄馬、折り紙付きの駄馬がドン・キホーテにはとてつもない駿馬と映るのだから始末におえない。

遍歴の騎士がさっそうと手綱をさばく駿馬にはそれなりの名前がなければならないと考えた。そこでこれまでに読んだ書物の記憶を手がかりに四日のあいだ空想の世界をさまよい、適切な名前を書いたり消したりした結果、ロシナンテと呼ぶことにしたのであった。もとよりとてものことに甲冑に身を固めた騎士を乗せて戦場を駆け回るだけの資質も体力もない。板金鎧や鎖帷子などの完全武装の騎士が乗料に求める名馬は、スペインならアンダルシア産の馬をおいて他にないだろう。当時の商人達は大変な危険と苦労を冒してイギリスなどへも輸出していたのだが、残念なことに一五二六年にアンダルシアを大干魃が襲来し、地表には草木一本残らない惨状となって動物はもとより人間も夥しい数の餓死者を出した。そのあおりを食らってアンダルシア産の名馬も死に絶えてしまった。時の国王カルロス一世は国産名馬の回復を切に望んだのだが、ちょうど火薬の使用と共に戦術に変化が起こり、重装備の騎士を乗せる馬の需要が減り始めた時期でもあって以前ほどの必要性がなくなり、思うような回復が果たせなかったのである。

それに『アマディス・デ・ガウラ』でも明らかだが、戦場で戦うときはまず馬が狙われて負傷したり、敵の従士に脚のヒカガミを斬られたりするので替え馬を何頭も用意しておき、倒されたり疲労した馬を次々と乗り換えて戦った。いわば消耗品であって一頭の馬に愛称をつけて最後まで乗り潰す例はあまり見られないのである。少なくともアマディスの馬に名前はついていない。ところが由緒正しき農耕馬にロシナンテと名がついた。アンテとは「以前」を意味する。ロシン＋アンテとは「以前駄馬」つまり「元駄馬」ほどの意味であろうか。それが詰まってロシナンテとなった。馬の名前に四日も時間をかけて随分と心を砕いて知恵を絞ったあげくにたどりついたのが「元駄馬」だったのである。このとぼけた名前がドン・キホーテには響きもよく、気品もあってしかも以前の駄馬の身分をぴたりと表した風格のある名前に思えてひとりしたり顔にご満悦のていであるから、当時のスペイン人にしてみれば馬鹿馬鹿しくもたまらない面白さである。

さて、ドン・キホーテとロシナンテの他にこの家には四十歳近い家政婦と二十歳にならない姪、それに馬に鞍をつけたり鉈《なた》をふるって枝葉を落としたり、畑仕事や市場へ買い出しに行く下男の若者がいた。血縁である姪に給金を支払う必要はないとしても家政婦と下男はただ働きと言うわけにもいかないから月々幾ばくかの手当を出さなければなるまい。果たしてドン・キホーテは幾らほどの給金を支払っていたのだろうか。

召使いの給金には男女によって差があったが、男の場合は食事つきの現金支給かあるいは賄い分を現金に換算して給金に上乗せするかのふたとおりの方法があった。食事と言っても粗末なもので臓物を大根や蕪と一緒に煮込んだ鍋料理程度であったらしいが、どういうわけか女には賄いをつけてはいけなかった。一六〇九年の法令にそれが定められている。

給金の額について公の規定はなかったのですべて雇い主との交渉次第だった。裕福な主人に当たれば手当も豊かに貰えるし、お仕着せのひとつも支給された。ティルソ・デ・モリーナの芝居によれば、月に十レアル貰える召使いがあるかと思えば主人が貧乏で月にわずか二レアルにも足りないとこぼす者もある。また月に五レアルと年にお仕着せが一着支給される例も見られる。ただしこの例は一五八〇年代、マドリッドとセビーリャなどの都会で婦人ひとりが女中をひとり雇って暮らしていくのに月に約一三二レアルを必要とした頃の額である。

カスティーリャの片田舎であるラ・マンチャでの相場はどれくらいであったのか。先の夜、月が皓々と照りつける中庭で旅籠の亭主から怪しげな騎士の叙任を授けられて騎士となったのは前編第三章での事件であった。ラバ追い達と大立ち回りを演じた疲れも見せぬドン・キホーテが、続く第四章で夜の引き明けに宿を発ち、しかるべき従者を見つけようと村へ戻る道すがら、悲しげに訴える声を耳にして何事ならんとロシナンテを進めてみた。すると十五歳ばかりの少年が樫の木に縛り付けられ、屈強の農夫が革帯で折檻しているのだった。

事件の顛末は本編に譲るとして、羊の番に雇われているこの少年アンドレアが親方から貰っている給金がひと月に七レアルだと言っている。それが九ヶ月のあいだ未払いだと少年が訴えるのでドン・キホーテがちょっと天を仰いで暗算をすると締めて七十三レアルになると分かった。これは明らかに計算違いで六十三レアルでなければならない。初版では七十三レアルになっているが、後年、これをセルバンテスの過ちとして六十三レアルに訂正している版もある。

しかしこの計算違いは作者が故意に入れた諧謔であろう。セルバンテスは滞納税の徴収官としてアンダルシアの村から村を歩き回った経験を持つ人間である。七×九の単純計算を間違えるほどやわな計算力ではないはずだ。それが証拠に『模範小説集』の「犬の対話」でも税制に対する提言を述べて計算力の確かさを見せている。もったいぶった様子で天を仰いで計算した初歩的な数値に誰にでも気がつく間違いのあるところに自ずとおもしろみが醸し出される。そこにセルバンテスの計算があるのであって計算間違いの指摘などは余計なお世話である。

ともかくアンドレアの給金は七レアルである。しかしこれは少年でもあることだし仕事は羊の番をするだけなのでドン・キホーテが家で雇っている下男とは同率にならない。他にもサンチョのロバが日に二十六マラベディを稼いでそれが暮らしの半分にあたっていたとか、娘のサンチーカがレース飾りを編んで月に八マラベディを稼ぐなどと記してあるが下男の手当を知る手がかりはない。もっとも、『ドン・キホーテ』の後編第二十八章に格好の記述が見られる。サンチョが同じ村のトメ・カラスコの家で奉公していたことがあった。そのとき食事付きで二ドゥカード、すなわち十一レアル貰っていたと言う。

ところがアベリャネーダの『ドン・キホーテ』では月に幾らの労賃を貰っているのかと尋ねられたサンチョが、ひと月に食事付きで九レアルと年に靴が一足だと応えている。サンチョの愚かしさをいたく気に入った貴族が服と靴を毎月支給した上に一ドゥカードの給金で引き抜こうとするのである。セルバンテスのサンチョが二ドゥカードもらってカラスコの家で働き、アベリャネーダのサンチョがドン・キホーテに仕えて一ドゥカードだとすれば二倍の違いである。労賃に随分と差があるのは主人の経済力によっていくらでも談合の余地があった証拠であろう。

いずれにしてもドン・キホーテは自分の下男に一ドゥカード＝十一レアルぐらいの給金は出していたと見ていいだろう。いまひとり、四十歳を越した家政婦にも月々の手当を払わなければならない。ローソク一本が四マラベディであった頃にマドリッドの中流家庭の家政婦に日給十七マラベディ、月にして十五レアル支払っていた記録があるのは先に述べた。ラ・マンチャの片田舎ではずっと安いはずだし、男より少なくて済むので十一レアルよりは少ないに違いないが詳細の特定は出来ない。

国家的宿り木、召使いの生活

ミゲル・ヘレロの書物（Oficios populares en la sociedad）によるとずっと一日中、主人のそばにいて身近の用を務めるのも召使いなら、一日のある時間だけ何らかの御用を果たして報酬を貰うのも召使いである。スペインを代表する王室画家ベラスケスにしても本来の職務は配室係である。室内装飾係のようなものであるから立派な召使いである。人気抜群の劇作家ローペ・デ・ベガにしてもセッサ公に仕える立派な召使いであったと言える。下は馬の世話をする下男や旅籠の皿洗いから、上は国王のお召し替えの御用を賜る部屋係まですべてを含めてスペイン国家はまるで壮大な宿り木のごとき召使いの国であった。都会の貴族のお屋敷は住み込みの召使いで溢れていたのである。

もちろんその代表が王家であるのは言うまでもない。事実、フェリペ二世は給料、消耗品、贈答から貧者への施しまでを含んで年間二十五万ドゥカードを出費していた。これはエスコリアル宮の総建築費のほぼ半分に達する額である。フェリペ四世には執事長ひとりを筆頭に給仕頭が四人、食事係はなんと五十人、家事には四十人、部屋付きが八人、小姓は二十二人、パン焼きだけに四人、果物の仕入れと管理に二人などの召使いがいた。他にも闘牛用具の管理係、猟犬の飼育係、国王が食堂へおなりのときに絨毯を敷く係、衣服を着せる係、脱がせる係などの地位の高い召使いがいて、またその召使いに仕える召使いがいるわけで、国王陛下に仕えるだけの召使いが総勢百二十人にも上るのだから壮観である。

王家がこれであるから貴顕貴族もそれにならって二百人、三百人と召使いを抱えてその数で覇を競うことになる。やがて貴族だけでなく市民にも六人、八人と召使いを擁する家庭が現れてくる。もっとも末端へ行くとドン・キホーテの家のようにひとりで何役もこなさなければならない。あまりの贅沢を憂う国家は雇用できる召使いの数についての法令を一六〇二年に発布するが効き目はなかったらしく、同じ内容の法令が繰り返し出されている。王室がまず範を示さない限り実効は無理である。

召使いはとかくおしゃべりと相場が決まっていた。主人の私生活に首を突っ込んで知りたがり、路上で集まれば主人の噂話に大輪の花が咲くのである。馬までがそれに長い顔を突っ込んでしたり顔にうなずく。墓場では召使い達の墓石が主人の噂をしていると皮肉られた。娘や妻の名誉を守るならまず召使いを遠ざけること。逆に女に近づく手段にはまず金品をもって召使いを籠絡するのが手はじめである。シェイクスピアの芝居を引き合いに出すまでもない、詮索好きで噂好き、平気でうそをつくおしゃべり屋、泥棒、盗人であるとも言われ、劇作家カルデロンは召使いを「家庭内の敵」と呼んでいるぐらいである。

もっともある貴公子に生涯を仕えてきた召使いによれば、「いつも御前に控えてへとへとになるまでこき使われ、罵詈雑言に耐え、鶴のように足を交互に換えてウサギのように目を開けたままで眠り、人生最良の時を何の得るところもなく過ごしてしまった」とぼやくことしきり、日の出から日没まで召使いには夜も昼もない重労働であったのが分かる。しかもこのような扱いが改善されることはなかった。過酷な生活をある召使いが次のように語っている。

「私の名前はどうでもいいが、職掌《しょくしょう》については少し説明がいるだろう。現在、王室厨房の見習いを勤めている。フェリペ四世の召使いが誰でもそうであるように王宮の隣にある宝物館に寝起きをしている。アウストリア家の習慣で宮廷内の照明は薄暗いと聞いたことがあるが、それはここでも同じだが場所は広くて快適だ。長くて狭い廊下には壁掛けと豪華な絵画が飾ってあるのだが暗くて幾分陰鬱である。確かに薄暗いが静寂はともなわない。召使いに割り当てられている階は悪魔千匹のごとき喧噪と騒乱に満ちているのだ。ここには国王陛下に仕えるだけの人間が千二百人近く暮らしているのだからそれは凄いものだ。ソムリエ、下僕、給仕頭、闘牛用具の管理係、狩猟犬の飼育係、銀器係、食卓布係、国王が食堂へおなりのときに絨毯を敷く係、衣服を着せる係、脱がせる係などが住んでいる。後者の者達は地位の高い召使いで、血筋の確かな古い家系の貴族である。われわれはいわゆる召使いに使える召使いである。

宝物館は現国王の父君の命によって今世紀初頭に建造された。理由は簡単で、召使いの増加で宮廷が手狭になったからだ。おかげで随分と楽になった。三階建ての四角い建物はわれわれごとき最低の身分の召使いには地階が割り当てられている。加えておびただしい数の未亡人が居る。これは召使いであった夫が死んでも寡婦はそのまま住むことが許されているからだ。

一階は身分の高い高貴な訪問者のために確保されてある。見た者の話によるとこの階の部屋はどの壁にも壁掛けと絵画が飾ってあってそれは豪華なものであるそうだ。宦官、枢機卿、親王、王女方が居住なされる。ドン・ディエゴ・ベラスケスもそこに住んでいる。彼の職務は配室係であるがじっさいには王室画家である。三階は二階に住んでいるひとたちの召使いの部屋である。われわれは常時ここにいるわけではない。陛下が王宮からブエン・レティーロへ移ったりなさると王と一緒に七百人が移動するのである。民衆を驚かせる壮大な人数の一行が宮廷からプラド遊歩道そしてサン・ベルナルド広場からトレド門やアトチャを通過する。町を横切って行くのだが、街路は膨大な人並みにふさがれているので時間がかかる。マドリッドの人口は、百年前には八千人に達しなかったものが今は十万である。マドリッドの夜間は危険で暗い町である。ひとびとはすぐに剣を抜く。モーロ広場などは決闘の場として知られている。

朝ともなれば様相が異なる。マドリッドは早起きである。六時には（冬場は七時）好きなところで朝食を済ませる。プエルタ・デル・ソルの酒場では焼き豚。他にも冬場の冷えた身体を温めてくれるお馴染みの朝食がある。オレンジの皮の砂糖煮と火酒をあらゆる所で呼び売りをしている。これを流し込んでからそれぞれの仕事場へ向かうのであるが、私どもは宮廷へ向かう。肉の卸売り屋はラストロへ、（家畜の血が流れた跡があるのでラストロと呼ばれている）、農夫はマンサナーレスの畑へ、宝石商や質屋はマヨール街へ、靴屋と革屋は河岸へ、詩人はレオン街のおしゃべり屋の所へ戯曲を披露しに行く。戦争未亡人、傷痍軍人あるいは人生につまずいた連中は王宮広場の周辺へ物乞いに出かける。この不幸な人々の多くがアメリカ大陸へ渡って二度と戻っては来ないだろう。

町にはねだり屋、物乞い、曲芸師、ロマンセ語り、虫歯の薬を一マラベディで売る香具師などが方々の中庭や回廊にいる。街路ではあらゆる物が売られている。美人の条件である顔色の悪さを強く出すために食べる泥まで売っている。午後ともなると貴族はプラド遊歩道かバルド街へ馬車で出かける。ご婦人方が窓に薄手のカーテンを引いて外出するのは禁じられているが誰も意に介さない。

仕事を終えるとマドリッド子達は芝居見物に出かけるのが大好きである。劇場は聖体神秘劇しか上演されない四旬節を除いて毎日開演されている。私どもが芝居をどれほど大切に思っているかはロープ・デ・ベガの才能を思い起こすだけで十分でありましょう。一六三五年になくなった彼は今もなお町のいわば英雄なのだ。彼の肖像画が貴賤をとわず多数の家庭に掲げられている。毎日の彼の散歩道には聖人のごとくに口づけをしたり、祝福を受けようと願うひとびとでいっぱいだった。

芝居の次に人気のあるのはもちろん闘牛だ。闘牛が開催されているときにマヨール広場へ行かないマドリッド子はおりますまい。自ら闘牛を行うこともあると聞く陛下もその例にもれない。足場が組まれ、広場の住人は家のバルコニーを貴族や高貴の人々に譲らねばならないので家を空けなければならない。このマヨール広場で宗教裁判がひらかれたりもする。通例は火あぶりに処せられる。他に私どものお気に入りの娯楽はカード遊びは別としてカーニバルであります。女達は顔に白粉を塗りたくり、男どもにオレンジの皮などを投げつけます。歩行者の目に留まらないように紐を張り渡し、つまずいて転ぶと上から水や犬、猫を投げるのです。

カーニバルに続いて四旬節です。四旬節に続いて春が訪れる。春の次に乾いて息の詰まる夏が来る。山から騾馬の背に乗せて運んできた雪で何でも冷やします。スープまで冷やすのです。マドリッドの人々はジャスミン、シナモン、チョウジなどの香りをつけた冷たい水が大好きなのです。首都へスペイン全土から流れてくるひとびとは街路でこのような冷たい水が売られているのに驚きます。しかし数ヶ月もするとマドリッド生まれの人間と同じようにすっかりなれてしまうのです。それどころか、マドリッドを囲んでいる城壁は人口の急激な増加に耐えきれなくなるでありましょう。」（一九九六年八月二六日のエル・パイス紙）

フェリペ四世に仕える召使いの述懐である。あまり身分の高い召使いではなさそうだがじつは脚色である。画家ベラスケスの住んだマドリッドはかくもあらんかとの想像のもとにアントニオ・ヒメネス某がエル・パイス紙に掲載した文章であっておおよそのことが網羅してある。ただ召使いの未亡人がそのまま住んでいるのは初耳だし、プラド遊歩道へ続くレティーロ庭園はもとは王室の狩猟場であり現在ではプラド美術館の近くに広大な公園となって解放されている。アトチャは新幹線（ＡＶＥ）の発着する大きな駅に発展している。オレンジの砂糖煮と火酒の朝食はすでに述べた。マヨール広場の宗教裁判の模様についてはプラド美術館にベルゲーテの有名な絵画が展示されている。

「宗教裁判」・ベルゲーテ画（プラド美術館）

スペインで有名な闘牛はもとは貴族の乗馬の技術を競うのが目的であって王族も頻繁にこれに参加した。最も古い記録は一一三五年のアルフォンソ七世のリオハにおける競技であってこの頃は馬に乗ったままで牛をあしらった。現代の闘牛とは随分と違っていたがやがて徒歩となり職業闘牛士が現れ、フェリペ四世の御代にはマドリッドで年間二、三度開催されている。王族の誕生、結婚などを記念して行われたのである。

当初は方々の広場を利用して行われていたが

一六一九年のサン・ファンの祝日を境にしてマヨール広場がその開催場所となったようである。最盛期は十七世紀のフェリペ四世の時代で、サンタ・テレサの列聖式にも闘牛が開催されたほどに世俗、宗教界を問わず盛んであった。フェリペ四世も参加したらしいが、おそらくは角の先端を鈍らせてあったかあるいは若牛だったろう。国王陛下の座興とは言え周囲の家臣達の心胆を寒からしめたに違いない。

闘牛専用のいわゆる闘牛場が出来るのは十八世紀であった。アンダルシアのエシハの街で催された闘牛でオスーナ公爵が騾馬六頭に曳かせた馬車三台、四頭に曳かせたのを二台、公爵夫人は豪華に着飾った貴婦人十名を引き連れて天蓋のもとに座を占めて耳目を集めたと当時のフランス大使が驚いて記している。

スペイン人の芝居好きは有名で日替わりで演題が変わった。平土間の立ち見席であれば格安の木戸銭で入れたので毎日のように通いつめる芝居巧者がいてこれをモスケテロと呼んだ。特に貧乏な若者が多く、芝居が気に入らないと野次り倒して興業を潰すのを楽しみにしている悪質な連中も居たようで、作者はまず口上のロアでモスケテロにおべっかをつかって興業の安全をはかると言う妙な現象が生じるほどだった。ミラ・デ・メスクア、ギリェン・デ・カストロ、ベレス・デ・ゲバラなどの戯曲家が目白押しに並んでいるが、国民演劇の創始者と言われるローペ・デ・ベガが群を抜いて人気を博していた。「自然の怪物」と呼ばれセルバンテスとの深い因縁に結ばれていたことはすでに幾度も触れてきた。その後継者とでも言うべきなのがティルソ・デ・モリーナ、そして掉尾を飾るのがカルデロン・デ・ラ・バルカ。黄金時代の三大巨匠である。

聖体神秘劇とは聖体の神秘を讃えるのを主眼とした一幕物の宗教劇で四旬節に上演された。スペインに独特の演劇であって、舞台装置を乗せた屋台車を曳いて街の広場で順次披露して最後にマジョール広場で上演するのである。ローペもティルソも多数の作品を残しているがその最高峰にあったのは「知性の怪物」カルデロンだった。コメディアと同名の『人生は夢』、あるいは『世界大劇場』、『世界大市場』などが知られているが、マドリッド市から依頼を受けて毎年二作を生涯書き続けた人物である。

第六章　ドン・キホーテ時代の献立

食ってくれ！　食ってくれ！

払暁とはいえ暑い最中の七月にドン・キホーテは最初の門出をした。その出で立ちは先祖伝来と言えば聞こえはいいが実は錆びついて黴の生えた古鎧《ふるいよろい》を納屋の隅から引っ張り出して綺麗に磨き上げ、面貌を厚紙で補った兜を着用なして名馬ロシナンテにうちまたがった。錆びたりとは言え一筋の槍をかいこみ円楯を腕に通して型どおりのあっぱれな騎士ぶりであるが、このいでたちはセルバンテスが『ドン・キホーテ』を書いた頃よりもすでに百年ばかり前の中流郷士の扮装であった。しかも大切な鞍袋の用意を忘れた。旅籠に泊まる路銀はもとより道中の食糧もない。着替えのシャツ一枚もなく、傷薬の軟膏ひとつの備えすらなかったのである。投石器の石つぶてに指をつぶされ、奥歯もへし折られても激痛を和らげる薬がなかった。敵の剣で耳朶を切り落とされても吹き出す血を止める術もなかった。

しかしドン・キホーテは古鎧の錆び落としにかまけてこれらの品々の準備を失念していたのではない。これまで読んできた騎士道物語のどこにも遍歴の騎士が財布からお金を取り出して宿の支払いをしたり、シャツを着替えて膏薬を貼り替えたりする場面に遭遇した覚えがないと言うのである。『日輪の騎士』や『薔薇の騎士』ひいては英雄ローランが持参の軟膏を塗ったり、手元の食糧で腹を満たすなどどこにも書いてない。やがては「憂い顔の騎士」と名乗ることになるドン・キホーテがその前例を破って鞍袋に生活必需品のいっさいをこまごまと詰め込むのは如何なものかと憮然たる面持ちである。もっとも現実には、優秀な騎士には必ず屈強の従者が複数ついていて一切の必需品はこの従者が統括管理しているのが常識であるが物語には記されない。

ドン・キホーテが模範と仰ぐ『アマディス・デ・ガウラ』にしても必ず従者ガンダリンが扈従《こしょう》しているし、槍持ちも楯持ちもいて馬やラバを曳いているはずだが、それをわざわざ表には出さないのであたかもアマディスがひとりで旅をしている錯覚を覚えるのである。もとより騎士同士の闘いとなれば従者同士も熾烈な死闘を演じるのであってアマディスほどの騎士ともなると従者ガンダリンも主人に劣らぬ無双の戦士であり屈強の駿馬を駆っている。しかるに従者サンチョが灰毛のロバに乗って主人のあとを追うとあっては、スポーツカーと自転車ぐらいに違うのだから見事にちぐはぐ感を出している。ましてやそのスポーツカーが相当のポンコツとあっては当時の読者にとっては抱腹絶倒であったろう。

ところで旅にしあればサンチョ・パンサの鞍袋には玉ネギとチーズ程度のまことに粗末な物しか入っていなかった。旅籠が近くにでもあればそこから食事を運んでくることもできたらしいが、事実、前編第五十章に近所の旅籠から取り寄せたウサギの冷肉を切り分ける場面がある。旅籠にウサギの冷肉料理があったのはよほど運がよかった。すでに触れたが実は当時、スペインの旅籠の質の悪さには定評があった。小説『グスマン・デ・アルファラチェ』（一五九九）の一節によると、すっかり歩きくたびれた主人公が街道筋に一軒の旅籠を臨んだとき、まるでコロンブスが新大陸を発見したときもかくやとばかりに躍り上がって喜んだのだが、腹ぺこで旅籠へたどり着くと食べ物は卵しかなかった。仕方なく卵料理を頼んだところ出されたのはまるで皿に卵の膏薬を貼り付けたような情けないオムレツだったと言う。しかも料金だけは高い。

何は無くとも旅籠であればせめて脂身と卵くらいはあるのが普通で、不意の客をもてなすのにこのふたつがあればオムレツを作って急場をしのげる。したがってこの卵料理を「神の恩寵」と冗談まじりに呼ぶ。しかるに後編第五十九章の旅籠にはそれすらなく、確かにあったのはただひとつ。

「仔牛の掌ほどもある牛の爪がふたつ、つまり牛の爪ほどもある仔牛の掌がふたつでございます。エジプト豆、玉ネギと脂身《ベーコン》と一緒にぐつぐつ煮えて今が食べ時、〈食ってくれ！　食ってくれ！〉と言っておるです。」

この第五十九章の〈食ってくれ！　食ってくれ！〉の台詞は曲者であって、実はアベリャネーダの『ドン・キホーテ』第四章にすでに出ているのである。他にも後編第四十章で木馬クラビレーニョがいかに穏やかに空を駆けるかを説明する場面で「乗っている者は水がいっぱい入った器を一滴もこぼさずに運ぶことができるのです」とアベリャネーダの第九章と同じ言葉が出てくる。またアベリャネーダのサンチョは当初から頭巾を被っているのだが、セルバンテスでは後編第五十九章でそれまで被っていなかったはずの頭巾を急に頭に乗せているのも妙である。状況もそっくりなところから見てセルバンテスがアベリャネーダの『ドン・キホーテ』の台詞を盗用していることになるのではないかと言われるゆえんである。

ともかく仔牛の脚なのか牛の蹄なのかはっきりしないが、ありようは仔牛の脚のように柔らかな成牛の前脚のことらしい。怪しげな代物が煮込み鍋となってちょうど食べ頃だという。煮込みこそが日頃食べ慣れた料理であるからサンチョに異論のあろうはずもない。後編第二十章のカマチョの婚礼には深鍋に羊一頭を丸のまま放り込んだいかにも豪勢な煮込み鍋が登場する。羊一頭を雌鳥やガチョウと一緒に煮込めばさぞかし良質のスープが取れるだろうが、実際の庶民の料理にそんな贅沢はありえない。例えば子羊を好みの大きさに切り分けてオリーブ油を敷いた土鍋に入れ、塩を適量ふり、ニンニク、小さめのジャガイモを周囲にあしらって窯《かまど》でゆっくりと焼き上げる。これで立派な「子羊の焼き肉」である。

ドン・キホーテの故郷であるラ・マンチャ風「子羊の竈《かまど》焼き」になると、まず玉ネギの微塵切りを敷いた上に切り分けた子羊の肉を乗せ、ニンニク、月桂樹、胡椒を混ぜた玉ネギの微塵切りで覆っておく。その上からオリーブ油を注ぎかけて竈にいれ、焼き色がついたらひっくり返し、つぶしたニンニク、白ぶどう酒をかけて裏面も同様にこんがりと焼くのである。サンチョの好物の煮込みとなると種類は千変万化するが例えば「羊飼い風煮込み鍋」ならば羊の脚、頭、骨を鍋に入れニンニク、玉ネギ、好みの香辛料、塩そして水を加えて煮るのである。古くは平たい石を上から置いて骨に重しをかけ、肉が骨からはずれるまでとろ火で何時間も煮たそうである。

フェリペ三世の宮廷料理長ディエゴ・グラナードの一六一四年出版の料理本(Libro de Arte de Cozina)に記載の「羊肉の煮込み」によると、羊の背肉を二百グラムほどの断片に切り分けておく。これを鍋に入れて塩、少量の酢とブイヨン、溶かしたバターとラード、香料はチョウジと胡椒のみ。サフランを少量入れても良い。全部をとろ火でゆっくりと煮る。種を抜いたサクランボそれにリンゴと青い西洋梨を輪切りにし、ほとんど煮上がった時点で入れる。形を崩さないようにするためである。さすがにニンニクや玉ネギなどは使っていないが、国王の食卓に上る煮込み料理にしてもサンチョの口にするものと大差ないのが分かる。

因みに後年、カマチョの婚礼の豪勢な宴席料理にあやかって「カマチョの婚礼の煮込み」と称する煮込み鍋が出来ているが作り方はいたって簡単で、塩胡椒をした鶏肉に小麦粉をはたいてキツネ色になるまで焼く。玉ネギを炒めたところへ先ほどの鶏を入れ、白ぶどう酒を加えて十分ほど煮詰める。それにブイヨンを加えて煮る。さらに揚げたパンとゆで卵の黄身をよくすり潰したものを加えてソースを濃くする。火が通ったらソースを目の細かいこし器に通す。鶏肉の他に子羊の肉団子、鶏の肝臓を入れても良い。雌鳥のソース煮込みになるとまず鶏肉適量、中玉ネギ一個、ハム、ニンニク、月桂樹、パセリ、タイム、ポロネギ、白ぶどう酒、アーモンド、グリンピース、ラードと少し手が混んでくる。

雌鳥を好みの大きさに切り分けておいてラードをフライパンに入れ、弱火でゆっくりと鶏肉を焼く。そこへサイコロ状のハム、刻んだ玉ネギとニンニク一欠け、月桂樹、パセリ、タイム、ポロネギを入れ小麦粉を少量加えて焼く。白ぶどう酒を注ぎ入れ、土鍋に移してひたひたの水でゆっくりと煮る。ほぼ火の通ったところで鶏肉を別の鍋に取り出しておく。炒ったアーモンド十二粒へ固ゆでの黄身を加えてすり潰し、少量のソースで伸ばしたのを土鍋に加える。粗めのこし器にかけて越したソースを鶏肉にかける。グリンピースを一握り加えて柔らかくなるまでゆっくりと煮れば出来上がり、案外と素朴な料理であるのが分かる。

バラタリア島総督の食事

公爵のいたずら心からサンチョはバラタリア島総督に就任した。いずれかの島の総督につけるのが旅に出るときのドン・キホーテの約束であって、サンチョの念願でもあったからその嬉しさはひとしおである。ただし海から遙かに遠い土地に治めるべき島のあるはずもない。これはドン・キホーテが騎士道の模範と仰いだ書物『アマディス・デ・ガウラ』の登場人物が「不動の島」を始めとして頻繁に言及される多くの島々で活躍する場面に触発されたものであろう。島ひとつない内陸のどこにバラタリア島があるのかと古地図を調べたりセルバンテスに非を唱えるのは愚の骨頂である。ドン・キホーテの頭には家臣に島を与えるアマディスの姿が彷彿としてよみがえっていたに違いない。

だがそれはサンチョにはどうでもいいこと。バラタリア島へ赴任するに当たってドン・キホーテがサンチョに与える教訓が、昼は少なめ、夕食はさらにすくなめ、飲むときは控えめにというものであるサンチョの人生観とは真っ向から食い違う。しかも玉ネギはその匂いでお里が知れるから食べない方がよいという。匂いのきつい韮《にら》や玉ネギ、ニンニクなどは下品で貧乏人の食べ物のように言われて貴族は口にすべきでないとする説があるが実はそうでもなかった。

塩をふった新玉ネギは兵隊や農民そして王族にも共通した美味であったのは確かで、生ニンニクを齧るフランス王アンリ四世（一五八九―一六一〇）の体臭は十歩はなれていてもなお鼻をついたと言われる。サンチョは貴族でもなければ騎士でもない、一介の農民に過ぎないから遠慮無く玉ネギを食い生ニンニクを齧る。アベリャネーダの『ドン・キホーテ』では朝食に生ニンニク四個ばかりを火に炙って齧るのだから相当の香りを放ったであろうと想像できる。しかも同道のセノビア女王は臓物の揚げ物を肴にぶどう酒を一升ばかり聞こし召すのだからすさまじい。

バラタリア島の総督に就任したサンチョのなによりの楽しみは豪勢な食卓であった。通された大広間には果物、鷓鴣《しゃこ》料理、ウサギのシチュー、煮込み料理、仔牛の焼き肉と目白押しにならんでいるのだが、いけないのはサンチョの傍らに医者と称する人物が控えていることである。総督の健康をもっぱらに考えるこの医者が実は公爵の意を受けた回し者で、せっかくのご馳走をことごとくサンチョの眼前から取り下げてしまう。手にした細い棒でちょっと皿にふれるとあっという間に給仕が食卓から片づけてしまうのである。まず前菜の果物は水分が多すぎて身体によくない。香料薬味をたっぷり効かせた熱い料理は喉の渇きを増進させるばかりでよろしくない。鷓鴣の焼き鳥はなおさら身体によくない。ウサギ肉の煮込みはもってのほか、仔牛の肉はたれに漬けて焼いてなければいいのですが、と医者の棒のひとふりで料理が次々とサンチョの目の前から消えていくのである。ウサギの肉料理を食べさせてもらえないのは毛脚の長い動物は消化に悪いからである。仔牛が身体に悪いはずはないのだが、さしずめ香料のきついソースが良くない。これが焼き肉ではなく煮込みであれば、それはそれでまたどうにでも理屈をつけて取り下げられてしまったに違いない。

最初の鷓鴣の焼き鳥などは文学に頻繁に登場する料理で、当時のカスティーリャ地方では料理の定番でもあり、もとよりラ・マンチャ地方ではごく普通の料理であった。キジ科の野鳥でウズラほどの大きさをしていて、現在でもスペインではちょっとしたレストランのメニューに必ず見られると言えるほどである。スペイン随一の人気現代作家ミゲル・デリーベス（一九二〇―二〇一〇）が狩猟好きで、猟の季節になると猟銃を肩にカスティーリャの平原で狩猟に興じたのは有名な話である。『猟銃を肩に』や『無垢なる天使』などに狩猟の場面が見られるし、唯一の歴史小説『異端者』では十六世紀の狩猟の模様が興味深く描かれている。

鷓鴣は小さな鳥であるせいかわりと小骨が多くて食べにくい料理でもある。一六一〇年にスペインを訪れた外国人旅行者はほとんど例外なく旅籠の不潔さ、食べ物のまずさを取り上げて味噌糞にけなすものと相場が決まっているが、あるイギリスの旅行家は「トレドからセビーリャに向かう街道筋にある旅籠で素晴らしい鷓鴣の酢漬け料理、滋味豊かなウズラ、ヒバリ、アヒル、鶴が食べられる」と珍しく褒め言葉を書き残している。鶴を食べるについては多少とも奇異な感じを抱くが、日本でも江戸時代には鶴の長い首肉を珍重していたことを思えば、ほぼ同時代の南蛮人であるスペイン人がこれを食べていても不思議はあるまい。もともと、世に人間の食わないのは机の脚だけだと言われるぐらいで、天然記念物に指定される以前は鶴も白鳥もコウノトリも人間の餌食となったのである。

十七世紀初頭に旅行者から珍しく褒められた素晴らしい鷓鴣料理をふたつほど紹介しておこう。

鷓鴣の酢漬けの材料

鷓鴣
白ぶどう酒
ワイン酢
玉ネギ
ニンニク

タイム（香草）
パセリ
月桂樹
塩、粒胡椒

作り方

鶉鴣の羽根を丁寧にむしっておく。深鍋にオリーブ油を熱して鶉鴣をキツネ色になるまで炒める。焼き色がついたら皿に取りのけておく。深鍋の油を取りのけ、先ほどの鶉鴣を戻してそこへ大きめの微塵に切った玉ネギ、タイム、月桂樹、パセリ、ニンニク一個を入れる。胡椒を少量加えて五分ほど焼く。白ぶどう酒とワイン酢を入れて蓋をし、中火で十分ほど置く。そのあと鶉鴣がかぶる程度の水を加え、塩味を調節して蓋をし、弱火で一時間半ほど煮る。鍋を火からおろして自然に冷めるのを待つ。食べるときは皿に切り分けて煮汁をかける。保存するときはそのまま蓋のある土鍋に移して煮汁に浸しておく。

鶉鴣のキャベツ煮の材料

鶉鴣
キャベツ
オリーブ油
ニンニク
水

塩

作り方

鶉鴣を十分に炒めて取りのけておく。同じ油でキャベツを炒め、両者を鍋に移してニンニク、オリーブ油、ひたひたの水、塩適量を加える。ソースが煮詰まるまでとろ火で煮る。

バラタリア島総督サンチョ・パンサの食卓に上ったのもこの種の鶉鴣料理であったに違いない。きわめて健康的な料理であるはずなのに総督サンチョは食べさせてもらえない。しからばその向こうで盛んに湯気を立てている大皿は何かと言えばかの有名な「ごった煮料理」、これこそ鶉鴣の焼き鳥を遙かに超えてスペイン文学には欠かせない名物料理である。原文のスペイン語では Olla Podrida（オージャ・ポドリーダ）、そのままに訳せば「腐った煮込み」ほどの意味になるだろうか。南蛮渡来の Olla が日本の雑炊「おじゃ」の語源だと言われたりするが果たして本当かどうか疑わしい。むしろ偶然の一致であろう。

サンチョの故郷ラ・マンチャ地方では白インゲンを使った素朴な煮込み鍋を Olla と呼んでいた。作り方はいたって簡単で、一晩水に浸けておいた白インゲンに羊の肉とハムの骨だけになった部分を入れ、朝のうちからとろ火でゆっくりと煮込むのである。水が減ると随時足していき、塩味を調節してできあがりである。ドン・キホーテの食事がそうであったように羊よりも牛肉の方が安かったので、もっぱらそちらを使ったようだ。その土地ごとに独自の煮込み鍋があるのだが、例えばラ・マンチャ近くのアルマグロ風を見てみよう。

アルマグロ風の煮込みの材料

白インゲン　一握り

豚肉
サヤインゲン
人参
玉ネギ
大根
トマト
米
月桂樹、ニンニク、パプリカ、チョウセンアザミ、オリーブ油

作り方

豚肉と白インゲンを土鍋で煮る。インゲンが柔らかくなったところにチョウセンアザミ、サヤインゲン、人参、大根、米を少量を加えてとろ火で煮る。最後にオリーブ油で炒めた玉ネギ、トマト、ピーマンを入れて煮込む。

この料理のコツはブドウ蔓や樫材などでゆっくりと煮ることにあると言う。日本ならさしずめ炭火でじっくりコトコトと煮込む風情であろう。そして材料に特に制限があるようでもなく、さしあたり手近にある物を放り込めばよろしい。まさに闇鍋の観を呈するごった煮である。ところがこれにポドリーダの語がついて「腐れ鍋」となると少し趣を異にする。まさに『ドン・キホーテ』と同時代の一六一〇年発行になる辞書『カスティーリャ語宝典』の記述によれば羊、牛、雌鳥、去勢鶏、腸詰め、豚足、ニンニク、玉ネギ等の様々な材料を大鍋に入れ、原型が崩れて形がなくなるまでゆっくりと煮込んだ鍋料理のことであるらしい。この時

の鍋の中身の状態がまるで熟しすぎてドロドロになった果物を思わせるから「腐れ鍋」と命名されたのである。逆説的にせよ料理の名前としては禁句の「腐った」をあえてかぶせるにはそれだけの理由がある。つまりこれが滅法うまい。その自信がつけさせた名前である。そして総督サンチョ・パンサ殿の大好物でもあった。

総督ならばもっと清潔で上品な食物を食べなければならない。あれもダメ、これもダメ、しからば何を食べればいいのかと言うと巻煎餅を百枚ばかり、マルメロの実の薄切りを六片ほど、これなら消化にも非常によろしい。巻煎餅とは当時のフランドルの静物画でときどき見かけるが、小麦粉を薄く焼いたもので筒状あるいは現代風にはソフトクリームのコーン状をしたウエハースのような物である。これとマルメロではサンチョの太鼓腹を養えるはずがない。総督の怒りがまさに爆発するとき別の事件が起こって医者は事なきを得るが、いたずらとは言えあまり総督を飢えさせておくわけにも行かず、夕餉にはまともな食事が用意された。

食卓に上ったのは「仔牛のサルピコン」そして「仔牛の前脚煮込み」であった。サルピコンとは、例えば五百グラムほどの牛肉を煮て小さく切り分けたところへ微塵に刻んだ玉ネギを加え、オリーブ油と酢を三対一の分量でよく混ぜ合わせて塩と胡椒で味を調えた冷肉料理である。これにハムを刻み込むとまた格別の風味となるが、この料理はすでに『ドン・キホーテ』前編の冒頭、主人公の食生活を述べた部分ですでに登場している。「羊肉よりも牛肉を多く使った煮込み、ほとんどの晩はサルピコン、土曜日には脂身の卵料理」、そして毎日の食費でドン・キホーテの収入の四分の三が消えたと言う有名な書き出しである。

当時、羊の肉は牛肉より高価であったからドン・キホーテの家ではとかく牛肉が多く使われた。したがって羊肉よりも牛肉を多めに使った煮込みの意味はドン・キホーテの懐具合をさりげなく伝えているのであるが、バラタリア島総督の台所事情も大差ないようである。ドン・キホーテが毎日のように食べ慣れている食事を物語の後編に至って結局、総督サンチョも食べることになるのである。これに仔牛と呼ぶには少しばかり育ちすぎた牛の脚を煮込んだ料理が加わる。

お世辞にも高級な料理とは言い難いが、サンチョはいかにも旨そうにこれらをむさぼり食う。彼の胃袋は山羊の肉、牛肉、脂身、大根、玉ネギ、ニンニクの類に慣れているからこの主の料理の方が凝った料理よりもはるかにおさまりがいいのである。

後に触れることになるが総督の朝食には砂糖漬けの果物を四切ればかりと冷水が出された。いま都では砂糖漬けの果物をつまんで火酒（蒸留酒、主にブランデーを指す）をぐいっと一杯流し込むのが流行っているが、それに倣ったのだろう。総督ともなればせめて桃の砂糖漬けぐらいは欲しいところだが、先ほどのサルピコンに牛肉を使う経済状態であることを思えば心許ない。庶民ならばもっとも安価なオレンジの砂糖漬けを屋台でつまんで済ますところである。

宮廷風腐れ鍋

実際にフェリペ三世の宮廷料理長ディエゴ・グラナードの作る「腐れ鍋」の蓋を取って中を覗いてみよう。

豚の喉肉の塩漬け　九〇〇グラム
塩抜きをした豚の腿肉　約二キロ
鼻を二個、耳を二個
ばらした豚足　四本
若い猪の新鮮な肉　二キロ
良質のサラミソーセージ　九〇〇グラム

以上のすべてを水だけで煮る。別の鍋に、

羊　三キロ
仔牛の腰肉　三キロ
牛肉　三キロ
去勢鶏　二羽、雌鳥　二羽、小鳩　四羽

以上のすべてを水と塩だけで煮る。材料の形が崩れる前に鍋から取り出し、素焼きの壺に移しておく。別の素焼きあるいは銅の壺に先ほどの肉汁を取り、小さく刻んだ野ウサギの背肉、鷓鴣三羽、雉二羽、太った野生の野鴨二羽、ツグミ二十羽、うずら二十羽、胸黒鷓鴣三羽、これらを煮て先ほどの肉汁を戻してこし布で濾過する。水に浸しておいたひよこ豆、ニンニク、刻んだ玉ネギ、皮をむいた栗、煮たインゲン豆をすべてブイヨンで煮る。豆類が柔らかくなったら玉菜、キャベツ、蕪、臓物とソーセージの詰め物を入れる。すべて形が崩れない程度に煮えたら全部をひとつに合わせてよく混ぜ合わせ、塩で味を調節し、少量の胡椒、シナモンを加え、皿と大きな器を用意して様々の材料を満遍なく煮汁を入れずに取り分ける。四つに割った鳥類、肉の塊なども満遍なく取り分ける。切り分けた塩肉、小さな鳥類はそのままの形で取り分け、肉類、鳥類、そして切り分けた詰め物なども順次積み重ねて三層をなすように調える。その上からスプーンで煮汁をかけ、深皿をかぶせて三十分ほど熱いところに置いておく。

宮廷料理人ディエゴの料理本にはポンドで量目が記載されているのでキロに換算すると少しずれが生じるので肉の重さなどはおおよその分量だと思ってもらえばいい。それにしてもツグミ二十羽、うずら二十羽などは目を疑うが羊三キロ、牛肉三キロを使用することを思えば小さな野鳥の二十羽程度は放り込むのであろう。はたしてどれだけの人数を想定しているのか想像もつかないが、宮廷の宴席に供される分量の多さと豪華さに驚かされる。材料の多様さも見事である。これだけの種類をおいそれと揃えられるものではない。カマチョの婚礼の鍋料理を彷彿とさせるが、さすがに宮廷風には比ぶべくもない。「腐れ鍋」が大好物だと言うサンチョもこれほど濃厚な煮込み鍋を食べたことはあるまい。

いかにも栄養豊かにして滋養にとむ鍋料理と見えるが、バラタリア島の医者はこれも総督サンチョの前から取り下げてしまう。彼に言わせれば世の中にこれほど身体に悪い食べ物はないそうで、カマチョの婚礼のような田舎の宴席ならば最適だが、およそ総督ともあろう身分の人間が食する料理ではないと言うのである。

セルバンテスのドン・キホーテはさすがに騎士の面目にかけてさほど食べ物には執着を見せないが、アベリャネーダはサンチョの大食らいを誇張するためでもあろうか概して食物への記述が多い。臓物の煮込みから羊の焼き肉、鳩料理からフクロウの脚、果ては黄金スープに至るまで一冊の料理本ができるぐらいさまざまに当時の食べ物が登場してくるのできりがない。例えば黄金スープは、パンを小さく切って焦げない程度に焼いて鍋に良質の牛のブイヨンを作っておく。これに卵黄を幾つか溶いてショウガを少量入れる。パンをブイヨンに浸して取り出して器に移す。そこへ先程の卵黄を溶いたブイヨンを戻してチーズを振ると黄金スープができあがる。

ドン・キホーテなどは半熟の目玉焼きで朝食を済ますところをサンチョは大鍋と二、三個の肉団子に肉詰めパイと白パンを詰め込むには驚くが七面鳥も料理される。アメリカ大陸から持ち込まれた七面鳥が広く料理に使われるようになり、その胸肉は美味でこれほどのものを食べたことがないと『グスマン・デ・アルファラチェ』に記述があるが、珍しいところではダチョウもパイ包みに加工して食べられてしまうようだ。鵞ペンにする羽根を抜いた後の長い首肉を珍重したのである。もっとも、知るところによると現代でもダチョウの肉は食べられるようで、軟らかくて脂肪が少なく臭みもないのでダイエットに好都合で生でも生姜醤油でも美味だと聞く。

お気づきかも知れないがこれまでジャガイモがほとんど登場しない。スペイン人がジャガイモを南米から持ち帰ったのは一五七〇年頃と推定されているとおりでまだ広くは普及していないのである。ベネチア大使が一五二六年にセビーリャで初めてさつまいもを食べて栗のような味がしたと記録に残している。パイナップルも食べたが、これはメロンと桃の間のような味がしたそうな。まんざら味音痴でもないようだ。なおこのとき、初めて新大陸から来たインディオを見ている。賢そうな顔で皮膚の色は灰色がかって見えたそうだ。

蛇足ながらこのころインド伝来の茄子が少しづつ食べられ始めたが、まだ一部の人にしか受け入れられていなかった。食糧の消費と価格については研究がおよばない。パンや肉などの消費についての信用に足りる統計がないのである。現代のカロリー計算から割り出して一日のカロリーが千五百と推定されているが、ある記録によれば一五七六年八月十五日から十一月四日までモリスコ（改宗モーロ人）の盗賊十三名を拘留していたマラガの代官がパン、肉、魚、卵、野菜など三千から時には四千カロリーと推定される食事を与えていた。一五七六年と言えば決して景気のいい時代でもないのに不思議なことであるが、もっとも兵士の食糧は三千カロリー以上が保持されていた。ぶどう酒なども足りていたが野菜不足からビタミンの欠乏を生じていたようである。

ドン・キホーテ家の日常

ドン・キホーテは姪とふたり暮らしに加えて雑役をこなす下男の若者と家庭内の切り盛りをする家政婦を使い、猟犬と駄馬とは言えロシナンテを一頭養っている最下層の貴族である。この十六から十七世紀スペインの型どおりの郷士が毎日どのようなものを食べていたのだろうか。セルバンテスはこう記している。

ドン・キホーテ家の食事風景

「羊肉よりも牛肉を多目に使った煮込み、ほとんどの夜は刻み肉、土曜日は脂身のオムレツ、金曜日にはレンズ豆、日曜日には小鳩を添えてこれで収入の三分の四が消えた。」（前編第一章）

収入のほとんどが食費である。ここに言う「煮込み」とはスペインではごく普通の家庭料理であり、貴賤上下の隔てなく国王の食卓にも上っているのはすでに述べた。ドン・キホーテやサンチョが毎日のようにこれを食べていたとしても不思議はない。この種の煮込みにとりたてて規則があるわけではなく、原則として手近にある野菜や肉類を放り込めばよかった。肉がなければ腸詰めなども利用されたし、庶民の鍋にはもっと安上がりの臓物が頻繁に煮込まれたのである。

遍歴の旅に出たドン・キホーテ主従が旅籠で供される料理のほとんどが臓物の煮込みであることもうなずける。古い言い回しにも「牛と羊は貴族の煮込み」とあるように牛と羊の双方を煮込んであるのは郷士としての誇りでもあろうか。しかしなぜ牛肉の方が多いと断ってあるのか？　牛肉の方が多くて結構だと思いがちだが実はこの時代には逆で羊の肉の方がやや高価だったことはすでに述べた。ある文献によると羊肉五百グラムが約十四マラベディ、卵なら約二ダース替えるがこれにたいして牛肉は十二マラベディと少し安かった。もとより物価変動の激しい時代のことであるからあくまでもおおよその目安にしかならないと承知の上の数字である。すくなくとも牛肉の方が多めに使われているのは貴族としてやや不名誉な事実であって、ほんらいならあまり覗かれたくない鍋の中の事情である。

十七世紀のスペインでは羊の肉が最も高価であったが、一六五〇年にマドリッドだけで実に五〇万頭を消費している。劇作家ローペ・デ・ベガの記述によると「牛の背肉と羊の脚二本」が極上の煮込みであるらしい。肉がなければ鱈を入れたりもするがおすすめは「ガチョウと鳩」あるいは「鷓鴣《しゃこ》四羽と鶏」や「鳩二羽と雌鳥」だと言う。その他にもあらゆる種類の腸詰めを入れることも出来るし、仕上げに「扁豆《ひらまめ》」（レンズ豆）を加えるのも結構。ウサギ肉、とりわけ野ウサギをいれると一段と味をよくするので貴重であるそうな。またこれにキャベツ、大根、蕪の類をいれると立派な「田舎風煮込み」となる。アベリャネーダの『ドン・キホーテ』後編で旅籠の亭主が「牛肉と羊、豚の脂身《ベーコン》にキャベツをたっぷり煮込んだ鍋」を支度したとあるのがこれであろう。サンチョの大好物の煮込みであると書き添えてある。しかもそこへウサギの丸焼きまでがついたのだからサンチョの喜びようはたとえようもない。普通、あらゆる種類の肉類と野菜を入れる事ができるのだが、たしかに十六世紀の居酒屋の煮込み鍋には実にさまざまの食材が投入されている。

豚の腿肉、鶏、牛、羊、森鳩、豚の腰肉、腸詰、鷓鴣、野ウサギ、血入り腸詰、豚の舌、肩肉、サラミ、くるみ、はしばみ、松の実、ナツメヤシ、キャベツ、蕪、大根、ひよこ豆、姫ういきょう、栗、卵、小麦粉、バター等々

もちろんひとつの鍋にこれらが全部が入っているわけではないが、実に多種多様の材料が煮込まれているのが分かる。ありていには制限がないと言うべきで、肉の部位については現代なら細かく名前がつくのだろう。肩肉などは希少部位として今でも珍重されている。これぐらいの大きさの鍋になると料金も八十三レアルと跳ね上がる。そこへ居酒屋の亭主の手間賃に四レアルが加算されると言うからまさにサービス料である。も

ちろんのこと家族の食用ではなくて多人数で鍋を囲んで突っつくのである。さしずめサンチョなどは立派な鍋奉行であったろう。

ある貴族の家でもっとつましい煮込み鍋を調理した例によると、牛肉を五百グラムのところへ羊肉をその半分の二百五十グラム、合計二十マラベディ。そこへ豚の脂身を四マラベディを加え、野菜にはパセリと玉ネギをあわせて二マラベディ。これだけの材料をぐつぐつと煮込む燃料の炭代に四マラベディ、焦げ付かないようにオリーブ油が四マラベディ。締めてちょうど三十四マラベディの計算になる。ドン・キホーテの家庭もこれに遠からずとすれば、オリーブ油や燃料には蓄えがあるし、パセリや玉ネギなどは裏の畑で栽培しているに違いない。購入しなければならないのは羊と牛と脂身ぐらいであろうか。金額にして一日二十四マラベディほどの出費であろう。月にして七百二十マラベディである。ジンギスカンか牛肉のすき焼きか、そこへ豚のすき焼きも割り込んでの三つ巴。どこの国にも見られることである。

スペインの食事は昼食が中心であるから夜は軽くすませるのが普通である。現在でもこの習慣は続いており、夕食は卵料理や野菜、ハムなどで簡単に片づける場合が多い。夕食を十時か十一時頃に食べるという時間帯の問題もあるに違いない。いずれにせよドン・キホーテの夕餉も軽い。スペイン語で言う「サルピコン」である。正式な調理法はバラタリア島の項ですでに述べたが、あたかも冷めたハンバーグをばらばらにほぐしたような姿を彷彿とさせるが味の方は結構美味であったらしく、田舎はもとより都会の貴族のあいだでも普通に食された。

ところがドン・キホーテの家のサルピコンはどうやら昼の残りの牛肉を使ったらしい。羊より多めの牛肉を煮込んだ昼の鍋に牛肉が残っている。あるいは夕食のためにわざと取りのけておいたのでもあろう。それを取り出して挽肉にして塩、胡椒、酢、オリーブ油などで味の調整をする。これで夕食のできあがりである。しかしこの料理も高級な部類の食べ物とは言えなかった。あまり歓迎される食材ではなかった玉ネギをふんだんに刻み込んだ料理であることからも想像されるが、少なくとも中流以下の料理と見なされていたのである。田舎では夕食として普通に食されていたのだが、ドン・キホーテもご多分にもれず夕食のほとんどがこれだったとセルバンテスは言う。

月曜から木曜まで変わり映えのしない料理が続いて金曜日になると肉食をさけて扁豆（レンズ豆）を食べる。扁豆の調理についてセルバンテスは記していないので家政婦がどのように料理をしたのか知るすべはないが、千変万化の調理法があるわけではないので今に伝わる料理法と大差はなかったであったろう。小豆を平たくしたような五ミリほどの大きさで凸レンズ状の形をしているので通称をレンズ豆と呼ばれ、店にはいろいろな種類のレンズ豆の袋が陳列棚にぎっしりと並んでいるのが普通である。余談ながらレンズ豆の名誉のために言っておくが、豆の形がレンズに似ているからレンズ豆と呼ばれたのではなく、事実はその逆で後から出来たガラス製のレンズがマメ科の一年草レンズマメの形状に似ていたからレンズと命名されたのである。

調理法としては豆を製粉して穀物と混ぜて焼いたりもするが、普通の家庭ではそんな面倒なことはせず、スープにして食べるのが一般である。ラ・マンチャ地方では九ミリほどのやや大きめのレンズ豆を豊富に産出する。ドン・キホーテが毎週食べたのもこの種の豆であったろう。なにしろ堅い豆であるから前の晩から水に浸けておかなければならない。ひとり分が百グラムとしてちょうど一握りぐらいであろうか。豆と水を土鍋に入れてニンニクひと欠け、玉ネギの微塵、月桂樹、胡椒、パプリカ少量、そして水に戻して柔らかくした栗をひと掴み加えて柔らかくなるまで煮込むのである。

現代なら弱火で一時間ほど煮た後、圧力鍋に十五分ほどで柔らかく煮えるが、ドン・キホーテの家政婦は随分と時間をかけて気長に煮ることになろう。栗の代わりに豚の耳や鼻、あるいは腸詰めと一緒に煮込んだレンズ豆のスープもなかなか滋味があって捨てがたい逸品である。今なら缶詰で簡単に入手できるので随分と重宝する。ただしレンズ豆とパンだけの食事はいかにも侘びしい気がしないでもない。

トン・キホーテ家の台所

記録によると一六四五年頃のマドリッドでは年間に牛一万二千、子ヤギ六万、仔牛一万、豚一万三千頭を屠殺していた。そして昔から金曜日には魚を食べるのがカスティーリャの古い習慣だったので金曜日を休んで土曜日に屠殺を行い、翌日の日曜日にこれを市場に流すのだが、臓物は保存がきかないので当日に売る。脳味噌、脚、肺、肝臓などを「土曜日の肉」と言うのはそのためである。セルバンテスは述べていないがドン・キホーテの家でもレンズ豆のほかに魚の一品ぐらいは食卓に上ったのではあるまいか。

ラ・マンチャと言えばスペインのど真ん中で海岸線からほど遠いので魚が不足しているかと思いの外、川魚は別として意外と内陸部でも多量の魚を消費している。もちろん鮮魚ではなくガリシア沿岸の海産物を塩漬け、酢漬けに加工したのをレオンあたりの行商人がブルゴス、バリャドリッド、トレドなどへ運んだのである。樽詰めの魚がラ・マンチャあたりへも豊富に流通していた。現在でも同様であるが最も広く消費されていたのがやはりイワシである。日雇い人夫の日当が十七マラベディとして一マラベディあればイワシが十八尾も買えた。鯛の類だと二マラベディ半、さすがに舌ヒラメとなると四マラベディかかった。

この他にもエビ類を始めとしてタラ、ニシン、鱒、ウナギ、アナゴ、鮭などの豊富な種類の魚が内陸部で消費されたのである。なかでも長期間保存の効く塩漬けタラは無敵艦隊の主要食糧でもあった。昔からスペインも含めて北欧諸国やイギリスなどの間でタラの漁場を巡ってしばしば紛争が起きているし、現在でも日常的に消費されているのはご存知の通りである。

さて、翌日の土曜日ともなるとドン・キホーテ家の家政婦は「ドゥエロスとケブラントス」と称する昔から研究者泣かせのひと皿を手早く調理する。強いて訳せば「悲嘆と苦悩」の料理でラ・マンチャ地方では卵と脳味噌のオムレツを言うらしいが、脳味噌を失ったドン・キホーテにこれは痛烈な皮肉である。アメリカの研究者は実はいわゆるベーコン・エッグだと片づける。土曜日ごとにこれを食べるのは改宗キリスト教徒の習慣であるからドン・キホーテは新キリスト教徒だとする説もある。承ってそんな安易な説に与するものではないが、『ドン・キホーテ』は十六・十七世紀にラ・マンチャのエスキビアス村に実在した改宗ユダヤ人の騎士アロンソ・キハーダを手本にしているのだともっともらしく説く者もあるが、ことさらに取り上げる価値もない。

新キリスト教徒とは、一四九二年のイスラム征服以後にカトリックに改宗したユダヤ人やモーロ人をさす言葉だがその真偽はともかく、いかにも仰々しい名前の料理であるが、いったい何がそれほど悲しくて苦しいのかと言うとラ・マンチャ地方の古い習慣に由来している。つまり羊飼いは死んだり負傷した家畜を週末になると領主の邸へ運び込み、骨をはずした肉を薫製にして乾燥肉にする慣わしがあった。ところがカスティーリャ王国では土曜日には肉を食べるのが禁じられていたので先ほどの骨を使って煮込み鍋にした。これを「悲嘆と苦悩」と呼んだらしいのだが、だとすれば悲嘆と苦悩は貴重な家畜を失った領主の気持ちにほかならない。

先に触れたようにこの料理を簡単にベーコン・エッグだと片づける識者もいるが、そう手軽にはいかないようだ。卵を使うにしても目玉焼きなのかオムレツなのか？　卵と脳味噌のオムレツだとか肝臓や内臓などの臓物を使うとする説もあって確定しないが、因みにその調理法は、まずハムとベーコンを炒める。子羊の脳味噌に火を通して小さく刻んで揚げる。溶き卵に塩胡椒をふり、先ほどの具材を混ぜ合わせて焼く。まさしくオムレツであってわりと手のかかる料理だが、それほど下賤な料理ではなかったらしい。実際にフェリペ四世の寡婦マリア・デ・アウストリアが一六六九年の十一月二十六日に、ある庶民の家でこの料理のもてなしをうけた記録が残っている。

アベリャネーダの『ドン・キホーテ』後編にはこれと似た料理で「神の恩寵」と称するありがたい名前の一品が登場するが、これはほかでもないベーコン入りのオムレツである。突然の来客にあわせた主婦が来訪者をもてなすにも食材がない。幸いかたわらの籠に卵が幾つか残っている。壁の鈎《かぎ》に脂身《ベーコン》も下がっている。このふたつを合わせて卵料理をこしらえてなんとか急場を凌ぐことができた。これも神様のおかげだと感謝をし、爾来、これを「神の恩寵」と呼ぶようになったのだとまことしやかに伝えられている。いずれにしても上等の部類に属する料理でないことは確かである。

そして最後の日曜日には、小鳩を焼いてソースをかけたものか、あるいは煮込んだ料理が添えられる。土曜日のレンズ豆スープの残りに小鳩の皿が添えられるのかどうかセルバンテスの文章からははっきりしないのだが、ともかく小鳩は購入しなければなるまい。もっとも自宅の鳩を絞めることも考えられるが確証はない。卵は一マラベディで二個買えるし、裏庭に鶏でも飼っていればその心配もいらない。家畜の肉類を除いてほとんど自給自足が原則のドン・キホーテの家計が、すでにこれだけで収入の四分の三が消えたと言うから郷士の暮らし向きも決して楽でないのが分かる。

蠅入りパイ事件

スペイン最古の大学はサラマンカ大学ではなくバリャドリッド大学であることを知るひとは少ない。コロンブスの没した家が博物館となり、後の名君フェリペ二世がここで生まれ、一六〇一年一月十日に首都が短期間ながらマドリッドからバリャドリッドに遷都され、フェリペ四世が産声を上げている。

『ドン・キホーテ』を出版したばかりのセルバンテスもこの時期にバリャドリッドへ移っている。マドリッドにはすべて快適な生活がそろっていてあらゆる便宜、快適さがあったのにフェリペ三世がそれを捨て、膨大な出費、商業の停滞、数々の弊害を承知でなぜバリャドリッドへ移ったのか詳細は分かっていない。マドリッド評議会が遷都を思いとどまるよう嘆願書を提出している。高台にあって健康的な良い風が吹き、良質の水、からりと晴れた空の素晴らしいマドリッドと比べてバリャドリッドは「頻繁に反乱を起こす二筋の河に挟まれて低い湿った土地で霧と健康に悪い空気、冬は寒くて湿気がひどく、夏の蒸し暑さは耐え難くすべてが腐敗します」とけなすことしきり。

確かに冬場にピスエルガの川面に霧が発生したりはするが、それを言うならマドリッドでも濃密な霧が発生する。一九八三年十二月、霧で滑走路が見えなくなってジャンボ機が衝突し、多数の日本人が犠牲となる悲劇が起きた。マドリッド・バラハス空港は世界一危険な空港のレッテルを貼られ、機長が着陸を拒否する不名誉な事故があった。夏場の暑さにしてもマドリッドと同じであって住めば都、取り立てて言うほどに劣悪な土地とは思えないが、バリャドリッド遷都は不人気で中止を願うひとびとの長蛇の列ができたと言う。フェリペ三世自身もこの計画にそれほど乗り気ではなく、結局、理由のはっきりせぬまま強引に推し進める寵臣レルマ公爵に押し切られる形となった。

遷都後のマドリッドはたちまち凋落していくに反して、首都が移ってきたバリャドリッドではひとが溢れて住居が不足し、衛生状態も悪化して治安も乱れた。疫病が流行し一六〇五年までの四年間の死亡者数が二八九五人にたいして洗礼者数が二二三九と六五六人の人口減少となった。物価はあがり家賃も跳ね上がって何もいいことはなかった。一六〇〇年には年間四十ドゥカードだった家賃が一六〇二年にはもう倍以上の九十二ドゥカードに跳ね上がっていたのである。王家に伴ってレルマ公、セッサ公、アルバ公、レーモス伯、パストラナ公などの錚々たる貴族が移り住んだ結果、城内は住居が払底し、空き地に次々と家が建って建築ブームとなったが家賃が高すぎてとても手が出ず、家族を抱えて奔走したセルバンテスはようやく城外に肉屋の持ち家を求めた。ここで殺人事件に巻き込まれて一家全員が投獄の憂き目にあうのである。

バリャドリッドに疫病が流行したのをきっかけに一六〇六年一月二十日に再度マドリッドへと宮廷が戻った。またしても理由は明確にされぬままレルマ公に押され、王室の気まぐれにともなって右往左往させられた廷臣はもとより、出入りの商人から庶民に至るまでとんだとばっちりを受けて迷惑な話であった。宮廷の移転にともなってバリャドリッドはつかの間の繁栄を誇ったが、宮廷がマドリッドへ戻ると再び凋落の悲哀を味わうことになったのである。逆に繁栄を取り戻したマドリッドでは、バリャドリッドとトレドの人間は二週間以内へ故郷へ戻るべし、違反する場合は五万マラベディの罰金と二年間の追放刑の法令が一六〇七年に出された。つまりそれだけマドリッドへの人口流入が激しかったのである。

居を移したセルバンテスにも何もいいことはなかったが、当時セルバンテスが住んだ家屋だけはそのまま残って記念館となっている。もともとが保守的な土地柄でもあるしマドリッドから多少距離があるせいもあってか、近代化を遂げつつもカスティーリャの古風な雰囲気をたたえる町並みは貴重な存在である。そんなバリャドリッドにもさすがに一九八五年代の初めにハンバーガー店が目抜き通りにひとつだけ開店した。デリーベスの歴史小説『異端者』の主人公がロバの背に乗せられて城外の火刑場へ引かれていった目抜き通りのサンチャゴ街である。保守的なスペイン人にも手軽さが受けて値段も手頃と来れば繁盛しないはずがない。物珍しさも手伝ってか老若男女の区別なく行列の出来る盛況であった。

その翌年の夏、バリャドリッドへ戻ってみるとその店は最新モードの婦人服を並べている。「たしかあの当たりにハンバガー屋があった」と尋ねてみると「お客さんが食べてると何か歯に当たる物があるので吐きだしてみたら尖った小さな物が出てきた。どうやら骨らしいんだな。警察と保健所が調査に乗り出す始末さ。」調査の結果、ネズミの骨だと判明。誰かの悪意かそれとも何らかの事故か、あるいは本当にネズミを刻み込んだのかそのあたりの真偽は未だに解明されていないが店はつぶれた。
ネズミ肉事件から三百年以上の昔、やはりバリャドリッドで同じような事件が起きている。小麦粉を水、塩、卵、オリーブ油でこねた生地を薄く伸ばし、その中へ調理した挽肉や魚肉を詰めて焼くのがパイである。餃子を大きくしたような形で現在でも普通に食され、詰め物によって千変万化するし、地方によっても無数に変化する料理である。弁当がわりにもなるごく普通の料理であったらしく、サンチョもこれが好物で前編第五十章では鞍袋のパイをたらふく腹に詰め込み、後編第十三章では森の騎士の従者が持参の巨大なパイに羨望の目を向けている。

バリャドリッドのセルバンテス記念館

「ぶどう酒の大きな革袋と四十センチはある肉詰めパイを持って戻ってきた。これは誇張でも何でもなく、白ウサギの肉を使っていたのだが、あんまり大きいのでサンチョがそれを手に取ったとき、子山羊どころか雄山羊がまるまる入っているのではないかと思えるほどだった。」

四十センチの巨大パイは誇張でも何でもないどころかまぎれもなきセルバンテス流の誇張である。パイ職人はマドリッドで一番の早起きだった。大量に消費されるパイのために早朝から生地の仕込みにかからなければならない。小麦粉に水と卵と塩、豚の脂少々あるいはオリーブ油でこねてその中へ挽肉や魚肉を調理したものを詰めてオーブンで焼くのだが、その種類は詰め物によって無数に変化する。料理人は鳥肉、魚、家畜などの詰め物の種類によってそれぞれに特徴を出すのだが、当時の料理本を覗くと七面鳥、鷓鴣、ウサギ、鱒、子ウサギ、チョウザメやマグロのパイなどもあった。これは皮をはいでオリーブ油、酢、塩、オレガノ、ニンニク、胡椒などの漬け汁に浸けておくのだが、鮭で代用することもあった。

野菜など中身の確かなものから、何が包み込まれているのかはっきりしない胡乱《うろん》なパイまで幾種類も並んでいた。手軽で安くて一応は空腹を満たしてくれるとあってなかでも安物のパイは学生に喜ばれたのである。ひとつ八マラベディ、十六マラベディ、二十四マラベディの三種類があった。もちろん値段によって詰め物が異なる。得体の知れないパイなども結構あったようで、当時の小説『グスマン・デ・アルファラチェ』にはひとつ四マラベディの格安パイが出てくるが、ラバか何かの肉を使っているらしいとある。

通常、ラバやロバの肉は食べないのだが、固くて不味い他にも理由があるのか寡聞にして知らない。もっともフランスではロバは腸詰めに重宝したとも言う。いつもは十六マラベディの挽肉パイと決めていたある学生が、今日はあいにくと懐具合が悪くて珍しく八マラベディにした。どうせまともな肉ではあるまいが、なんだか歯に当たって舌にざらつく感じが残る。不審に思って手のひらに吐きだしてみるとパイ皮と挽肉の混ざり合った中に黒い小粒の塊が見え隠れしている。指先につまんで朝日にかざしてみると透明な羽に毛だらけの脚を数本、黒々とした塊にぎゅっと縮めている。頭の部分は噛みつぶされて原型をとどめず、目玉だけがこちらを睨んでいるではないか。これはどう見ても立派な蝿である。ぎゃっと驚いてそのまま店へとって返した。

まるまると太った蝿を食わされた学生の厳重な抗議を軽く聞き流したパイ屋の亭主は、眉ひとつ動かさずに言ってのけた。「あんたが大口あいてパイにかぶりついた隙にその蝿が一緒に飛び込んだんでしょうよ。」

パイ屋は中身をごまかすと言ってよく非難される。「猫をウサギ」と言う言い回しはこの時代に由来している。「ロバの肉を仔牛として売る」のも同類である。犬、猫、ロバ、病気で死んだ家畜など何の肉がはいっているのか分かったものでない。

人を食った亭主の返答に蠅を食った気弱な学生は返す言葉もなく、証拠のないことだし当局の調べは入らなかった。パイ屋がつぶれることもなかったと記録には記してある。しかしこの種の話しは幾らもある。毎年スペインのどこかでペストが発生し、バリャドリッドでもつい先頃ペスト大流行の災禍を抜け出たばかりである。大都会の常でともかく衛生状態が悪い。とくに首都がマドリッドからバリャドリッドへ移されてからは、人口の急上昇にともなって衛生設備が追いつかずに最悪の状態であった。だからパイの肉に蠅が混じっていたぐらいはご愛敬である。気候の関係でバリャドリッドにゴキブリは出ないが、日本ならさしずめそれであろう。

少なくとも蠅は生き物である。もっとひどいのは病気で死んだ家畜の肉を使ったり、犬、猫、ロバを詰めたりしたのである。当代随一の皮肉屋文学者だったケベードや著名な戯曲家ローペ・デ・ベガなどが、安物パイには人肉が入っているとしきりと揶揄嘲笑したのもこの現象を踏まえてのことであった。「羊頭を掲げて狗肉を売る」の類でとかく評判の悪かったパイ屋であるが、全部が全部そんな悪質であったわけではない。マドリッド当局にしても猫をウサギと偽るのを野放しにしておくほど怠慢でもなかったことは言っておかなければならない。仔牛肉で申し分なくおいしいパイを作るので評判の店があったたし、皮肉屋のケベードが足繁く通って常連となっていた店もあった。

砂糖漬け果物と火酒

早朝のマドリッドは行商の声がにぎやかだった。ローペ・デ・ベガが「La moza del canto」で、栗、オレンジの蜂蜜漬け、火酒、砂糖菓子、花々、パンからビスケット、菓子類まで様々の呼び売りの種類をあげてくれている。焼き栗などは今でも冬場の街角で屋台店を出しているが、日本のような小粒ではなく丸々と大きな栗である。マドリッドなどの都会では朝食は火酒と果物の砂糖煮で済ませるのが流行となっていた。

宮廷人などはちょっと高級なマルメロの砂糖漬けなどを愛好したらしいが、庶民はそうはいかない。通常は最も安上がりのオレンジの砂糖漬けを消費している。これはオレンジの皮を蜂蜜に浸けたり砂糖で煮詰めたもので、呼び売りの行商人が早朝から街を流して歩く。製造には皮のままのオレンジを四つ切りにして水に十日間浸けておく。透明感が出てくれば清潔な布にくるんで水分を取り、深鍋に入れて半分ほど浸るまで蜂蜜を加え、素早く煮詰めていく。終わったら四日間そのままにおいて蜜を切り、新しく蜂蜜を十分に加えてさっと煮る。

わりと手が込んでいるがオレンジ皮の苦みが肝臓の働きを良くして胆汁を押さえ、それによって朝の寝起きの不機嫌を払拭するのに効果があると考えられた。これにアルコールが加われば一層その効果があがると信じられていたのである。したがって殺菌効果もかねて度数の強い火酒、すなわち一種の焼酎とオレンジの砂糖漬けが結びついた。

女、子供はまさか早朝から火酒と言うわけにもいくまいから、代わりに水を飲んだようだ。バラタリア島の総督に就任したサンチョの朝食に給仕頭は「砂糖漬けの果物と四口ばかりの冷水」を朝食に勧めたけれど、サンチョとしてはせめて少しは腹に溜まるパンとぶどうの一房ぐらいにして貰いたかったのはすでに述べた。

暁の爽やかな冷気に誘われて表に出ればこの種の朝食を取れる場所は自ずから限られる。マドリッドならばプエルタ・デル・ソルやアルカラ通りなどの広々とした界隈。バリャドリッドでもやはり大広場、サンティアゴ街などのひと寄り場所と定められていた。セルバンテスが一六〇五年前後にバリャドリッドに居をかまえていた頃、払暁ともなれば夜明けを待ちかねるようにエスゲバ河沿いの住まいをそっと抜け出た彼が、冷え冷えとした城門をくぐり、そのまままっすぐに大広場の界隈へと足を運んでなじみの屋台でオレンジの砂糖漬けをつまんでいる姿を想像するのは楽しい。

実はこの砂糖漬けの果物が結構高価な品物であった。切った果物を砂糖で煮詰めてこれを瓶詰めにするか、あるいは乾燥させたのを砂糖にまぶして箱詰めにする。使用される果物の種類は、最も大量に産出されて安価なオレンジを始めとして桃、すもも、西洋梨、リンゴ、マルメロと豊富にあるのだが肝心の砂糖が貴重品であった。原料となるサトウキビはすでに紀元前からインドで栽培されていたし、砂糖そのものも氷砂糖のような形ですでに三世紀頃からやはりインドで作られていた。それが五世紀あたりにヨーロッパへ伝わり八世紀には地中海沿岸に普及したようである。スペインでは気候条件の影響からバレンシア沿岸やグラナダなどの暖かい地方に産出するのみであった。

十二世紀にはグラナダ近辺の重要な農作物となっていたが、十五世紀にアフリカ大陸北西岸のカナリア諸島がスペイン領土となったとき、この地にサトウキビが持ち込まれ、気候風土に適したのかたちまちカナリア諸島全域に栽培が広がるのである。それと同時に砂糖生産の技術が飛躍的な進歩を見せ、砂糖を搬出するために島の道路整備が進められて交通網がどこよりも発展を遂げ、こうしてヨーロッパを熱狂させる甘味料の産出地として有名を馳せることになるのである。

ところが一四九三年のコロンブス第二回目の航海の時に、サトウキビがカナリア諸島からラ・エスパニョーラ島へ伝えられた。当初はわずか数本が根付いたに過ぎなかったが、これが南米大陸へ広まると肥沃な土地と豊富な降雨量に恵まれて良質のサトウキビを大量に産出するようになり、やがてはスペインの産出量を凌駕するに至るのである。すでに十六世紀には逆にラ・エスパニョーラ島から到着する砂糖がカナリア島の砂糖と熾烈な競争を起こし、ついには島の経済を危機に陥れるのである。周知のとおり現在でも砂糖と言えばキューバを想像するほどにイメージが浸透しているが、そのきっかけを与えたのはコロンブスであったと言える。

その製法は後に述べることになるが、大変な手間と努力をかけて製造される砂糖が貴重品でないはずがない。ところが南米から海を渡って大量に運ばれてくるようになると価格も落ち、安いオレンジの砂糖漬けなどが庶民の口に届くようになったのである。それでもまだまだ砂糖漬けの果物は高級品であった。一六二七年当時の価格で西洋梨の砂糖漬けがひと箱三レアルした。詳しく言うと、一口サイズに切り分けた箱詰めが三レアル半、砂糖まぶしがやはり三レアル半、乾燥西洋梨は五レアル、これを砂糖まぶしにしても五レアル、西洋梨の砂糖まぶしが三レアル二十四マラベディ、シロップ漬けになると三レアル。種類も多くてオレンジの花の砂糖漬けは四レアルとやや高価。他にも瓢箪の花が三レアル半、瑠璃チシャの花も三レアル半、バラの砂糖漬けは三レアル二十六マラベディと端数がつく。珍しいところではレタスの茎やフタナミ草の根なども三レアル半だった。

果物ではほとんどの種類が砂糖煮、シロップ漬け、砂糖まぶしになった。桃、すもも、サクランボなどのごく普通の種類が多く、ナツメなどは『ドン・キホーテ』にも登場する。加工の仕方によって砂糖まぶし、砂糖煮、シロップ漬けと種類はいろいろに分かれるが価格はほぼ平均してひと箱三レアルほどである。乾燥梨で最高級の砂糖まぶしだと五レアルするのがあるが、逆に最も安価なのはオレンジの皮の砂糖煮であったが残念ながら価格までは分からない。

当時、日雇い人夫が一日働いて二レアル、三百日で六十ドゥカード。靴一足が三レアル半、マドリッドで結構な食事をすると四レアル、『ドン・キホーテ』の少年アンドレスが羊の群れをひと月追って七レアル、サンチョが旅籠の夕食に三レアル半を支払っている時代に砂糖漬けの小箱が三レアルであるから贅沢品であるに違いない。

ところがおもしろいことに贅沢品であるはずの砂糖漬けの果物がドン・キホーテの家に備えてあった。ただしアベリャネーダの『ドン・キホーテ』第二章でのことである。グラナダの騎士ドン・アルバロをもてなそうとするドン・キホーテが、寝仕度を始めた騎士の世話をサンチョにまかせて砂糖漬けの西洋梨を取りに部屋を出て行くのである。ところがドン・アルバロは「これは、ドン・キホーテ殿、お心遣いまことに痛み入り申す。ですが、夕食後に物を食する習慣を持ちませぬゆえご親切に添いかねます。だいたい身体に良くないし、それに消化の悪い物は病の元というアビセンナでしたかガレーノスでしたかの箴言を長年にわたって拳々服膺《けんけんふくよう》いたしております」と鄭重に断りを述べる。

もっともな理由で体よく断られたドン・キホーテが皿の持って行き場を失ってばつの悪い思いのところをサンチョが引き取って誰よりも丈夫な胃袋に収めてしまう一場面である。

『ドン・キホーテ』前編では食費だけで収入の三分の四が消えてしまうのはすでに承知である。ところがアベリャネーダの『ドン・キホーテ』ではかなり裕福な人物であるらしい印象を受ける。贅沢な砂糖漬けを常時備えているからだけではない。ドン・キホーテ主従が冒険に旅発つときには土地を二カ所とかなり立派なぶどう畑を売り払い、その利益を全部旅費に充て、そのうえサンチョにはロバを買い与える。土地やぶどう畑がそう簡単に右から左へ売れるものかどうか疑問だが、ともかく鞍袋には着替えならびに三百ドゥカードを越す現金を所持していたことなども考えてのことである。

火酒と砂糖漬け果物の朝食は都会に限られた話で、ドン・キホーテの住むカスティーリャ地方の片隅や旅の途中の旅籠などでは言うまでもなくこの儀ではなかった。セルバンテスの『ドン・キホーテ』には主従の朝食について多くは触れられていないが、アベリャネーダの『ドン・キホーテ』には比較的盛んに朝食の記述が現れる。例えば第五章ではサンチョが羊の肉をたっぷりと火にあぶらせた朝食の注文を出している。サンチョの猛烈な食欲にくらべてドン・キホーテはその羊肉を少し食べてパンをちょっと囓っただけだと述べ

である。

第十章では大鍋にぐつぐつと煮えた羊の脚に肉団子と肉詰めパイの朝食をサンチョがパンとぶどう酒でたっぷりと詰め込む。第二十七章ではサンチョは生のニンニク四個をまるかじりにして周囲の顰蹙を買うが、同行のセノビア女王は臓物の揚げ物を肴にぶどう酒をくびくびと傾ける酒豪ぶりである。第二十八章になると「牛脚の煮込みパセリ添え」、続く第二十九章の朝食はパイと鶏肉である。いずれの章でも健啖家ぶりを発揮するのはサンチョのみで、ドン・キホーテはごく少量をつまむだけである。アベリャネーダの『ドン・キホーテ』のサンチョは食い意地の張った愚か者だと評されるゆえんであろう。

朝食ではないが『グスマン・デ・アルファラチェ』の記述に旅籠の夕食に仔牛の料理を頼む場面がある。しかしこれがとんでもない代物を食わされる。雌馬と雄ロバとの一代雑種をラバと言うのは誰でも知っている。ところがスペインのアンダルシア地方では、理由は分からないがこの種の交配を厳罰をもって許さない時期があったらしい。宿の亭主の不注意からロバが雌馬にけしからぬ行為におよんで子ラバが生まれてしまった。これの処分に困った亭主が裏庭で密かに子ラバを屠殺して泊まり客に仔牛と偽って食わせてしまったのである。主人公グスマンは昨夜の夕食に「脳味噌のラード揚げ卵添え」と「臓物の野菜煮込み鍋」を味わった。仔牛の脳味噌だと言うが食べると何だか腐った藁のような匂いがしたと言う。

翌朝、旅籠を発つとき、マントを置き忘れたのでとって返し、宿の台所から家畜置き場へと探して歩くと裏庭にまだ新しい大きな地溜まりが出来ていた。そのかたわらに仔ラバの皮が広げてある。手足はまだ切り落とされておらず、頭部には耳がそのままで頭蓋骨もついている。しかし舌と脳味噌だけは抜かれていた。昨夜からの疑問が一挙に氷解した。「仔牛の脳味噌」だと言っていたがほんとうは子ラバの脳味噌だったのだ。もちろん肉も臓物も同じ子ラバのものだ。肉は金曜日の夜に細かくばらしてタレ（アボド：オリーブ油、酢、塩、オレガノ、ニンニク、胡椒その他の香辛料）に漬け込み、臓物、内臓、舌と脳味噌は土曜日までに片づけてしまったのである。はたしてラバの肉がどんな味がするのか知る術もないが、物語の主人公は「歯が立たないほど固くてまずく、一晩中、胃にもたれた」と述懐している。ラバやロバはスペインでは食用にはしないものなのだ。

チョコレート（ココア）とタバコ

旅にしあれば火酒と砂糖漬けなどの上品な朝食など思いもよらないのが現実であるらしいが、この当時、徐々に流行を始めていたのがココアすなわち飲むチョコレートであった。アステカ帝国を征服したエルナン・コルテスが、カカオ豆を興奮剤として飲んでいる原住民を見てその用途を知り、兵士の疲労回復に用いたりしていた。チョコレートの原料となるこのカカオ豆を最初にスペインへ持ち帰ったのはコルテスに同行していたフランシスコ会のオルメド神父であった。アギラール神父であったとも言われるが、いずれにせよチョコレートは僧侶の手で新大陸からスペインへ渡ってそこから修道院を通してヨーロッパへ広がるのである。

当初はその利用法が分からずそのまま放置されていた。お湯にとかしただけのココアは通常はとても飲めたものでない。好みの甘みをつけるのが肝要であるが、それには砂糖が大きな役割を果たした。やがてフランシスコ会の修道院を通してヨーロッパに広がり十七世紀に大流行を見せることになるのである。とりわけグァテマラのグァハカ産のココア（Las cajas de Guajaca）が珍重され、上流社会では最高の贈答品であったと言う。カカオに最初に砂糖を入れることを思いついたのはグァハカの尼僧だったと言われている。そこから十七世紀にチョコレートのことを「グァハカのもてなし」と呼び習わした意味も分かる。

ココアを飲料にしたチョコレートが未曾有の大流行となるとさっそく偽物を作って儲けようとする悪徳商人が現れる。原料のカカオ豆にあらゆる不純物を混ぜて量を増やそうと腐心する。色をつけたシナモンや胡椒で味をつけて良質に見せかけたりするのはまだ序の口で、ひどいのになると墓場の肥えた土をたっぷりと混ぜたのを高価で販売した商人が摘発される始末であった。

カカオ豆の粉に土を混ぜる手軽な方法とは別に最初からココアに似て非なるものを作るペテンもある。材料にはパン粉、トウモロコシの粉、乾燥したオレンジの皮を焼いて焦げ色をつけたもの、その他にあらゆるものを混ぜ込み、しかもいかにも南米直送であるかのごとく見せかけるためにご丁寧に箱まで偽造してグァハカ産の銘を入れて一リブラ（約五百グラム）を八から十レアルで売ったのである。先ほどの砂糖漬けの値段と比べていかにも高価である。

不正品の横行に手を焼いた当局は一六四四年三月八日に粉状ココアの販売を全面禁止にしてしまった。しかも飲料としてのチョコレート屋を開くことも許されない。たとえるならコーヒー豆は販売できても粉はダメ、喫茶店も開業できない理屈である。したがってこれ以後、ココアはペースト状、塊、粒状、板状でのみ販売しなければならず、価格も五百グラム十レアルと定められた。以前は街路の屋台で朝食として手軽に飲めたチョコレートが禁止されるとなれば家庭の中へチョコレートが浸透してくるのは当然であろう。やがて上流階級では朝起きると着替えもせずにベッドの中でチョコレートを飲む習慣を好むようになってくるのである。そして朝食とはすなわちチョコレートとビスケットを指す言葉として定着してくる。

ビスケット (biscocho) は二度（bis）焼く (coctus ＝ cocido) に由来しており、酵母を入れないパンを二度焼きして水分を飛ばして長持ちさせた塩味だけの無粋な保存食である。長期航海の食料として重宝され無敵艦隊にも常食として樽詰めのビスケットが満載されていた。歯が立たないほどに固いが、後にこれに改良が加えられて現代風に変化していくのである。

ついでながらチョコレートが世界的に珍重された頃にタバコも根を下ろし始めている。皮肉屋ケベードはチョコレートとタバコをスペイン征服にたいする新大陸の復讐だと述べて「悪魔のタバコと悪魔のチョコレートが到来した。」と言っている。であればチョコレートを憎みタバコから逃げていたのかと思いきや、実は自分の好みの調合をするほどの熱の入れようだったしタバコも刻みを愛用していたらしい。ローペ・デ・ベガにしても刻みタバコの愛好家であった。

喫煙の功罪については賛否両論があって外科医ペドロ・ロペス某は悪魔の発明品と決めつけている。そして「解剖した幾人かの例によれば内臓が焼けただれ、肝臓が灰になっており、脳膜が煙突の煤のように真っ黒である。これを洗うと水がインクのような色になる」と記録している。いささか誇張はあろうが現代にも通じる警告である。今の医学ではこれに肺ガンや喉頭ガンの名前がつくのだろうが、笑い事ではあるまい。現代の禁煙ブームを知れば墓場の下で快哉を叫んでいるであろう。賛成論者は「タバコは万人を楽しくさせるすばらしい発見物である。タバコそのものが害悪なのではなく用い方に問題がある」と言う。これもお定まりの反論で、タバコは身体の疲労を取って安らぎを与える効用を説くのであるがあの世でさぞかし苦虫を噛みつぶしていることであろう。

第七章　四大河川の水利用

リスボンからトレドへの水路

　フランスとの国境にそびえるピレネー山脈を筆頭としてスペインには山脈が多い。山が多ければ降る雨を集めて流れる河川も多くなるのが理屈でスペインもその例にもれず、中央高原地帯を大きな河川が四本流れ、その支流が縦横に張り巡らされて豊かな水源となっている。スペインの四大河川はまず地中海へそそぐエブロ河があげられる。往古のアラゴン王国の首都サラゴサが優雅な姿をその河畔に横たえて悠久の時の巡りを伝えている。ドン・キホーテが後編で目指したのがこのサラゴサであった。初めてエブロ河の河畔を臨んだときドン・キホーテは、滔々たる流れの水晶のごとき清らかさ、両岸の見事な眺望に目を奪われ、しばし呆然としてことのほかの喜びようであった。

　これは作者セルバンテスの実感でもあったろう。さっそく目前の舟を川面に浮かべて乗り込んだ主従は、泡を噛んで回る巨大な水車に巻き込まれて危うく一命を落としそうになる。もともとドン・キホーテはサラゴサで毎年開催される馬上槍試合に参加すべくラ・マンチャの村を鹿島立ちしたのだが、なんとここに偽者のドン・キホーテが登場し、本物よりひと足先にサラゴサへロシナンテを乗り入れてしまった。しかも道中のメロン畑の冒険のせいで槍試合の期日に間に合わず、数日後の馬上指輪試合に参加して満座の中で爆笑の渦を巻き起こすのである。馬を走らせ、吊した指輪状の金輪に槍の穂先を通す競技である。これを知った本物のドン・キホーテはサラゴサを指呼《しこ》の間に臨みながら急遽ロシナンテの手綱を返して行き先をバルセロナへと変更してしまうのである。

南のアンダルシア地方にはグァダルキビールの大河が控えている。この河の水源地を突き止めるのは難しい作業であって、事実、ナイルやアマゾンでさえその水源を訪ねるのは困難を極める。その曖昧さを言うならスペインの河川も同様であって、この河はドン・キホーテが引き籠もって苦行の奇態を演じたモレーナ山脈あたりの雪解け水をいづこからともなく集めて平野を潤し、コルドバからグラナダ周辺一帯に縦横に支流を注いで豊かな穀物を実らせ、やがてセビーリャを通過して大西洋へとそそぐ水量豊かな流れである。とりわけ南米大陸から金銀その他の荷物を満載した船がカディス湾からセビーリャまでグァダルキビール河を遡り、この町を殷賑《いんしん》を極める世界随一の商業都市に変貌させ、今も往時の商館が櫛比《しっぴ》するほどである。

スペインの四大河川

スペイン北東部、サラゴサとソリアの周辺から水源を発してカスティーリャ地方を横断し、そのままポルトガルへと流れ込んで名前もオイロ河とポルトガル語読みに変わるのがドゥエロ河である。いわばイベリア半島のほぼ三分の二ほどを東西に流れ、堂々たる本流となってポルトガルのぶどう酒の積出港ポルトに至る。途中にフェリペ二世の誕生した古都バリャドリッドを右手に臨んでサモーラを経るとまもなくポルトガル国境を越えて大西洋へ向かう。距離が長いだけにスペインの文学・歴史に様々な足跡を残している由緒ある大河である。

そして最後に同じくスペインを横断するタホ河は、ポルトガルを抜けてそのまま大西洋へ落ちる。中東部に水源を発し、十七世紀の王宮アランフェスに緑を滴らせ、高台の町トレドの裾を巻いてひたすら西へ流れてエストラマドゥーラからポルトガルへ入ると名をテジョ河とあらためてリスボンまで一気に流れ下り、大西洋へ落ちて終焉を迎える。穏やかなリスボン湾に広々と流れ込むテジョ河の川幅豊かな河口の眺望は、スペインにはない格別の趣を備えて美しい。ポルトガル王室を併合していたフェリペ二世は、一五八八年に百三十艘を越える艦船をこの河口に集結させてイングランドへ向けて出撃した。後述するファネロの水揚げ機が盛んに活動していた頃である。

もしテジョ河の広大な河口を利用できなければスペイン艦隊はカディス湾に集結するか、あるいは十分に深みのある大きな港となればカンタブリア海を臨むコルーニャかバスク寄りのサンタンデールの選択肢ぐらいしか残されていない。だがそのいずれもがマドリッドから遠く山越えの難所を間に挟んで膨大な物資の運搬に不向きである。フェリペ二世はすべての指令をマドリッドからの通信で行っていたので幾ら急いでもリスボンでさえ片道に一週間から十日を要したことを思えば、これらの遠隔地ではとても戦の指揮は取れない。艦隊派遣の作戦を大きく変更しなければならなかったであろう。ポルトガル王室を併合している一五八八年代にフェリペ二世がスペイン艦隊の派遣を急いだ理由はここにあった。当時としては法外な百三十艘の艦船を停泊補修し、潤沢な物資を積み込み、三万を越える人員を待機させるだけの領域確保が焦眉の急だったのである。

ポルトガルと繋がっている河川を言うなら先ほどのドゥエロ河も同じであるが、タホ河が重要なのは首都リスボンから遡ってトレドの城壁下を通過していること、しかも荷船が航行できる点である。つまりリスボンに荷揚げされた積荷がそのまま小型の船でトレドまで搬送され、その逆も可能である。南米大陸から直送の珍しい品物が文化の中心地であり商取引も盛んなトレドからカスティーリャ全域に伝搬される。しかも首都マドリッドは目睫《もくしょう》の間にある。国王フェリペ二世はポルトガルとスペインを結ぶタホ河の水運の利便性に早くから着目していた。しかしポルトガルとの政治問題がその開発を阻んでいたのである。

ところが一五七八年にポルトガル王セバスティアンが戦死、後継のエンリケも継承者の指名のないままに崩御。かくしてポルトガル王位が空白となった。好機到来とばかりにフェリペ二世が王位を要求する。なにしろ父カルロス一世の王妃、すなわちフェリペ二世の母親イサベル（一五二五年没）はポルトガル王室からのお輿入れであるばかりか一五四三年にはフェリペ自身がポルトガル王室のマリア（一五四五年没）と結婚しているのだから正統な王位継承権があったのである。かくして強大な武力もちらつかせながらポルトガルを併合したフェリペ二世は、マドリッドから陸地をエストレマドゥーラへ下向の後、国境近くの町アルカンタラからガレー船を御座船に仕立ててタホ河を下ってリスボンへ入り、ポルトガル国王フェリペ一世を宣言するのである。

ポルトガルとスペインとの政治的隔壁がなくなったいま良港リスボンを思うままに利用できるようになったのは先に述べたが、これと同時にフェリペ二世はタホ河の航路を整備して商取引を振興させるという昔年の念願に着手した。ひとつの国となって往来が自由になるとまずリスボンからナツメグ、シナモン、胡椒などの東洋の香辛料がカスティーリャの中心地へ届くことになる。コロンブス以来のスペインは西インド諸島のバニラ、ココア、タバコなどを大量に輸送していたが、インドや東洋の香辛料ではポルトガルに遅れをとっていたのである。それが今はスペインのものとなってリスボンから自由に上ってくるようになった。ほかにもそれまで高価で君主や枢機卿だけの色だった深紅や紫の染料なども入手できるようになり、海岸で生産される塩の入荷も重要である。

ご存知の通りスペインの内陸部では塩漬けの肉、魚およびハム類が膨大に消費されるのでこれら保存食の製造には大量の塩が不可欠となる。それを天然の岩塩に依存するのでは不足であり、海岸の塩田からも運ばれては来るが、ロバの背に揺られて山岳地帯を越えてくるのでは量に限りもあるし自ずと価格も高くなりがちである。ところがリスボン沿岸から水路を運ばれてくればその問題が一挙に解消して安価な塩が安定して供給できる。もちろんこの他にも貴重な染料などを含む諸々の物資がタホ河を自由に航行すれば商取引が活性化して諸都市が潤う理屈である。リスボンへの戻り船にはカスティーリャの小麦や大麦を積み込む。五十三歳のスペイン王フェリペ二世にしてポルトガル王フェリペ一世はそのように考えたのである。

タホ河をこれだけの荷船が往来するのにはそれなりの準備がいる。そこでフェリペ二世は従来からスペイン王室に仕えて絶大の信頼を得ているイタリア人技師ファン・バウティスタ・アントネッリにこの難事業を任せることにした。命を受けたアントネッリはポルトガルの町アブランテへ向かう。リスボンからアブランテまではすでに航行が可能であるから問題はない。このアブランテから上流へ国境を越えてスペイン領アルカンタラまでを調査する目的である。アントネッリがさっそく水深、水流、両岸の地勢、航行の可能性などを細かく分析調査した結果、航行を妨げるのは点々と設置されている水車とそれを回すために水流をせき止める堰の存在であった。その旨の報告書がフェリペ二世に上げられる。それを受けて一五八一年六月二十三日、フェリペ二世の勅令が発せられた。

「タホ河を調査のうえ熟知のわが技師ファン・バウティスタ・アントネッリの構想と差配のもと、わがポルトガル王国の町アブランテから（トレドの）アルカンタラ橋に至る当河川の航行を可能ならしめるべし。」

国王の勅令があれば鬼に金棒である。アントネッリは精力的に活動を始め、まずなによりも運行の妨げになる水車堰の撤去から手をつけた。アブランテからアルカンタラまでの二十四レグア（約一三二キロ）に堰が大小取り混ぜて十六カ所あった。撤去する堰もあったがなかには開閉式の水門にして残した所もあった。実物も図面も残っていないので構造についての詳細は分かっていない。堰の一掃が済むと今度は遡航する船を家畜に曳かせる道の整備が待っていた。当然のこと平坦な岸辺ばかりではない。危険な岩場、落石の多い断崖、岩盤が固くて火薬を仕掛けなければびくともしない巨岩が行く手を塞ぐ難所など難工事の連続であった。道を開けない所には轆轤《ろくろ》を設置して巻き上げる工夫もした。水門を設置して水流を調節して流れの抵抗を少なくする場合もある。

フェリペ二世あてに逐次報告されるアントネッリの書簡にその苦労がしのばれる。五キロほど進むのに六百ドゥカードかかった工事もあった。正確な金額の換算は不可能だが、アントネッリの年俸を遙かに越える額であるのは確かで、アランフェス離宮の現場監督の日給が五ドゥカード半との記録がある時期である。贋作『ドン・キホーテ』ではサンチョがトメ・カラスコに奉公していたときの給料が賄い付きで月二ドゥカードであった。

犠牲者を出しながら多額の費用をつぎ込んで艱難辛苦の難工事のあげく、アブランテからアルカンタラ間の運搬船用の河川工事が無事完了した由の報告書が一五八二年十一月二十七日にアントネッリからフェリペ二世に届く。

「夏、冬を問わず上り下りとも積荷のまま航行可能であります。季節を問わず帆に風を受け、また逆風ならば櫂、竿、曳き綱で航行することが出来ます。」

もちろんフェリペ二世がこの報告にいたく満足しないはずがない。アルカンタラに到着した船の数や大きさを折り返し問い合わせている文章にも弾みが感じられる。ともかくこれでポルトガルからスペインへ自由に航行が出来るようになった。あとはアルカンタラからトレドへ至る五十レグア（約二七五キロ）の調整が残っていた。この区間の条件もそれほど良くはなかったようである。例によって水車場の堰、灌漑用水の汲み上げ水車、羊毛の洗濯場、布晒し水車などの重要な産業設備が目白押しに障害をなしていたところへもって急流、早瀬などの自然条件が船の通行を妨げていたのである。

アントネッリは倦まずたゆまず営々と努力を続けていたのだが、一五八八年三月に船の転覆事故で不幸にして一命を落としてしまった。故人の甥にあたる技師クリストバル・デ・ロダが後を継いだこの年の三月にはすでに新水路の料金がポルトガルで公表されている。それによると約十一キロの荷物、ぶどう酒なら十六リットルばかりの量をリスボンからトレドまで水路を運ぶには一レグアにつき一マラベディかかる。全体で七十四レグアとして七十四マラベディと計算しやすい。物価の感覚をつかむのはやはり難しいが、例えばセルバンテスの『模範小説』「犬の対話」では卵一個が一マラベディ、コルドバでは一個が二マラベディと高い。一日の食費の平均が七十六マラベディ半。これがガレー船の徒刑囚だと重労働にもかかわらず三十八マラベディと粗食であるのがわかる。通常、徒刑囚にはマサモラと言って特別な煮込みが支給されたが、これが後にマドリッドでは残飯を指す言葉になったのだから凄まじい。もとより地方差があり時代にもより異なるのでこんな例を幾らあげてみてもあまり意味はないが、トレドからリスボンへ下るのにはその半額で済んだ。

この同じ年の五月にかの有名な無敵艦隊がリスボンを出撃したものの記録的な悪天候にたたられながらコルーニャまで北上するのにひと月を要した。嵐を避けてコルーニャへ逃げ込んだまま修理と補給になおもひと月を費やしてイギリスのプリマス沖へ達したのは七月だった。無敵ではなかった艦隊の悲惨な末路を語る場ではないが、百三十艘を越える艦船で三万以上の人員を運ぶのに国家の総力をあげた時期にあるので財政的にあまり余裕はなかった。それでも水路を維持する努力は続けられ、フェリペ四世（在位一六二一―一六六五）の時代まで曲がりなりにも航路は存在していたのである。したがってセルバンテスのドン・キホーテとサンチョがもしトレドまで足を伸ばしていれば荷揚げの光景を見ることが出来たであろうがトレドへは行かなかった。

一方、アベリャネーダのドン・キホーテは、トレドの瘋癲病院へ収容されて頭の治療を受けることになるのだが、カルロス一世が建設したビサグラ門を左に見てそのまま道なりに馬を進めてカンブロン門から城内へ入っている。幸い治癒を得たドン・キホーテは十三世紀にタホ河に架けられたマルティン橋を渡って再びカスティーリャの荒野へと彷徨い出るのである。実は完全に治ってはいなかった狂った頭のまままいずことも知れずに行方をくらましてしまうのだが、おそらくはそれより以前、小康を得た散策の徒然に市街を徘徊しているはずだから積荷を満載したポルトガルからの船をタホ河の岸辺に佇んで眺めたと想像できる。

しかし一六四〇年にポルトガルがスペインから独立すると事情は一変する。タホ河は相反する二国を流れるもとのタホ河とテジョ河に戻ってしまったのである。水路の維持はおろそかとなり、荒れ果てたままとなってもとの航行不能の状態へ戻るのに長くはかからなかった。それに加えてトレドの町が経済的にも政治的にも急速にその重要性を失って行く。やがて岸辺に羊毛の洗い場がよみがえり、水車が設置されて堰がもうけられ、それにともなってタホ河の水路も忘れられていつしか歴史のかなたに消え去ってしまった。その昔、リスボンからトレドの城壁下まで船が通っていた時期のあることなど今では思い出すひともない。

飲料水確保の苦労

フェリペ二世が一五六一年にマドリッドを首都に定めるまでは、カスティーリャ宮廷は特定の首都を持たなかった。王の滞在する土地がすなわち国政の中心地となるのである。イサベル女王などは主にセゴビア滞在を好み、波乱の生涯を閉じたのはバリャドリッド県のメディナ・デル・カンポだった。『アマディス・デ・

家畜が引く水揚げ機（ノリア）

ガウラ』の作者モンタルボがイサベル女王に心酔しているのも、彼がメディナ・デル・カンポの住人で、女王を身近に感じていたこともあるだろう。

マドリッドに遷都がなる以前、トレドは常に政治・文化そして宗教の中心を務め、人口六万を数える重要都市だったが深刻な悩みを抱えていた。荷船が遡航できるだけの幅と水深をもつタホ河が町の北を除く三方を取り囲んでいるのは周知の通りであるが、問題はトレドの町自体が標高五百三十メートル近くの高台に位置していることである。これだけの高さがあると飲み水の確保が非常に難しい。通常は井戸を掘ってロバなどの家畜が曳く水揚げ機（ノリア）などで水を汲み上げるのだが、これだけの深さになるとそれも容易でない。タホ河の水面からでも百メートル近くの高さがある。

新鮮な飲み水の安定確保にはどの町にもそれなりに苦労の歴史がある。一五二七年にフェリペ二世が誕生したバリャドリッドは一六〇一年に首都がマドリッドから遷都され、一六〇四年にはセルバンテスも生活していた大都市であるが飲料水に恵まれなかった。バリャドリッドは、カスティーリャで最良の肥沃な土地であり欠ける物がないと言う称賛の声も聞かれるが、なにしろ人口四万を越える大都市であるだけに飲料水の確保は切実な問題だった。排水設備が十分でなかったので汚水が家畜の死骸やゴミを浮かべて街路を流れ、市内に生ゴミの山が出来て時には住居の屋根の高さにまで達したという。あながち誇張でもないようで、「河がたくさん流れているにしては泥と想像を絶する悪臭の町だ」とあるポルトガル人が述べている。一五六一年にこの町はあいにくと大火事の悲劇に見舞われた。これをきっかけにフェリペ二世の勅令でスペインに最初の消防態勢が構築されたのだが、ちょうどこれと時期を同じくしてそれまでマリアナ園のアルガーレスの泉から滾々と溢れ出る豊富な湧き水を運んでいた設備が老朽化して実用を止めてしまった。この泉についてはセルバンテスが『模範小説』の「麗しき皿洗い娘」のなかで「その古さと美しい水の豊かさの故に極めて名を知られた泉」であると述べてこう称賛している。

「マドリッドのレガニートスやカスティーリャの泉を始めとして、黄金泉水や荘厳なまでのプリオラの泉であってもこの湧き水の前には形無しだった。さらにはラ・マンチャのコルバやピサーラのごとき有名な泉水もこの前には沈黙せざるをえないほどに見事な泉であった。」

すなわちセルバンテスの言葉を信じるなら、その美しさと湧き水の豊富さにおいてスペイン随一の名泉だったようだ。バリャドリッドを訪れた主人公達が時間を割いて見物に出かけるほどだから、一見の価値を有する相当に見事な泉であったことは間違いない。しかし実際には町から五キロほども離れて点在する泉だったので、ここから水を引くにはまず幾つかの泉水をひとつにまとめなければならなかった。しかもバリャドリッドは比較的平坦な土地に位置する町なので五キロの距離に落差がわずかに十メートルしかなかった。つまり一キロの距離で二メートルの落差をつけなければ町まで水が流れない。当時の測量と工事技術としては極めて困難な工事である。すでに紀元前一世紀に十八キロ離れた水源から一パーセントの落差でセゴビアまで水路を引いたローマの技術の素晴らしさを実感できるが、バリャドリッド市はマドリッドから当代随一の建築技師ファン・デ・エレラを招聘して水準測定を依頼したのである。

この人物はフェリペ二世がエスコリアル宮の建築を依頼した技師ファン・バウティスタの亡き後、その後任を全面的に任せたほどの技術者である。その測定値に基づいて実際の工事が開始されたのは一五八六年の一月からだった。市内の三カ所に給水場が設けられ、最終的には現在も残るサン・ベニート聖堂まで水が達するように設計がなされた。しかも水源から新鮮な水が間断なく届けられるようにすべく、まず基本的な工事として煉瓦造りの溝に陶器の導管を埋め込み、上を瓦で覆って破損から守り、水圧をかける装置のない時代のこととて、四百メートルばかりの間隔で貯水槽を設置しなければならなかった。精密な落差をつけるこの工事はフェリペ二世の時代に始まり次のフェリペ三世（一五七八―一六二一）の御代になってもまだ続けられたほどの難事業であった。確かにセルバンテスがバリャドリッドに住んでいた頃もまだ工事中のはずだから、この水の恩恵にあずかることはできなかった。バリャドリッド市民はドゥエロ河の支流で水量豊かなピスエルガ河の濁り水を幾ばくかのお金を払って水売りから買って使用するほかはなく、そのせいでもあろうか頻繁に疫病を誘発して多数の死者を出している。その頃は城壁外にあったセルバンテスの住まいでも日々、ピスエルガ河の濁り水を水売りから購入していたはずである。

このようにバリャドリッドが飲料水の確保に苦心していた頃、フェリペ二世がマドリッドを首都に定めた理由のひとつに良質の水を確保できることがあったのではないかと言われている。あながち的はずれな想像でもあるまい。マドリッド近くにマンサナーレス河が流れているが、町よりも随分と水位が低くて利用できなかった。ところが九世紀にイスラムのムハンマド一世の命によってマドリッドが城砦として建設されたときにはすでに地下水路によって地下水が利用されていたのである。元来が砂漠の民であるアラブ人は征服地にはまず水を確保した。聖典「コーラン」にもあるとおり彼らの楽園にはなによりも新鮮な泉が滾々と湧き出ている。逆に水のないのが地獄である。イスラム最後の王宮アルハンブラの庭園と噴水の乱舞はスペイン随一の美しさであることからも分かるとおり、当時、最高の噴水技術を持っていたのはイスラムのスペインだと言われる。スペインのどの町にも広場がおかれてその中心に泉水があるのはその伝統の名残りであって、それがヨーロッパに広まったのである。

春になるとグァダラマ山脈には雪解け水が浸透してふんだんな地下水となって蓄積される。マドリッドは幸いなことに山脈からなだらかに周辺へ下降する地形が水を運ぶのに絶好の自然条件を持っていたのである。王宮には四カ所の水揚げ機で汲み上げた地下水が地下水路を通って供給され、夏場でも常時、冷たくて新鮮な水が贅沢に利用できた。しかも山からラバの背に乗せて運んできた雪で水を冷やし、ジャスミン、シナモン、チョウジなどで香りをつけた冷水が街路で売られていた。

しかし一般市民のことを考えてフェリペ二世は、イスラム時代の機構と技術を再利用して地下水路を拡充させ、清掃維持のために諸処に縦穴を明けて衛生と安全のために通常は重い石の蓋が置かれていた。こうしてマドリッド市内で五十カ所以上におよぶ給水場を設置して市民への良質な飲料水の供給を可能にしたのである。一五六一年にはマドリッドの人口は二万程度であったのがフェリペ二世の没年、一五九八年には六万にまで増加していた。やがて十万に達するが、それに応じて水の供給と衛生問題が焦眉の急となっていたのである。

平坦な土地でしかも近くに河川があるときは言うまでもなく比較的楽に水を確保することが出来る。とりわけグァダルキビール河とその支流が縦横に走るアンダルシア地方では中世以来この土地を長きにわたって支配していたイスラムが水車を普及させて水を汲み上げていた。この装置だとノリアのように車輪を回転させる家畜はいらないし、横回転の動力を縦回転に伝える歯車装置も不要である。外側に水桶をつけた車輪が河の流れにひたるように据え付ければ水流によって水車が自ずと回転して水を自動的に汲み上げる。したがって渇水期でも水車を回せるだけの水量さえあれば稼働する理屈である。グァダルキビール河の支流であるヘニル河の町エシハにこの種の巨大な水揚げ水車があってその記録（*Felipe II, Los ingenios y Las máquina*〈技術と機械装置〉）に残っている。

「水中に丈夫な柱を立て、これに設置された巨大な水車で河から水を汲み上げている装置が方々に見られる。水の流れが車輪を回転させ、水桶が六、七メートルの高さにまで汲み上げ、導管と用水路を伝って必要なところへ流れていく。」

レリダの水揚げ水車

水の流れが車輪を回して自動的に汲み上げる仕組みである。この装置だと車輪の直径がすなわち水を汲み上げる高さになるので上記の装置が七メートルの高さに上げるとして車輪の直径が七メートルばかりの巨大な構造である。人間の大きさと比べてみれば分かりやすい。イスラム支配時代の首都であるコルドバでは、粘土質の不毛の土地に本流グァダルキビール河から灌漑用水を汲み上げてオリーブ樹や養蚕のための桑畑あるいはその他の作物に水を送って中世以来の繁栄を保ってきたが、その主役はやはり水桶のついた水車だった。記録に残っているのは比較的あたらしくて一五六一年にイタリア人技師アンブロシオ・マリアーノがコルドバの町カルピオに設置した水車である。異様を誇るこの装置はその巨大さのゆえに「カルピオの櫓」と異名を取って近隣に知れ渡り、十八世紀まで灌漑用水を送り続けた働き者であった。

「水桶が六十八個、車輪の直径は約十四メートル、水桶ひとつにつき約二十五リットルを汲み上げる。費用は二万レアル（銀貨）、一分間に一回転する。」

エシハの水車の倍である。当時の度量単位が現在とことなるので概算でしかないが、水車の直径は優にひとの背丈の八倍を越す。水桶が六十八個であるからこの車輪が一分の時間をかけてゆっくりと回転すると千七百リットル以上の水が自動的に汲み上げられる計算である。これが三基もあったのだから壮大な眺めであったろうと想像できる。近隣から弁当持ちで見物に来るのも納得できよう。

トレドの水問題

バリャドリッド市内への水の供給で難しいのは、豊富に湧き水の出る水源があるにもかかわらず城内までの高低差が微細のため、正確な水準を計測してその数値に基づいてわずかな傾斜をつけなければならない工事の難しさにあった。ところがトレドの場合は標高五百メートル以上の岩場に町があることだ。高台の水源から低地の城内へ水を流す水道橋は各地で建設され、オビエドでは八世紀のアルフォンソ二世の時代にすでにその優美な姿を誇っていた。

カスティーリャ地方のクエンカやアラゴン地方のテルエルなどでは現在も橋の断片を残している。遡ってローマ時代にはスペインの各地に水道橋が建設された。その代表的な遺跡としてセゴビアの水道橋が優美な姿を今に止めて多くの観光客を集めているのは周知のところであろう。今なお水を運び観光客のお金も運んでくれるありがたい橋を各地に建設したローマもさすがにトレドに水道橋を通すのだけは断念した。世界に誇るローマの土木技術をもってしてもトレドに水を流すのは出来ない相談であった。

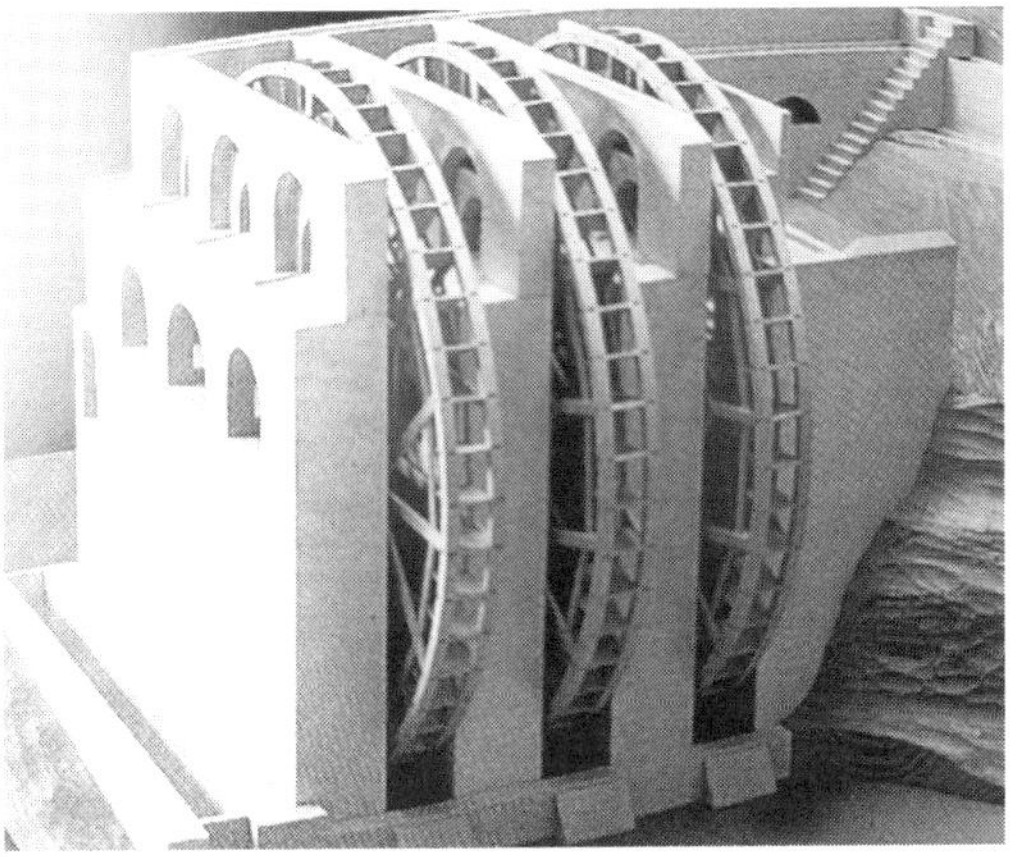

カルピオの櫓の模型

城外から水を通せなくともトレドの足下にはカラタユあたりを水源とするタホ河が町の三方を取り巻いて滔々と流れている。この水を使わない手はあるまいと誰しも考える。土木事業よりも技術開発にすぐれたイスラムの時代には、定石通りタホ河に巨大な水車を据えてこの水を汲み上げようと試みたが失敗だった。少なくとも水面から九十メートルの高さにまで汲み上げねばならない。だとすれば直径九十メートルの水車を造ればいい計算だが現実にはこれだけの重量を支えるのはまず不可能だった。

トレドへの水の供給はローマが諦めイスラムも断念した。仕方なくトレドの住民はわずかな雨水を溜めたり、タホ河の水をロバの背に乗せて坂道を登ってくる水売りから買って生活していた。水売りはセビーリャでもマドリッドでもあったが、これは井戸から汲んだ冷たい飲み水を売るためであったからトレドの生活用水とは少し趣を異にする。

トレドも人口六万に達する重要な歴史都市である。カルロス一世がビサグラ門を建設して美観を添え、中世のアルカサルがルネサンス期の建物へと変貌を遂げて文化はいやさかに栄えるけれど水問題は依然として未解決のままであった。地理的条件から水道橋の建設は不可能とあって、今やすべての努力はタホ河からトレド城内へ水を汲み上げる装置の開発に向けられることになったのである。

トレド市としても腕をこまねいていたわけではない。一五六二年頃にも巨大な水車や今で言うところのポンプのような絡繰《からくり》りまで様々に試みがなされたが、ことごとく失敗に終わっている。もはやなす術もなしと思われたところへ救世主が現れた。ジョバンニ・トゥリアーニ（一五〇〇－一五八五）の名前からも分かるとおりクレモナ生まれのイタリア人である。カルロス一世に時計師ならびに機械技師として仕え、国王晩年の隠居所ユステの僧院にも同伴して滞在するほどに信任の篤い人物であった。

小柄でずんぐりと太り気味の体躯をイタリア仕立ての衣服にゆったりと包み、顎髭に埋もれた顔は日に焼けて赤銅色、その真ん中には小鼻を張って堂々と隆起する鼻がある。どちらかと言えばむさ苦しい雰囲気の顔だが表情豊かにくりくりとよく動く青い目をときおり細めて浮かべる笑顔に何とも言えぬ愛嬌があった。

名前をスペイン風にファネロ・トゥリアーノとあらため、確かな技術力を高く買っているカルロス一世のお側近くに通称をファネロとして仕え、王の没後はフェリペ二世にそのまま仕えたのである。

　父王カルロス一世に劣らずフェリペ二世もファネロの技術者としての才能を高く評価していた。そして同時にトレドの水問題解決がフェリペ二世の積年の懸案でもあった。このふたつが国王の脳裏でひとつになったと言ってよい。すなわちトレドの城砦アルカサルの貯水槽へタホ河から水を汲み上げる装置の作成をファネロに依頼すべしとの勅令がトレド市に下されたのである。水問題に苦しむトレドにしてもそれに異論はない。さっそくファネロとの間に交渉と契約が交わされ、一日に一万二千四百リットルの水をアルカサルまで汲み上げることに成功すればトレド市はファネロに八千ドゥカードを支払い、年金千九百ドゥカードを支給する取り決めが出来た。一五六五年の事である。

　それから四年後の一五六九年二月にトレドの水揚げ機は見事に完成した。この装置は立派に稼働して契約よりも多い一万七千リットルを汲み上げ、たちまちスペイン中の評判となって多数の見物人が詰めかけた。

機械技師ファネロ・トゥリアーノ

その中にはフェリペ二世の異母弟で後にレパント海戦の総指揮官を務めたドン・ファン・デ・アウストリアの若き姿もあった。アクアビーバに扈従《こしょう》してイタリアへ渡ったセルバンテスが、その麾下《きか》に入ってレパント海戦に参加することになる。この頃のドン・ファンは後にそんな大役を引き受けることになろうとは夢寐《むび》にも思わず、のんびりとトレドの水揚げ機を眺め、無口なファネロがかたわらで訥々と説明する装置の仕組みに耳を傾けていたのである。

　しかし契約通りに稼働したにもかかわらずトレド市は、汲み上げられた水がただアルカサルの貯水槽に溜められて王宮を潤しているだけで一般市民にまで届いてはいない。これではトレド市民がその恩恵に与っていないとの口実を楯にファネロに約束の料金を払おうとしなかった。契約書には汲み上げる水の七分の一でアルカサルを潤し、残りを市民へ供給すべしとの一項が入っていたのである。ずるいとも姑息とも言える口実から約束の八千ドゥカードのあてがはずれたばかりか、六年間の生活費十一万四千ドゥカードの支払いを受けることも出来なかったファネロは、日々の費《つい》えにも事欠く有様であった。

契約社会であれば是非もなく、憮然たる気持ちのくすぶるままファネロは一五七五年三月に再度、トレド市と契約を交わすことになる。第一号機はこのままアルカサルに水を汲み上げてもっぱら王宮を潤せばよい。そして市民の需要のために第二号機を作成する契約がフェリペ二世直々の肝煎りで取り交わされたのである。それによれば市民にあまねく飲み水を行き渡らせる装置を提供することによりトレド市から六千ドゥカード、フェリペ二世からは一万ドゥカードの下賜金を頂戴するはずだった。ちょうどこの年、レパント海戦に被弾した腕の傷も癒えた二十八歳の兵士セルバンテスは、帰国すべくナポリから乗船した船がイスラム側の海賊船に拿捕され、アルジェへ連行されてそのまま五年間の捕虜生活を送ることになるのである。

第二号機作成の契約から六年後の一五八一年、ポルトガルがスペイン王室に併合されてフェリペ二世がポルトガル王フェリペ一世を宣言したこの年に装置は無事完成した。しかるに今回もトレド市は支払いを渋ったのである。市民へ供給する水の量が契約より少ないというのがその理由であった。しかしフェリペ二世の下賜金一万ドゥカードはそっくりそのまま下りたのだから契約の条件はほぼ満たしていたのだと思える。

トレド市へ水が自動的に上ってくるだけでも素晴らしいではないかと思うのだが、そこは契約社会の厳しさ、前回と同じで契約の数値を少しでも満たしていなければすなわち契約違反を楯に支払いを拒否されても文句は言えないのである。この処置を巡ってトレドの吝嗇《けち》がずいぶんと非難の的になったが、ファネロが一五八五年に亡くなって後、フェリペ二世は契約金六千ドゥカードを遺児バルバラ・メディアあてに支払うようトレド市に命令を下しているところをみれば、支払い拒否の口実はトレド市の言いがかりに近いものであったと思われる。

トレドの水揚げ機の絡繰

技術者を瞠目させ、トレド市民を狂喜させた水汲み装置の絡繰《からくり》については図面がつたわっていないのでその詳細が分からないのが現状である。しかし当時、スペインのみならず噂を聞いてポルトガルやイギリスからも見学に訪れるひとが多数あって幸い記録を残してくれている。このような旅人の詳細な記述からある程度を推し量ることができるのである。なかでも一六〇四年のポルトガル人エボラの記述には稼働の模様を如実に伝えてくれる上に簡単ながらも図が添えてあって貴重である。それによると、

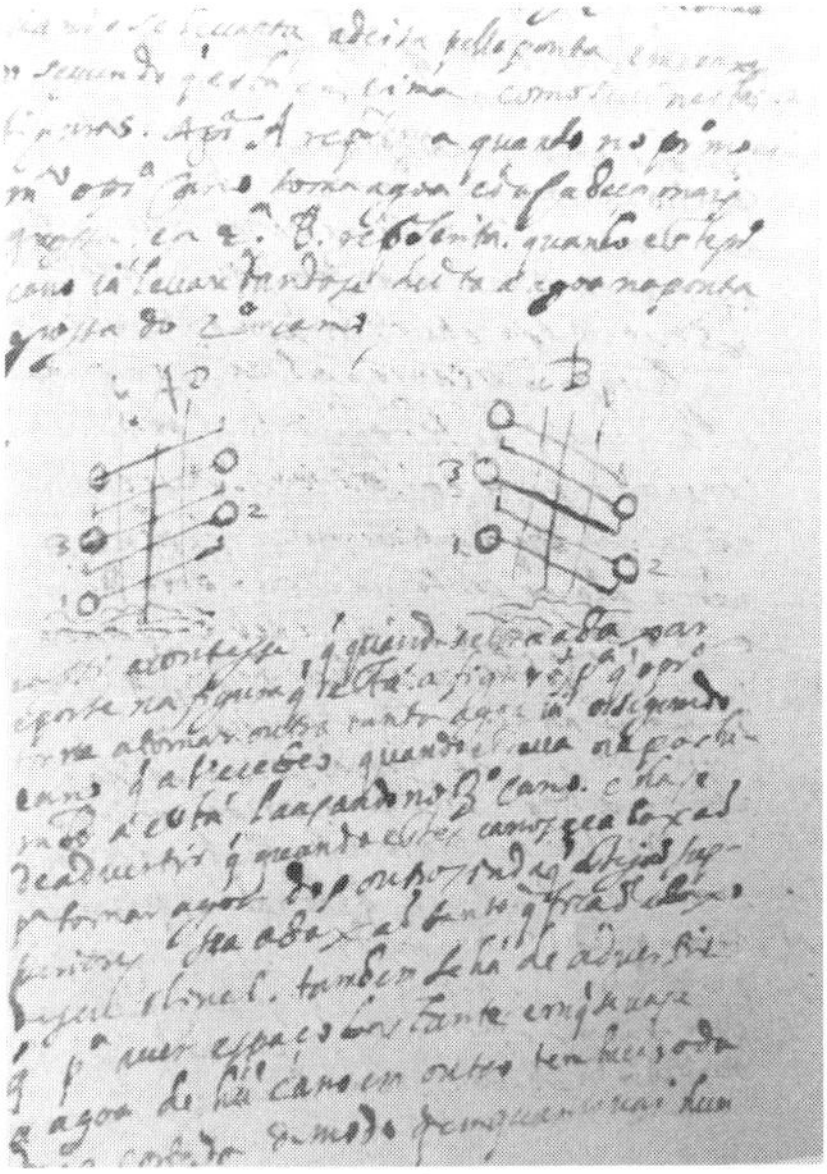

図1・汲み上げ機のスケッチ

「先端に水桶のついたこれらの水管がハサミ状にしかもそれぞれ先端の水桶が次の水管の後尾へつながるよう交互に逆向きに上へ向かって順次取り付けられている。まず最初の水桶が水を汲み上げ、これが持ち上がると図1にあるとおり水管を水が後ろに流れ、うえにある次の水管の水桶に注ぎ込まれる。A図は第一の動きを示している。最初の水管がまず頭部の大きな水桶に水を組み込む。B図ではこの最初の水管の頭部が持ち上がって水を上の第二の水管の端にある水桶に注

ぎ込む。こうしてふたたび最初の水管が下りて水を汲むとき、すでにB図で水を受け取った第二の水管は第三の水管へ　と水を流し込んでいる。」

この説明で筆者を含めて素人によく分かるとは言えまいが、どうやら水が水管を流れて上へ運ばれていく仕組みであるのは理解できる。もっともこれはまったくファネロの独創によるものではなくすでに中世イスラムに存在する仕掛けであった。ファネロはこの原理を巧みに改良して利用したのである。

図2・アゴスティーノ・ラメッリの模型

エボラの観察記録を正確な形にしたのが図2のアゴスティーノ・ラメッリの「絡繰便覧」（一五八八年）の模型図である。

これによると一目瞭然であろう。水車が動力源となると同時に貯水槽に水を汲み上げてもいる。スプーン状の水桶を先端と後端につけた水管が交互にしかもハサミ状に組み合わさっているのが分かる。貯水槽へ浸かった最初のスプーン状の水桶に水が満たされたとき、水車の回転軸に仕掛けられた歯車によって右側が下がる。水桶の水は必然的に右へ流れて下に待ちかまえている二段目の水桶に流れ込む。すると歯車装置によって再び左側がさがるので水は左へ流れてそこに待ちかまえている三段目の水桶に流れ込む。順次この動作が繰り返されて最上段の貯水槽へ水が蓄えられる仕組みである。

理屈は簡単に見えるが実際には難問が潜んでいる。まず水をうまく桶から桶へと渡せるように水管の角度を調節しなければならない。ご覧のとおり水管の位置がかなりねじれている。なによりも難しいのは時間の調整である。つまり水管を水が右や左へと流れて次の水桶にそそぎ終わるまで動きを停止させなければならない。この図では半型の歯車が水車の回転軸に取り付けられてその操作をしているのが分かる。しかし水車の回転速度、すなわち水流によって微妙に変化するし、汲み上げる水の量によっても違ってくる。水流ならびに水桶の容量との兼ね合いを計って歯車を微調整しなければならないのである。ファネロが使ったのは図のような半型歯車ではなくもっと簡単な仕組みであったとする説もあるが詳細は分からない。いずれにせよ技術上解決できない問題ではなかったし、事実、ファネロは見事に解決したのである。もちろんこの装置ひとつで水が上がるのはせいぜい九メートル程度だからトレドの急斜面を九十メートル上げるには装置を順次積み上げねばならない。

水を汲み上げる場所はアルカサル宮と決まっている。ここが王宮でもあり、またトレドの地形からも分かるとおり王宮が一番の高台にあるのでここまで水を上げておけば後は自然の落差で町中へ流すことができるからである。そしてタホ河の流れがアルカンタラ橋の橋桁に当たって水力が落ちる前の水を利用しなければならない。そこで装置の設置場所は自ずとアルカンタラ橋の向こうと決まる。ファネロはまずそこに頑丈な堰を築いて巨大な水車を据え付けた。水桶を四十二個備えた直径が十四メートルの特大水車である。まずこうして従来の水車による

図３・トレド・アルカンタラ橋の水車跡

図４・水車の石組

図５・水揚げ器の塔

水揚げ機の限界能力の十四メートルまで汲み上げておいて、中間の貯水槽に水を蓄えるのである。図３は十八世紀のスケッチであるが右上に小さく水車が描かれている。図４は十九世紀の同じ部分の写真であるがすでに水車は崩壊して堰と水車の石組みの残骸だけとなっているのが分かる。手前はアルカンタラ橋である。

ところでアルカサルまであと七十九メートルほどの距離が残っている。ファネロはラメッリの描いた絡繰図にほぼ等しい装置の塔を何台も積み上げていくのである。先ほど十四メートルまで汲み上げた水を二台目の水車を回す動力源に利用する。スプーン状の水桶は約八個を備えた装置の塔一台で最低三メートルあがるとして七十九メートル上げるには単純計算で二十四台の装置が必要となる。実際にファネロは二十四台の装置を作った。作らざるをえなかったと言うべきか。もちろん急斜面に無造作に二十四台を積み上げて事が済むものではない。七十六メートルの急斜面の勾配を計り、地質を調べて地形に合わせて組み上げていかなければならない。（図５）水管によって塔から塔へと水を移動させるのはさほど難しくはないのであろうが、地形によっては塔の大きさも勘案しなければならない。また一台の水車で二十四台へどのように動力を伝えたのかよく分かっていない。図６の「トレドの水車跡」は一六五〇年のスケッチである。右手上には今に変わらぬアルカサルの偉容がそびえアルカンタラ橋の向こうの斜面に鋸状の建物が見えるのが組み上げ装置の名残である。この時代にはすでに装置は稼働を止め、水車の車輪も姿を消してしまっているが建物の外見だけは残っているのでおおよその推測はつく。この斜面がかなりの急勾配であることが見えるのだが、ここに土台を築いて重量のある装置を設置して稼働させるのはかなりの難事業であったのが想像される。

滔々と流れるタホ河の水を巨大な水車がまず十四メートル地点まで組み上げる。その水が第二の車輪に落ちかかってゆっくりと水車を回し始める。水桶が水を汲む音、新しい木の香に混じって鎖の触れあう音、歯車のきしみ。水管を流れる水音に乗せて下の塔からまるで斜面をはい上るように水があがってくる。初めは軽々と動いていた装置に下から水が上って来るにつれて一台また一台と徐々に重い響きがこだましてそれが最上階まで達したとき、その瞬間を見ようと固唾をのんで待ちかまえていたひとびとの感嘆と喜びには計り知れないものがあったと言う。歓声が沸き上がり拍手の轟きがしばし鳴りやまなかった。しかしその興奮も冷める頃、トレド市は水量の不足を楯に支払いを拒んだのは先に述べたとおりであった。ファネロは一五八五年六月十三日に窮乏のうちに亡くなった。無敵艦隊遠征から三年前である。

図６・トレドの水揚げ器跡

彼の死後、孫がこの装置の補修維持に当たっていたが一五九七年に若くして亡くなってしまった。その翌年には最大の理解者であったフェリペ二世も崩御、時代はフェリペ三世へと移った。装置の維持はファン・フェルナンデスなる技師に一任されたが、この人物はあいにくと機械装置の専門家ではなく、ファネロの装置は日ごとに動きが悪くなり、十七世紀中葉には崩壊して廃墟となってしまった。一六四〇年にポルトガルが独立して河の境が閉じられたことも原因した。そのころまでに政治・文化の中心は完全にマドリッドへと移り、トレドの人口は減少して街の繁栄も衰えるばかりであった。ファネロの水汲み装置が盛んに稼働して世界の注目を集めていた頃がトレド最後の隆盛期であったのかも知れない。トレドの奇跡とも喧伝されたこの装置がまったく音を立てなくなり、いつしか市民はタホ河から水を汲んでロバの背に急斜面を運ばせる水売りに頼る昔ながらの生活に戻ってしまった。

タホ河の水を汲み上げるという中世以来のトレドの夢を現実のものとした装置はまさに瞠目に値する奇跡であり、ファネロは当代随一の天才ともてはやされた。装置を目の当たりにした感動を伝える文人墨客の記述は数多く残されている。ケベードの『ブスコンの生涯』にも記述が見られるし、やはりセルバンテスが「麗しき皿洗い」でこれに触れている。トレドを訪れた主人公がトレド大聖堂を初めとして王室庭園やサン・アグスティンの高台などの名所に加えて「ファネロの水揚げ機」を見ておきたいと言うのである。

少し変わったところでは一六一一年にコバルビアスによって出版された辞典『カスティーリャ語宝典』の「機械装置」の項に「タホ河からトレドのアルカサルまで水を揚げる装置。第二のアルキメデス、ファネロの工夫による」と説明されている。技術世界には縁遠いはずの辞典学者が、それも極力無味乾燥であるべき辞典の説明にファネロの実名を揚げて「第二のアルキメデス」と手放しで称賛の言葉を惜しまないのも興味深いところである。神学教授にしてクエンカ大聖堂の参事会員である編者ドン・セバスティアン・コバルビアス学士（一六一三年没）は、おそらく七十歳に近い老体に鞭打ってトレドまで足を運んでこの装置を見物に出かけたに違いない。その時の感動が辞典の言葉から匂い立つようである。ほかにも自然の怪物ローペ・デ・ベガとならんで知性の怪物と謳われたカルデロン・デ・ラ・バルカが戯曲のなかで「ファネロの卵」に触れている。われわれの言う「コロンブスの卵」と同じ意味で現代のアカデミア辞典にも記載されている。

トレドの装置は一六五〇年代近くまでなんとか稼働していたので、記録はないがカルデロンも実際に目にした可能性は十分にある。『ブスコンの生涯』の主人公は、自分ならタホ河の水をもっと簡単なやり方でトレドの町へ汲み上げる妙案をにおわせている。もっともまじないを使うと言うのだから眉唾だが。十七世紀も半ばになればさすがにファネロの評判も多少は翳りを見せ始めていたらしい。不可能と思われていたタホ河の水を汲み上げてトレドの奇跡と謳われた絡繰り装置であるが、補修維持が徐々におろそかとなり、車軸はすり減り、くさびは緩み、鎖は錆びて全体に水漏れが激しく、まさに崩壊寸前の老醜をさらしていた。

やがて十七世紀後半には完全に動きを止めて崩壊してしまう運命にあったのはすでに述べたとおりである。カルデロンの世代になればファネロの装置など何ほどのこともない。その仕組みにしても馬鹿でかい水車にイスラム時代からある装置を連動させたに過ぎない。昔は奇跡ともてはやされた装置も一皮むけば古びた絡繰りの寄せ集めに過ぎないと一蹴されてしまう。まさにコロンブスの卵である。今や時代の目は新しい装置であるポンプの方へ向いていた。セルバンテスには見物に値する名所であったが、もはや半世紀もすればさほどの興味を引かない古びた装置に成り下がっていたのである。

第八章　風車と水車

布晒し機の冒険

傷の癒えたドン・キホーテは路銀の調達と食糧の準備も怠りなくある日の晩、第二回目の旅を目指して密かに村を抜け出した。その日の払暁、白々明けの平野に三十から四十の風車の陰が黒々と立ち並ぶのに遭遇した。あれは魔法によって巨人が風車に換えられたのだと主張して止まぬドン・キホーテは槍を構え、ロシナンテの馬腹を蹴ってこれに突っ込み、折からの風に回り始めた羽根に引っかけられて地面にしたたかに投げつけられるのである。量にすればたかだか一ページ、『ドン・キホーテ』と言えばこの風車の冒険だけですべてが語られてしまうほどに有名な場面である。ほんの一ページ足らずに過ぎない場面で千ページを越える『ドン・キホーテ』のすべてを代表させてしまうのは如何にも不合理である。セルバンテスにすれば膨大な残りのページはどうしてくれるのだと言いたい気持ちだろうが、ドン・キホーテがしきりと巨人に拘泥するのもやはり手本と仰ぐ『アマディス・デ・ガウラ』の影響があるのだと思える。

アマディスが死闘を演じる仇敵はほとんどが巨人と決まっていて、人から生まれた怪物エンドリアゴとの死闘は別格として、巨人ファモンゴマダンやマンダファブルなどの強敵、そして後には友人となる人情味あふれる常識人のバランなどの巨人の騎士が続々と活躍するのは圧巻である。弟のガラオールなどは巨人ガンダラクにさらわれて養育されたりするのだから、ドン・キホーテの頭には巨人族の一統が渦を巻いていたに相違ない。となれば巨大な風車はすなわち格好の巨人である。ただし桁外れの巨人とは言え、せいぜいが二メートルを越す巨体の人間を言うのであって風車ほどもある巨人は『アマディス・デ・ガウラ』や『エスプランディアンの武勲』でもあり得ない。なによりもその重量に耐えるだけの馬がいないのであって騎士が巨人なら馬も巨大でなければならないのである。そして夜中に村を出てしばらくして風車の群れに遭遇するのだから村の近くになければならないはずである。

しかし識者の研究によると当時、このあたりに風車はなかった。ラ・マンチャ地方はもとよりスペイン全体でもまだ風車は珍しい存在であった。ましてやそれが四十台も林立しているのはあり得ないのであって、粉挽きの風車などは村に一台あれば足りる。ドン・キホーテの狂った頭には四十台が見えていたのか、それともセルバンテス自身が風車をよく心得ていなかったのか、それは分からない。ヨーロッパに風車が出現するのは十一世紀のことで、急激な発展を見せるのは十六世紀をまたねばならない。スペインで風車が普及し始めた当時、水量があまり豊かでない土地で、しかも適量の風が一定して吹く地域に限って、それも粉挽き水車の予備として村にせいぜい一台もあれば用は足りた。セビーリャほどの大都会でも十六世紀末の地図によれば城壁外にただ一台だけ風車の存在が確認できる程度である。

水車ならどこの村にもある。ドン・キホーテも水車ならおなじみのはずである。巨大な風車が四十台も野原にならべばさぞかし壮観であろう。しかし風車が四十台もならぶことは当時はおろか現代でもあり得ない。まだ珍しい動力機関であった風車の構造をドン・キホーテがよく知らなかったのではないかと邪推するゆえんである。それが証拠に風車に突進するドン・キホーテにサンチョが叫ぶ。

「腕に見えるのは翼で風に回って石臼を動かしておるのです。」（前編第八章）

図1・風車図

風車を承知であればこんな言わずもがなの説明はいらない。当時の主要動力源は水車であって大きな川の流域には点々と水車が設置され、日がな一日、車輪を回して火薬の製造、布晒し、紙の精製、灌漑用水の汲み上げなどあらゆる用途に役立っていた。フェリペ二世などはリスボンからトレドまで船を遡航させるのに邪魔になるタホ川の水車の撤去を命じて水路を確保したぐらいである。今もトレドには水を汲み上げた巨大な水車の痕跡が残っている。しかし突然に目の前に現れた風車についてドン・キホーテには十分な認識がなかったようである。ただでさえ正常でない頭に巨人と映ったのも無理はない。百姓であるサンチョはさすがに多少の知識があるらしく、とっさに風車の仕組みを口にしたのであろう。

サンチョの制止をふりきってドン・キホーテが駆けだしたちょうどそのとき、少しばかり風が起こって風車の大きな翼が動き始めた、とセルバンテスは述べている。しかし風車を動かすにはまずその日の風の向きを計って翼を風の来る方向へ向けなければならない。後に改良されて翼が自動的に風の方向へ向く装置が取り付けられるが、ドン・キホーテの見た風車にはそんな便利な機構がついているはずもない。建物の頭頂部を人力でギリギリと旋回させなければならないのである。かなり力のいる重労働である。そればかりではない、風の強さによって翼の骨組みに張る帆布の面積も勘案しなければならない。それによって回転速度を調節しないと臼を破損してしまう恐れがあるからだ。（図1）

小麦を石臼に適量ずつ落としていく装置も多少は自動化されているにせよ番人がいて適宜調節していかなければならない。そのままに放置しておけばいいと言うものではない。なにしろ風車というのもはまず風向きと風力を測って翼を移動させ、石臼を順調な作業工程に乗せるまでに相当の尽力を要する厄介な代物なのである。水量を調節してやればとにかく回り始める水車のような手軽さは望めない。一定の風が常時吹き続ける気候条件も不可欠だし、水車よりもはるかに巨大にして手のかかる扱いにくい代物である。

あれだけ巨大な翼を回すのにどれだけの風力が必要なのか寡聞にして知らないが、ともかく紙で作った風車《かざぐるま》ならいざ知らず、それまで停止していた巨大な翼がセルバンテスの言うように少しばかり風が吹いたからと言って急にぐるぐると回り始めるものではないのは分かる。ましてやドン・キホーテの槍をへし折って粉々に砕き、あまつさえ馬もろとも乗り手を放り出すには相当の強風が吹かない限りまず現実にはあり得ない。セルバンテスの諧謔なのかあるいは風車に関する知識をそれほど持ってはいなかったのではないかと勘ぐりたくなる。

図2・オランダの風車

それにしてもセルバンテスはその生涯を眺める限り、当時としては画期的に世界的視野の広い人物であった。スペイン国内は言うにおよばずイタリアなどの地理にも詳しい。したがってスペインよりも早くに風車が普及したイタリアあたりで目にした体験があったかも知れない。あるいは軍隊生活の時期にフランドルあたりまで遠征の機会があったとすればオランダ付近で風車を眺めたことも推測できる。（図2）いずれにせよ誰よりも見聞が広かったであろうセルバンテスにしてからが風車を良く知らなかったとすれば一般のスペイン人が風車を見知っていたはずがない。実際、やっと十五世紀頃から風車がスペインに登場し始めたにしてもカスティーリャのごく限られた地域であった。だとすれば『ドン・キホーテ』を愛読した都会の貴族や知識人たちはまず風車と言うものに対する実感が希薄であったろう。であれば風車を巨人と信じ込んでぶつかっていくドン・キホーテの狂態が都会の読者にはいまひとつ理解出来なかったのではないか。それほどの衝撃をもたらさなかったと考えられるのである。

そのひとつの証拠でもあろうかアベリャネーダの贋作『ドン・キホーテ』には風車などひとことも出てこない。興味の外である。アベリャネーダはセルバンテスの『ドン・キホーテ』前編を忠実になぞってパロディ化している。旅籠を城砦と見立てる滑稽さが執拗に繰り返されるし、サンチョの毛布上《けっと》げの騒動なども頻繁に引用されて笑いを誘おうとしているのが如実にうかがえる。しかるに現代ではドン・キホーテの代名詞ほどになっている風車の冒険についてはまったく言及しないのである。むしろドン・キホーテの村人がもっぱら噂にして楽しんでいるのはガレー船の徒刑囚を解きはなった事件、モレーナ山中で行った苦行の有様などであり、当のサンチョにはヒネシーリョに可愛いロバを盗まれた事や旅籠で毛布上げにあった事件などの方がはるかに記憶に新しかったのである。

つまり当時の人々にはドン・キホーテの風車の冒険はさほどの興味を引いていなかったのではないかと思われる。風車の冒険をもってしてドン・キホーテの狂気を代表するようになったのはいつの頃からだろうか。おそらく近代になってからだろうと愚考する。その反面、人の住むところ、そして水の流れのあるところに必ずと言っていいほど存在していた水車の記述がセルバンテスには頻繁に現れる。次に見るとおり風車の冒険以上にドン・キホーテが水車と具体的な関わりを持つ冒険が多いのである。

セルバンテスの『ドン・キホーテ』前編第二十章のこと、ドン・キホーテ主従が草原を踏み迷ううちに日は暮れて月の出はまだ遠い。あたりは真の闇。ともかく見当をつけてふたりが草原を歩き始め、しばらく行くうちに凄まじい水音が耳を打つ。不審を覚えた主従がその場に佇んで耳を澄ませると水音に混じって鉄のきしりと鎖の当たる音、それと一緒に何かを叩く響き。何びとの心にも恐怖を起こさずにはおかないおどろおどろしい物音であった。
得体の知れない耳を聾するばかりの響きに勇猛果敢な冒険心を掻き立てられたドン・キホーテは、ロシナンテに飛び乗ると楯を腕に通し槍を構え冒険へ乗り出す。ロシナンテに拍車をいれ、栗の林や雑木のあいだをしばらく進むと大きな岩山の麓に出た。頂上からほとばしる滝つ瀬が滔々と落ちかかるあたりに建物の残骸のようなものがあって、小止みない騒音はそのあたりから聞こえてくるらしい。何のことはない布を晒す大きな槌が六個、交互に打ち下ろされて凄まじい音を立てていたのである。ドン・キホーテは一瞬、身体を強ばらせて押し黙った。こみ上げてくる怒りを抑えて言う。

「騎士なる者が、物音の種類を聞き分け、縮絨機《しゅくじゅうき》の音であるかあらぬかを知っておかねばならんのか？」

小心者のサンチョを震え上がらせ、豪胆を装うドン・キホーテの心胆を寒からしめた騒音の種明かしは、毛織物を打ち叩いて収縮させる装置の槌音であった。これまでは分かりやすく「布晒し機」と訳してきたが、専門的には「縮絨機」と称する機械で、圧力や摩擦を加えて繊維を収縮させて緻密にするのである。もっとも、繊維に付着している不純物を取り除き、石臼でついて灰汁と石灰をよく浸透させて漂白するのだからまんざら誤訳でもない。むしろ布晒し機の方が理解しやすいだろう。
水力による最初の縮絨機は十世紀にヨーロッパに現れるがスペインでは十二世紀まで待たなければならない。いったい縮絨機とは如何なる代物であるかというと十六世紀のコバルビアスの辞典に簡潔にこう説明してある。

「大きな木槌を水車で稼働させる装置。臼に入れた布を槌で叩いて油を抜き繊維を混ぜ合わせて密にする。」

図３・縮絨機

さすがに簡潔で分かりやすい。布を打ち叩いて繊維の油性を除去し、裁断加工をしやすくするのである。十六世紀にはごく普通にみられた装置で、それだからこそセルバンテスも『ドン・キホーテ』に取り入れたのであろう。そのものずばりで要するに横軸型水車の回転軸に連動した槌で布を打叩く装置である。まず織物を灰汁と石灰で煮てから石臼でよくついて油性などの不純物を取り除き、それを日光に干して漂白する。図３を参照するとその作業の様子がよく分かる。大釜で煮た繊維を若者が槌の当たる位置へほどよく配分している。右隅には石灰と灰汁を入れた容器が置いてある。回転軸にカムを配置しただけの簡単な装置は水車にしてはもっとも得意とする作業である。この図は一六一七年のもので随分すっきりと描かれているが、十二世紀に登場してからさほどの進歩も見せぬまま初期の形が連綿と保たれて来ていたはずである。

材料はすべて木造とロープである。『ドン・キホーテ』には鎖の音がしたと述べてあるから頑丈な鎖が使われていたのであろう。よほど大きな木製の槌が六個も交互に落ちてぶつかるのだからロープでは保たない。相当に大型でよほど重厚な音を立てたに違いなく、しかも静まりかえった森のまっただ中で真の闇とくればさぞ物恐ろしげに轟き渡ったであろう。

それにしても布を打ち叩いて晒すだけの装置にそれほど巨大な水車は必要でない。あまり力があるといたずらに繊維を傷つけるばかりで効果は上がらないのである。図４は今に残る縮絨機の崩れた残骸である。水が枯れて野原となってしまったところにぽつんと取り残されている車輪はさほど大きくない。槌もひとつし

図4・レダンテスの水車跡

か見えない。ドン・キホーテ主従が迷い込んだ森に設置されていたのも現実にはせいぜいがこの程度の規模の水車であったろうと推測される。しかも先の図からも分かるとおり、ひとがそばについて絶えず布の位置を動かしてやらなければ槌は同じところばかりを打つことになって縮絨機の用をなさない。そして一日の仕事が終われば水車を止め、火の始末をして家へ帰るはずである。それでなければさすがに水車が壊れてしまう。

深夜の森の中で無人の縮絨機が休みなく轟音を立ててドン・キホーテを驚かせるのは事実とすればおかしい。しかも六個も槌をそなえているとなればさぞかし巨大な車輪を必要とするだろう。それだけ大きければ田舎育ちのサンチョにも聞き覚えのない轟音を立てるだろうが、そうなるとちょっとした工場の規模でなければならない理屈である。ドン・キホーテの村のすぐ近く、深夜の森で無人の巨大な縮絨機が休むことなく槌音を轟かせているのは不合理である。思うにこれもセルバンテスの大仰な表現のひとつであろうか。とかく大げさな表現をしがちなセルバンテスであるから、どうやらこのあたりの『ドン・キホーテ』も眉に唾して読まなければならないようだ。

エブロ河水車の冒険

水の流れや落下するエネルギーを利用して車輪を回転させる原理にそれほどの変化はない。羽根のついた車輪を水流に差し渡し、そこへ水を当ててやれば自ずと水車は回転する。いわゆる縦型水車であるが、これ

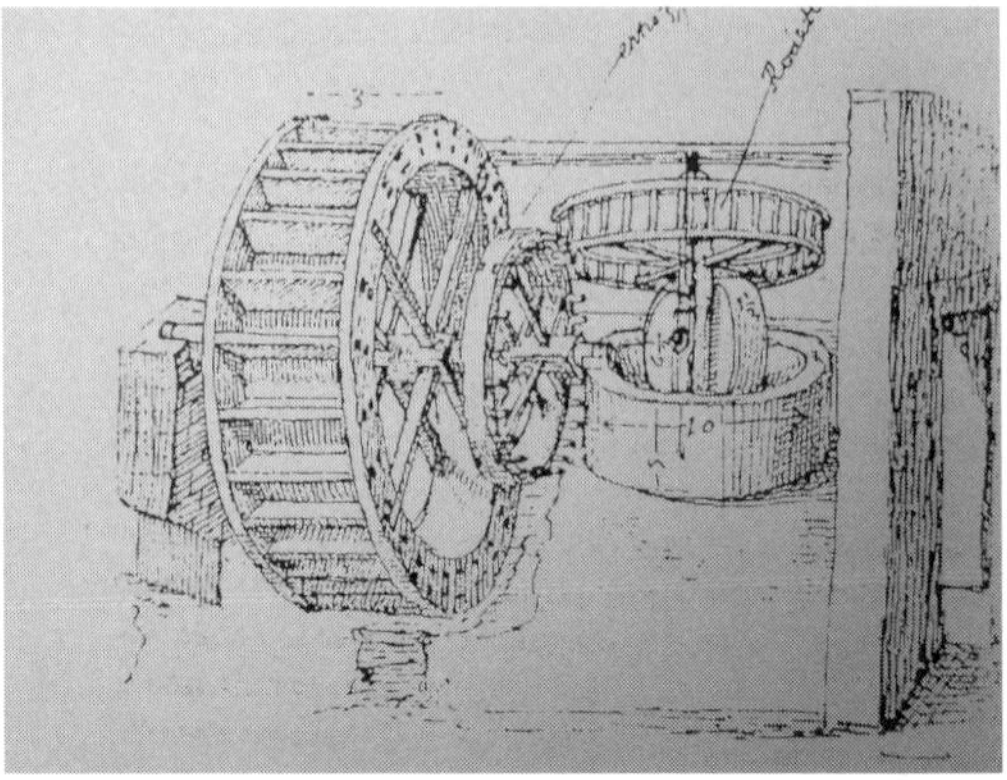
図５・横軸水車

だと粉挽き用の石臼を回転させるのに車輪の横軸回転を縦軸回転に変えて石臼を回さなければならない。そのために歯車装置を必要とする。スペインで普及していたもののほとんどがこの形である。（図５）世界の悪者小説の嚆矢となる『ラサリーリョ・デ・トルメスの生涯』の主人公ラサロがサラマンカで生まれたのもこの類の水車小屋であった。トルメス河の真ん中で産み落とされた触れ込みになっているのだが、実はラサロの両親があの河の岸辺にある水車小屋で十五年以上も粉挽きを生業にしていた。ラサロを宿していた母親がちょうど水車場で産み落としたので「トルメス河の中で生まれた」と言うのであって、もとより水の中へ産み落としたのでないのは言わずもがな。その水車跡がトルメス河に残っているがもちろん眉唾である。

水量の豊かな地域では建設の比較的楽な水平型がもっぱら普及したが、水量の乏しい所では貯水槽や堰で一度水を溜めてから落下させる横軸型の水車も建設されている。水平型だと回転軸に石臼を直接つなげばいいのであって、もともと壊れやすい部分である歯車装置が不要となるため造りやすい利点がある。形としてはロバなどの家畜や人力で挽き臼を回していたのをそのまま水車に肩代わりさせたと思えば理解しやすい。図６は下の階の水車の水平回転をそのまま縦軸によって上の階の挽き臼へ伝える構造である。横軸型の水車では車輪全体の重量を支える軸受け加工の技術問題が生じてくるのでの重量級の巨大水車の建設は難しくなる。

十六世紀になると石造りの円筒の中に水車羽根を設置してそこへ流れ込む水流によって回転させるいわゆるシリンダー型なども開発されて実際にカスティーリャのアランフェスなどで実用化された。これだと従来の二倍近くの力を得ることが出来るが単純な水平型に比べてはるかに精密なそして高度の技術を駆使しなければならない装置である。様々な産業技術の発展にともなって生じてくるより強力な安定した動力源の必要性から水車に改良が加えられていったと言うべきであろう。不安定な風車にはこれが望めない。

　水車はもともと紀元前一世紀の初期に西アジアで製粉用の石臼を動かすために考案されたと言われているところからも想像できるとおり、もっとも得意とする仕事は臼を引いて粉を造る単純作業である。パン食の文化であるスペインではもちろん小麦を粉に挽くために欠かせない装置である。どの村にも規模の大小を問わず必ず水車小屋がある。ただし石臼で挽くのは小麦ばかりとはかぎらない。スペインでは様々な用途に水車が利用されてきたことは後に述べる。

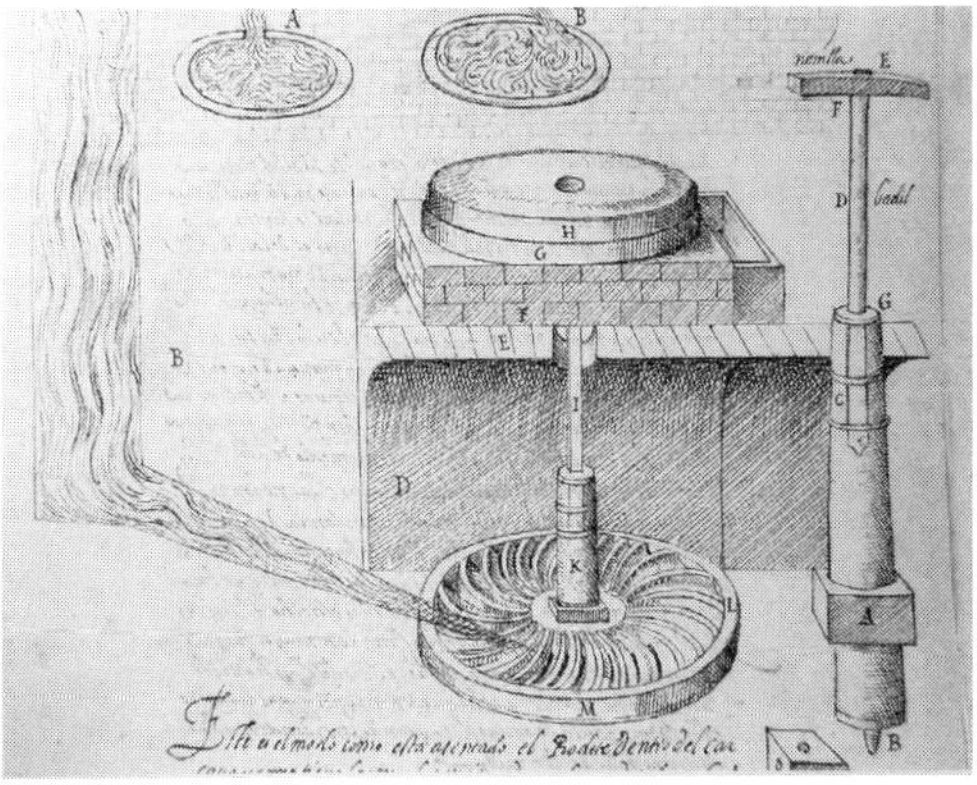

図6・水平型水車

　フェリペ二世がスペインとポルトガルをタホ河の水運を利用してひとつに結んだとき、工事を担当したファン・バウティスタが最も苦労したのが水車の撤去であったことはすでに述べた。水量豊かな安定した流れを確保するために少しでも中央に水車を設置しようとするので川岸から遠く離れた中流に頑丈な堰が設けられるのが普通である。各所に設けられたこの堰が船の航行を著しく妨げるもとになるのは言うまでもない。しかしこの時代には水車が主要な動力源だったのでむげに退けるわけにもゆかない。

　このタホ河流域に限らずグァダルキビール河、エブロ河などの大河とその支流、あるいは山奥の名もない小川に至るまでスペイン全土においておよそ水の流れがあるところどこにでも水車が稼働していた。農地に灌漑用水を汲み上げたり生活用水を供給するのは基本的な働きで、ファネロの水揚げ機にしても原理は伝統的な水車とイスラムの技術をうまく組み合わせた装置だった。起源も定かでないほど古い紀元前から石臼を回して穀物を粉にしていた水車は、ルネサンス期にはいると大型化の技術と共に飛躍的に発展を遂げるのである。

ロバ鳴き村の冒険を経てからいつに変わらぬロシナンテのゆっくりとした歩みにまかせて、二日後にドン・キホーテ主従は待望のエブロ河畔に達した。指呼の間にナバラ王国の首都サラゴサが優美な姿を横たえている。とりわけドン・キホーテにとってエブロ河の水量豊かな滔々たる流れと岸辺の緑滴る美しい風景を眺めるのはことのほか喜びであった。眺めてあかぬ眺望に身を沈めつつ脳裏に去来する心楽しい思い出に浸りながらゆるゆると歩みを進めていると、今しも岸辺の立木につながれた小舟が目に映る。すなわちこれは魔法使いがドン・キホーテのもとに送って寄越した舟である。魔法使いの招きに応じて憂い顔の騎士ドン・キホーテはただちにこれに飛び乗り、いずこかの牢獄で苦難に呻吟している善意の騎士を救援に向かわなければならない。まさに『アマディス・デ・ガウラ』のパロディーである。

「分からぬか、サンチョ、おそらくは生命の危難に瀕しておられるいずれかの騎士ないしは危急にあるやんごとなきお方をこれに乗って助けに行けと、紛う方なくこの小舟が拙者を呼び寄せ誘いかけておるのだ。」（後編第二十九章）

『アマディス・デ・ガウラ』にも数千里の雲間を魔法で運ばれる例は幾らもあるが、サンチョの常識的な目にはどうみても川魚を捕る汚い釣り舟としか見えない。エブロ河のこのあたりでは絶品の鱒が捕れるのである。しかし格好の冒険到来とばかりにはやりたつドン・キホーテの狂った頭には苦難の騎士を救助すべく魔法使いの差し向けた乗り物としか映らないのだから是非もない。魔法使いに理不尽にも牢獄へ押し込められた騎士の面々、やんごとなき姫君、果ては国王に至るまでを敢然と救出参らせるアマディスの活躍を彷彿と思い描くのである。

従者サンチョは、ロシナンテとロバを幹につなぎ止めてドン・キホーテのあとに続き、おっかなびっくりしぶしぶながらに乗り込んで舫《もや》い綱を解き放つ。主従の愉快なやりとりを乗せた小舟は水の流れのままにいつしかエブロ河の中程あたりをゆっくりと滑るように動いていた。やがてふたりは河の真ん中に大きな水車を発見する。これを見るやドン・キホーテは声高に言う。

「おお、友よ、見よ、あれを！　町か城かないしは城砦《じょうさい》が現れたぞ。いずれかの騎士かあるいは王妃、王女ないしは姫君が逆境にあってあそこに押し込められ、拙者が救いに遣わされたのだ。」

図７・ドゥエロ村の水車

城砦に騎士が捕らえられているのは『アマディス・デ・ガウラ』にお約束の場面である。巨人が風車に見えたように水車小屋も城砦のはずである。見慣れているはずの水車であるが、あれは水車に見えて水車ではない。魔法使いのまやかしで城砦が水車小屋と見えるのである。もとより魔法にかかっていないサンチョの目には小麦を挽く水車としか見えない。図７はブルゴスのアランダ・デ・ドゥエロ村の水車である。城内の家屋と比較してみれば水車小屋の大きさに見当がつく。車輪をふたつ備えたかなり立派な建物であるのが分かる。これがサラゴサほどの大都会になると小麦の需要も桁違いに大量であるから粉挽き水車もさらに大規模でなければなるまい。ただの水車小屋というにはあまりある大きな建物に巨大な水車がいくつも回っていたはずである。

ドン・キホーテはそこらの村の小さな水車小屋を城砦と見たのではない。巨大な風車を巨人と見たように、巨大な水車小屋を城砦と見たのである。狂った頭にもそれなりの判断はしている。しかも水量を充分に確保するために河の中央にまで張り出して堰が設けられていたようだし、通常、これほどの大型水車になると岸辺に石積み土台を築いて設置されるのでなおさらにドン・キホーテの目には城砦と映ったものとうなずける。

主従の乗った小舟は今しも水車の激しい流れに吸い寄せられてそのままに放っておけばやがては巨大な車輪に巻き込まれ、木っ端微塵に砕けてふたりの命も保証の限りではない。このとき急を知った粉挽き人夫たちが小舟を止めようと手に竹竿を持って飛び出してきた。ところがなにしろ頭からつま先まで全身に粉まみれで顔も身体も真っ白の連中であるからまさに邪悪なる悪党、ないしは醜悪なる怪物の様相である。ドン・キホーテにはてんでに武器をかまえた怪物どもがわらわらと砦から湧き出てきたと見えたものである。

印刷屋はずるい奴らだから気をつけるべしとセルバンテスは言う。二千部の印刷契約で料金を取っておきながら千部だけ刷ってあとの千部の費用で別の書物を印刷して儲けるのが奴らの手口なのだ。量目や計量をごまかすので油断のならない者の代表者に必ず仕立屋が槍玉にあげられる。布地の寸法をごまかすのである。『ドン・キホーテ』にもそのエピソードが取り入れられている。そして量目をごまかす才知において仕立屋に引けを取らないのが粉屋である。水車小屋の親父は升目をごまかす者と相場が決まっていた。たとえ粉屋の不正をお上に訴えても、粉屋は「なにしろ粉は舞い上がって手足はもとより全身にこびりついてなかなか取れないもので、量目が減るのも仕方がないと」とうそぶく。

江戸時代と同じで、升目をごまかす不正は発覚すれば厳罰に処せられるのだが、一袋の小麦がこれだけの粉になったと言われれば信用するしかない。だから粉屋が天国へ行くことはまず考えられないのだが、閻魔帳のちょっとした手違いから粉屋が天国へ昇ったことがあった。驚いたのは天国である。何かの間違いかも知れないからと再吟味をすることになった。そこで天国にいる裁判官と書記を探したのだがひとりも見つからない。いまだかつて天国に昇った裁判官や書記はひとりもいなかったからだと落ちがついている。

閑話休題。真っ白の怪物どもは親切にも竹竿をふるって小舟を止めようと押さえにかかる。小舟の中に立ち上がったドン・キホーテは声を張り上げ、いたずらに剣を振り回して怪物どもを威嚇する。サンチョは為す術もなくひざまずいて天に祈るばかり。粉挽き達の巧みな竿さばきで小舟を止めることは出来たが主従が水の中へ落ちるのまでは防ぐことができなかった。錆びたりとは言え鉄の鎧、頭に兜、足には拍車、この状態で最も水流の激しい深みへ転落したのだからドン・キホーテに多少の泳ぎの心得があったとしてもまず助からない。

ところが意外なことにドン・キホーテは多少どころかまるでガチョウのように泳ぎが達者であったと言うから驚きである。サンチョには言及がないがドン・キホーテが達者に泳ぐ姿を想像するとなんだか心楽しくなる。背骨の真ん中に薄黒いほくろがあって、そこに豚毛のようなものが生えている事実と同じぐらいに知られていなかった秘密である。

ところでいくらガチョウも顔負けの泳ぎ手だとしてもさすがに甲冑の重みで水底に二度沈み、二度浮き上がってもがくところを粉挽き達が飛び込んで助け上げてくれた。ドン・キホーテ主従がたらふく水を飲んだのは致し方ないとして、一度は止められた小舟はふたりを水から助け上げる騒ぎのうちにそのまま水車の水口へと吸い込まれて微塵に砕けてしまった。おまけに小舟の持ち主である漁師に弁償金五十レアルを支払わねばならなかった。

これが魔法にかけられた小舟の冒険の顛末である。内陸育ちのふたりがどこで泳ぎを覚えたのかセルバンテスは触れていないが、ドン・キホーテがガチョウのように泳ぐとは意表を突かれる。芸は身を助けるのたとえで『ドン・キホーテ』の物語はおかげで終焉を迎えることなく無事に先へ進むことが出来たのである。

回転する風車の翼に雄牛のごとくに突きかかっていった冒険のときも巨人を相手にするのだから命がけであったことに変わりはない。しかし読者は必死のドン・キホーテの姿を哀れを覚えながら笑って見ていられた。サンチョにしてもロシナンテの背からころがり落ちた主人を「だから言わないこっちゃない」とぼやきながら助けに走る余裕があった。肩をくじく程度の軽傷ですんだのも予想通りであったと言える。しかし小舟が車輪に巻き込まれればたちまちにバリバリと微塵に砕かれて主従共にひとたまりもない。『ドン・キホーテ』を語るときわずか一ページ足らずの風車の冒険には必ず言及されるが、それよりはるかに危険な、あやうく命を落とすところだった水車の冒険にはほとんど関心が払われない。巨人を風車と見るのが笑うべき狂気なら水車を城砦と見るのも狂気である。ましてや甲冑に身を固めているドン・キホーテにとって水難ははるかに命がけの危険な冒険であったはずである。

歴史的には風車は水車の補助として普及する。当時としては水車の方が主要な動力源であったのだが、ただしドン・キホーテ主従にしてみればふたつともにさぞかし恨みつらみの重なる装置であったろう。風車以上に水車には要注意である。このようにセルバンテスの『ドン・キホーテ』は水車と深いかかわりをもつのであるがアベリャネーダの贋作『ドン・キホーテ』はどうであろうか。アベリャネーダは風車にも水車にもまったく関心を示さない。ただ言葉としては「水枯れて水車回らず」のような俚諺表現や巨人タハユンケの楯が水車の車輪ほどもあると聞いてサンチョが震え上がる場面もある。おもしろいのは大仰な襟飾りを指して「水車の車輪ほどもある」と揶揄したり、サンチョの頭巾が「水車の石臼が動くみたいに」すっぽりと頭を覆ったりする表現ぐらいであろうか。この種の表現だとセルバンテスにも「運命の車は水車の巡りより速い」とか巨人の怪力ぶりを「力いっぱい回っている水車を指一本で止める」と表現する例が見られる。

アベリャネーダは自作のドン・キホーテを風車や水車などの動力機関と対決させることをしなかった。大都会サラゴサの描写に拘泥して地方の風景、風物にはほとんど関心を示さない姿勢を考慮して謎の作者アベリャネーダを風車や水車などに縁の薄い都会的人間と見ることもできるだろう。

挽き潰し打ち叩く水車

小麦を粉に挽く製粉と違って砂糖の製造には収穫したサトウキビをまず短く裁断してそれをさらに細かく砕かなければならない。基本的にはオリーブ油を搾るのと同じで粉にするよりもむしろ臼で挽き潰すような格好となる。下臼に入れたキビを上臼が通過して押し潰すのだが、このとき上臼があまりゆっくりと通過するとサトウキビの精髄の部分を損傷してしまうおそれがあるので軽量の臼を素早く回転させる必要があった。したがって車輪の回転数を上げずじかに石臼に伝える水平型の水車の方が都合がよかった。しかし水車や家畜の動力に頼る限りはこの問題を完全に解決することは出来なかった。**図8**の左前景から奥へサトウキビを裁断して水車で砕き、袋に入れて人力で圧搾機にかけ、搾り汁を煮立てて型に流し込む一連の工程が一枚の銅板画に時計回りに分かりやすく収められている。

図8・砂糖製造

十二世紀以来のこの工程が十六世紀以降も連綿と受け継がれていた。オリーブ油ならば砕いたオリーブの実を圧搾機で搾れば油が取れるのだが、砂糖の場合はそれからが問題である。圧搾した砂糖液の処理に大変な手間がかかるのである。まず搾り汁を銅製の大釜に入れてとろ火で煮る。焦《こ》がさないようにゆっくりと加熱して水分を飛ばし、濃密なシロップ状にまで煮詰めるのである。その途中で灰汁を適量加えてアルカリ化させ、同時に表面に浮かんでくる泡を丁寧にすくい取る作業も行わねばならない。ここで火加減を誤って焦がしてしまうと砂糖が茶色に変色してしまう。煮汁がシロップ状になると沸騰しやすいので温度を二十度前後に維持してゆっくりと煮詰めて行く。真っ白な砂糖が珍重され、焦げて茶色になった砂糖は敬遠されたのでこの時の温度調節が職人業の見せ所であって、くれぐれも焦がさないように細心の注意を払わねばならない。

シロップつまり密度が高いペースト状になると陶器で作った円錐形の型に流し込む。この型は何日もの間、前もって水につけておく。こうしておくと糖蜜が固まったときに型から抜きやすくなるのである。そのまま何週間かを経て器の中で糖蜜が徐々に結晶していくのを待つのだが、型から抜いたのが図8の右前景に見られる円錐形の物体である。その一部に未結晶の黒い密状の部分が残るのでこれを取り除かなければならない。この不純な糖蜜を除去するには粘土の一種が使われる。円錐形の型に入ったままの固形砂糖の上に漂白粘土をかぶせて放置しておくと分泌液が染みだしてくる。どの程度まで染み出すのを待つかは職人の経験と勘に頼る見極めが必要なのだが、容器の口からほぼ五、六センチのところまで砂糖が沈殿したのをおおよその目安に糖蜜を取り除き、そのまま二週間ほど自然乾燥させておいて型からぬくのである。しかしこの状態の砂糖はまだかなり不純物を含んでいるので精製にかけねばならない。砂糖の塊を砕いて再び大釜で煮込んで同じ工程を少なくとも三度は繰り返す。そうすると当然のこと塊は小さくなるが、回数を繰り返すほど砂糖は精製されて白さが増してくるのである。

最終的に円錐形から取り出された砂糖は、粘土に最も近い位置ほど純度の高い純白の製品が取れる。逆に下へ向かうほど精度が落ちて質の低い砂糖になるので、場合によっては溶かしてシロップ製造などに利用される。一方、除去された糖蜜は家畜を太らせる飼料にしたり、火酒の製造にまわされたりする。砂糖の純化に欠かせないこの漂白粘土を産出する土地が同時に砂糖の産地にもなる理屈で、スペインではバレンシアのガンディーアが良質の粘土を産出したのでサトウキビ栽培に適した気候とあいまって砂糖の産地となったわけである。ところが十六世紀になってブラジルで新型のサトウキビ圧搾機が考案され、その結果、スペインの特産であった砂糖の生産が中南米へ移ってしまい、そこからヨーロッパへ逆輸入されるようになったのである。

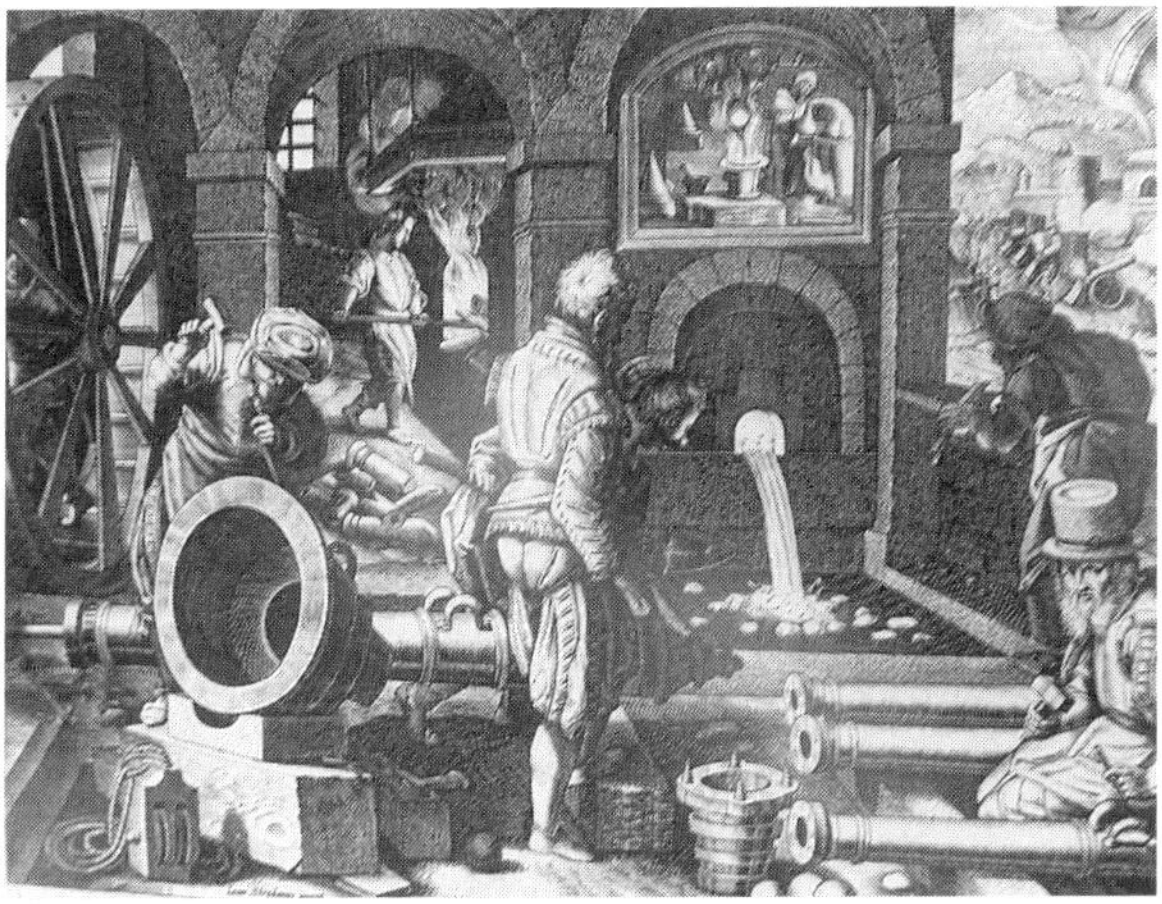
図９・大砲の製造

小麦を始めとして水車は粉砕しすり潰せる物ならなんでも粉にしてしまう便利な装置だが、横回転の軸に着けるカムを工夫すれば比較的簡単に上下運動に変えて槌などを作動させることができる。すり潰して粉砕する作業から打ち砕いて粉砕する作業への転換である。既述の布晒し機を始めとしてこの装置の利用範囲も広い。まず火薬の製造を見てみよう。図９は大砲の製造工程である。重い石を発射する大砲が十三世紀に出現して十四世紀にはキリスト教圏でもイスラム圏でも大砲が盛んに使用されるようになるとそれに備えて城壁の構築方法なども進歩してくる。

硝石七十パーセントに硫黄と木炭十五パーセントずつの三種を混合した黒色火薬の需要がうなぎ登りに増加してくるのはこの時期である。上記の三種を分量を測って慎重に均等になるまで混ぜ合わせるのだが、この乾式法では摩擦による発火の危険性が高いので手仕事が主であった。やがて混合の時点で水を加える湿式法

図10・火薬製造

が開発されて危険度は減少し、やっと水車動力が仕えるようになった。硝石に硫黄と木炭に水を加えて縦型水車の槌にかけて細かく粉砕するのである。顆粒状の製法も発明されたおかげで引火率は低くなったとは言え、摩擦熱を考慮して槌にかける時間を砂時計で計って慎重に作業が行われた。（図10）

慎重の上にも慎重を期しても事故は起こった。新大陸へ積み出す火薬を大量に製造していたセビーリャのトリアナにあった火薬工場が一五七九年に大爆発事故を起こした。グァダルキビール河をはさんで黄金の塔の真正面に工場があったのだが、所有者はフランス人のマルティン。記録によると爆発は五月十八日。貯蔵されていた火薬全部に引火、六百軒を越える地域の家屋を吹き飛ばして周辺を震撼させた。グァダルキビール河を間に挟んでいるにもかかわらずセビーリャ市の全体が震動した。トリアナ地区から遙か遠くのサン・バルトロメ教区の自宅で食事をしていた記録者は、食卓全体がせり上がるほどの地鳴りに飛び上がったと言う。犠牲者は予想に反して少なく百人ばかり、あの優雅なヒラルダの塔を頭頂に乗せたセビーリャ大聖堂のステンドグラスが壊れたと言うから相当の爆風であったと想像がつく。原因は究明できなかった。いうまでもなく工場は危険の再発をさけるべく別の場所へ移された。

先述の布晒し機と似た作業になるのが紙の製造である。植物性繊維から出来ている古布を原料にして紙を造る製法は中世に遡るが、スペインではコルドバ、グラナダ、セビーリャそしてトレドなどにこの種の製紙工場があって十六世紀後半にはスペインの全土に広まっていた。まず衣類、帆布、病院の包帯など種類は様々だがリンネル（亜麻）か木綿の古布を回収する業者があった。これより質の落ちるスパルトや麻は粗悪紙の製造にまわされる。

色別に分けた古布を鋭利な刃物で細かく裁断したのち篩《ふるい》にかけて埃、土、小石などの不純物を取り除き、これを石灰水に二週間ばかり浸けて脱色させると同時に繊維を柔らかくする。柔らかくなった布を臼に入れ、槌で叩いて潰すのだがこうなると水車の独断場である。槌には鋭い鋲が二十五個ばかり打たれていて、これで布を細かく切り潰すのである。続いて丸い鋲を打った槌で柔らかい塊にする。最後にこの塊を鋲のない普通の槌で打ち叩いて不純物を徹底的に取り除き、均質な塊に仕上げる。ここまでが水車の仕事である。古布を入念にひたすら打ち叩いて純粋な繊維の塊を作り出す作業は、槌の上下運動を永遠に繰り返す水車にはうってつけの仕事である。こうして均質になった繊維を型に流し込んで一枚ずつ手作りで漉《す》いたのを陰干しにするのは和紙の工程にも似ている。このあと薄めた膠《にわか》で防水加工をしたり、光沢をつける作業を経て裁断にかけられて完成するが、すでに透かし模様が普及していたので手漉きの時点で細い針金で独特の透かしを施し、それによって製紙工場が特定できるようになっていたのは興味深い。(図11)

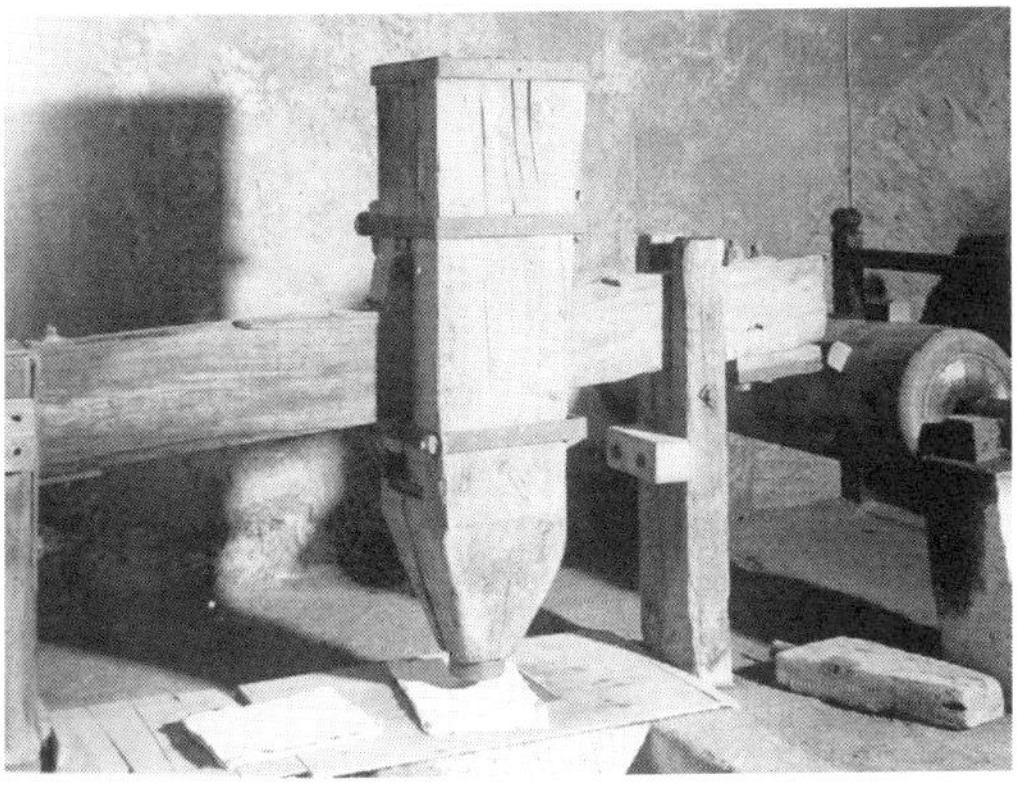
図11・紙製造

カスティーリャ地方ではセゴビアの南東に位置するモナステリオ・デル・パウラール修道院の製紙工場が世に知られており、畏れ多くも教皇勅書の印刷用紙を千五百帖も製造していた。またマドリッドの出版社フランシスコ・デ・ロブレスへの用紙もここから供給されていたことを思えば、一六〇五年の『ドン・キホーテ』初版本もこの工場で製造された用紙に印刷されていた可能性はおおいにあり得る。

スペイン無敵艦隊は多量の紙を搭載していたが、イギリス艦隊でも

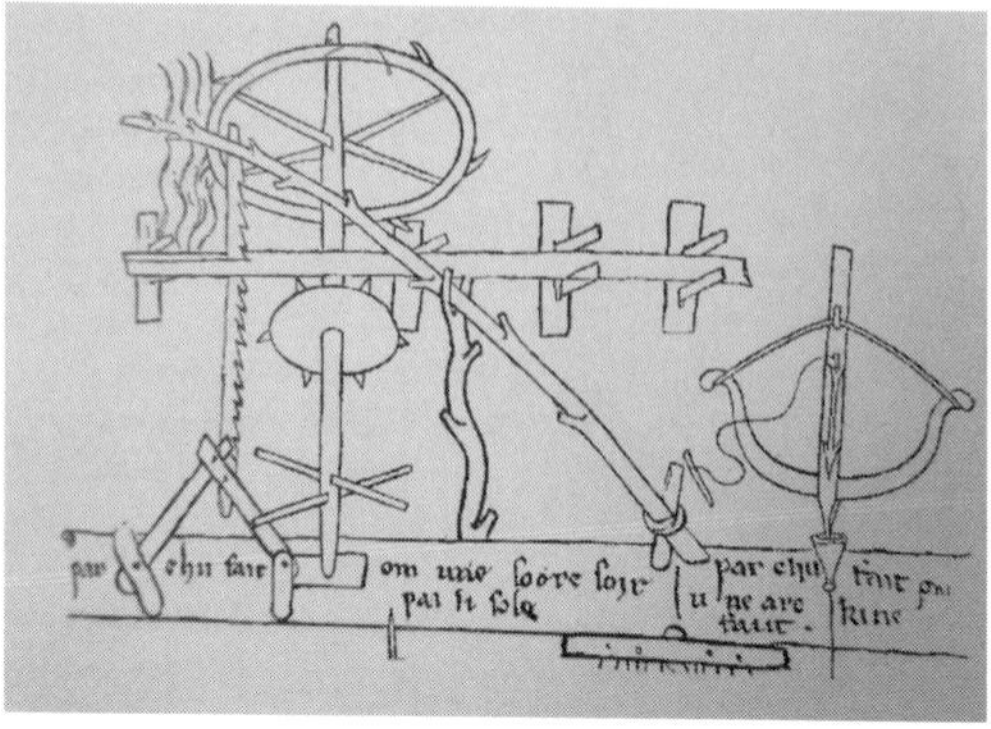

図12・製材機

「薬包を作製するためにロイヤル紙二百帖を送られたし」と良質の紙を要請している。イギリス艦隊の火薬の方が良質だったと言われるが、スペイン艦隊では砲煙のために敵艦の姿が見えなくなったと記録されている。薬莢がまだなかった時代、両艦隊とも大型の砲では砲手が火薬をスコップですくって砲身の先端から装填したのち、砲弾が転がりでないように砲身に藁をつめたり紙を詰めたりしているが、小型の砲には主に火薬を紙に包んで薬包を作っていた。これがやがてはすべての大砲に適用されるのだが、火薬を包むためであるから最良の紙を必要としたのである。対人用の小型砲ではすでに元込め式もあったようである。

　水車の回転軸を上下運動に変えるカムの装置をクランク、つまり折れ曲がった回転軸にとりかえてやるとすなわち往復運動を得ることが出来る。これにノコギリを装着すると立派な製材所となる。もちろん現在のように回転する丸ノコではなく大きな歯をひたすら前後させるのこぎりである。（図12）石ばかりで出来ているように見える大聖堂でもその建築には膨大な木材を必要とする。先頃の火災でパリのノートルダム大聖堂の屋根と鐘楼が焼け落ちたのも木造だからである。

　したがって教会や聖堂が盛んに建立された時代には多量の木材を切り出すため、すでに十三世紀から水車を使った製材所があった。スペインではこの種の製材所の普及はフェリペ二世の十六世紀を待たなければならない。なかでもアランフェスの製材所が知られていた。クエンカ近辺の山麓から切り出された松材がタホ河を流れ下ってアランフェスまで届き、ここで柱や板に加工された木材が牛車に積まれてエスコリアルの建築現場へと運ばれていくのである。

さらに応用すれば熱した鉄を打ち叩いて薄く伸ばす圧延作業も可能となる。この圧延された板金を裁断するにも水車動力を使った。これに先だって鉄を熱する炉に風を送って温度を一定に保つふいごの装置も連動したレバーで巧みに作動させている。（図13）鉄鉱石を掘り出す鉱山では鉱石を粉砕し、これを炉で溶解して鉄を取りだし、さらには熱した鉄を叩いて薄く延ばす。こうして圧延された板金を刃のついた円筒の間を通過させて裁断するのである。鉱石の粉砕から圧延、切断そして溶鉱炉に風を送るふいごの作動にいたるまですべてが水車の動力で行われたのである。

図13・ふいご装置

外輪船の実験と起重機

タホ河も凍結するほどの寒い二年間に続いて河川がほとんど干上がってカスティーリャが深刻な干魃と不作に襲われ、ペストも不吉な流行の兆しを見せ始める一五三九年、カルロス一世の王妃ドニャ・イサベル・デ・ポルトガルが死産の後、三十六歳で世を去った。この年にちょっとばかり面白い見せ物がマラガ市民を驚かせた。まだ茫洋と朝霧の立ちこめるマラガ港に浮かび上がった異様な形の物体は何であろうか。水に浮いているからにはどうやら船に違いない。それにしては帆もなければ帆柱もない。その代わりに大きな水車のような車輪が片舷に二つずつ、あわせて両舷に四個もついている。船の大きさは二百五十トンばかり。当時の船にすればかなりの大型である。これがこの間からしきりと巷の噂になっているブラスコ・デ・ガライ

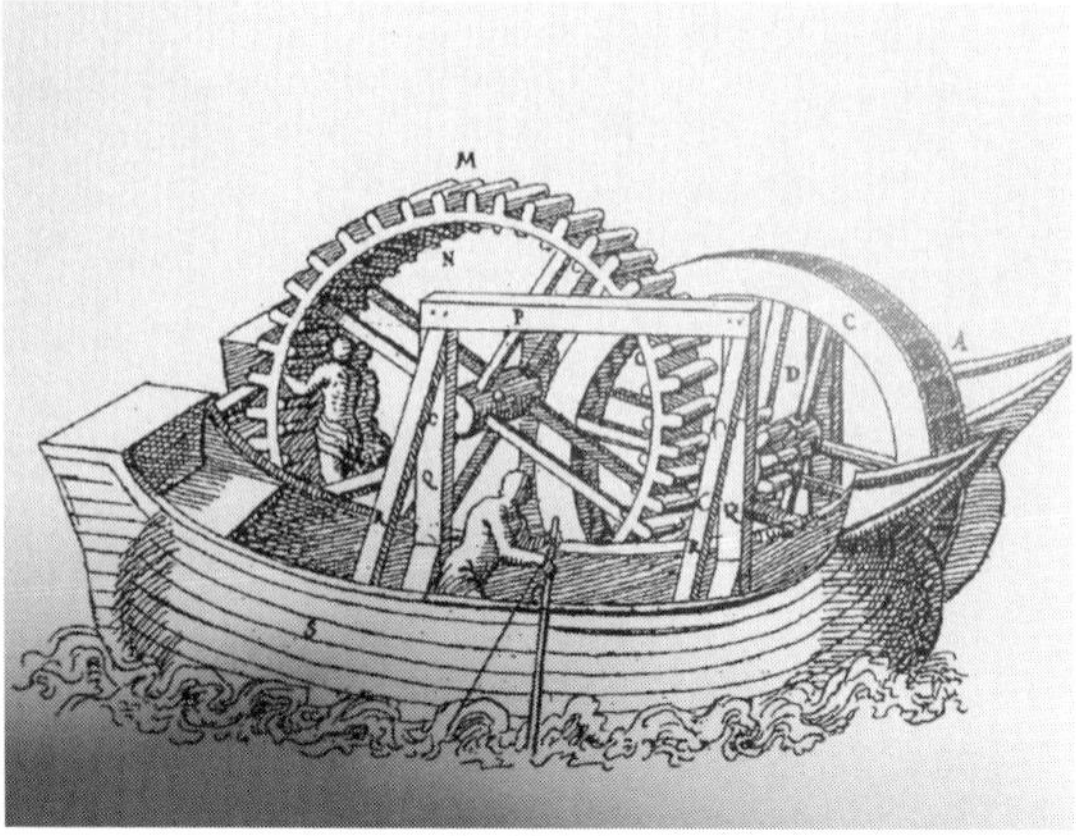
図14・小型外輪船の模型図

設計による外輪船の姿である。
　やがて準備が調ったらしく屈強の男が四人ずつ車輪の内側へ入って位置を定める。監督の号令と共に一斉に足踏みを始めると大きな車輪がゆっくりと回転を始めて水を跳ね上げる。岸辺に群れを成して固唾を呑む市民のどよめきを尻目に船全体がゆるゆると進み始め、徐々に速度を速めて悠々と港を一周したのである。まるでハツカネズミが車輪を回すような格好のこの外輪船がこの時の記録では時速六キロの近くの速度であった。（図14）
　白波を蹴立ててとまではゆかなかったが、一応の成功を見たブラスコはおおいに気を良くして翌一五四〇年、今度は百トンばかりの小型の外輪船を建造した。両舷にひとつずつの合計二つに減らした車輪に人間を三人いれて働かせ、小麦粉を積み込んで航行させたのである。この時は前回の半分の速度だったと言うから人の歩く速さに近い。それから二年後、酷暑の夏、ヨーロッパ中央までイナゴの被害が襲い、バルセロナで大洪水が発生してランブラス通りが水没した年にマラガではブラスコの外輪船の実験はなおも執拗に続けられていた。この度は両舷に車輪を三個ずつの計六個をつけた二百四十トンの船をマラガ湾に浮かべたが、少し欲張りすぎたのか船は動かず実験は失敗に終わった。四日後に車輪の羽根の数を減らして実験を再開してみたが時速二キロに足りなかった。
　それから三年後の一五四三年には場所をバルセロナ港へ移して二百トンのトリニダ号を使って実験を行っている。外輪ふたつを二十五人で動かしたのだが時速は四キロ足らずであった。外輪船の実験は結局そのままとなってしまった。人間がハツカネズミ状に巨大な外輪を回して重量のある船を動かして長距離を移動するにはもともと無理がある。長時間の重労働に耐え得ないし、波の高い外海では危険すぎて航行できない。せいぜいが港湾内の荷物運搬船ていどの利用価値しかないのであろう。実験はいつしか沙汰止みとなってしまった。

外輪船は一時の余興で実現はみなかったが、車輪の中へひとが入って回転させて動力を得る仕組みは古くから広く活用されている。水車による動力の難点は移動できない点にある。サトウキビを潰したり、鉱石を砕いたりの仕事も同様で水車の立地条件が工場の位置を決める。この動力源を自由に移動できればもっと便利であろう。その発想から生まれたのが人力起重機である。これには様々な図が残っている。図15はその一例で港や河川の底をさらう浚渫船《しゅんせつせん》である。車輪の中へひとが入るか、あるいは図のように外側から車輪を回してロープを巻き取る仕組みだが、重量も相当あるので船に乗せた形で水上を移動するのがもっとも合理的で安全でもある。他にも河川や港湾の杭打用槌を巻き上げる杭打ち機などが港の工事や護岸工事に絶大な威力を発揮したのである。

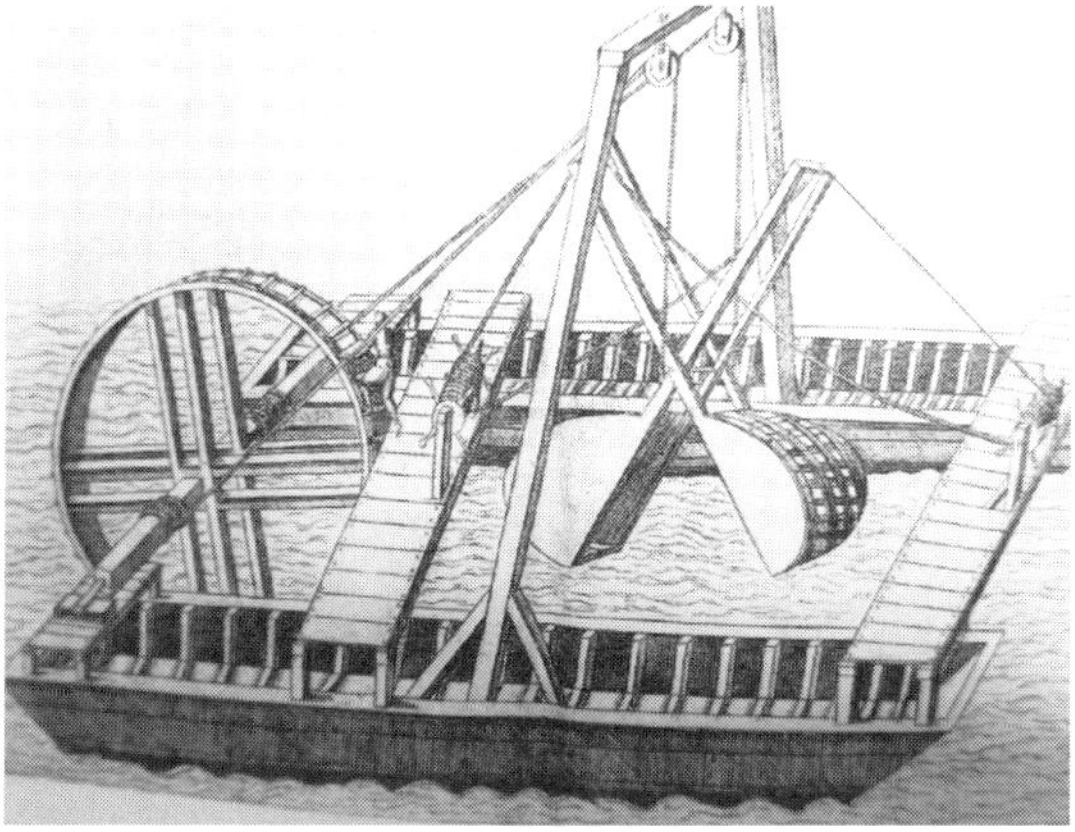
図15・浚渫船の模型図

船に乗せて移動出来ないときは現場で起重機を汲み上げればいい。規模は場所と用途に応じて大から小まで様々に対応できる。この起重機の技術を結集して建築されたのがフェリペ二世の終の住処エスコリアル宮である。ファン・バウティスタに設計を依頼し、礎石が置かれたのが一五六三年であった。主任建築技師には設計を担当したバウティスタが年収五百ドゥカードの高給でそのまま迎えられている。不

図16・エスコリアル宮工事全景

幸にして四年後にバウティスタが亡くなり、後任にはやはり名声の高い技師ファン・デ・エレラが抜擢され、年収も八百ドゥカードに跳ね上がる。

フェリペ二世が技術者を厚遇するのはもちろんエスコリアル宮を立派に建築して貰いたいからであろうが、国王自身も元来、技術関係に深い興味を抱いている人物だった。まだ王子の頃に自らも数学と建築学の教育を受けた経験がある。もちろん王室のことだから教師は当代随一の学者からの直接講義だった。政務に追われて数学から遠ざかることになるが、手の届かぬ塔の高さが机上の計算ではじき出される数学の魅力がフェリペ二世の胸裏に新鮮な驚きのまままいつまでも残っていた。

当時、学問を講じる唯一の機関である大学ではすべてラテン語から学習しなければならなかった。それではせっかくの貴重な英知が一部知識人の占有に終わってしまう。そこでフェリペ二世は実際に測量や計測に数学を必要とする職人や技師の負担にならない配慮から、母国語のカスティーリャ語で数学を教育する学校「王立数学院」をマドリッドに創設したのである。

このように普段から何事によらず機械技術に大きな関心を寄せていたフェリペ二世だが、マラガで外輪船の実験が成功したとき、まだ当時十六歳のフェリペ王子が好奇心に目を輝かせたのは事実である。グァダルーペに十五世紀に建造された水車が今も現役で粉を挽き続けていると聞けば、わざわざ視察に出かける熱の入れよう。当代比類なき技師ファネロを推挙し、ともすれば投げ遣りになりがちなトレド当局を叱咤激励して水揚げ機を完成にまで導いたのもフェリペ二世の強力な意志が働いていればこそであった。

タホ河の水がアルカサルまで上ったもののフェリペ二世は二度目の国庫破産を宣言して経済危機にあった。一方、知るよしもない二十八歳のセルバンテスはアルジェで捕虜生活、各地で疫病が猖獗《しょうけつ》を極めて多数の死者を輩出、あまつさえカスティーリャとアンダルシアを干魃が襲って深刻な食糧不足、加えて酷暑の夏と踏んだり蹴ったりの年をなんとか凌いだ翌一五七六年、波乱含みの政治・経済状態をよそにエスコリアルの工事は半ばにさしかかっていた。フェリペ二世はファン・デ・エレラの設計した起重機が石を上げ下ろしする様子を見物すべくエスコリアルへ足を運んでいる。図16の全景図を見ると左半分に現在も見慣れたエスコリアル宮の瀟洒なルネサンス風の建物の半分がすでに姿を表している。未完成の部分には十台を越える起重機の櫓が建ち並び、車輪がひとつのものとふたつのものとがあるのを見て取れる。近くの山から切り出した石を二頭立ての牛車が荷台に乗せて蟻の行列のように続々と群がっているのも観察できる。

フェリペ二世が視察に訪れたのもこのような喧噪のまっただ中であった。起重機の能力の限界についての若干のご下問に設計者が直接お答えするのに鷹揚に頷いた国王は、今後ともこの装置を存分に働かせるようにとのお言葉を残してマドリッドへ戻られた。エスコリアル宮殿は修道院、教会、霊廟、宮廷、学校、博物館そして図書館のすべてを含む建物で一五八四年に完成、総工費五百万ドゥカードを越す大事業であった。

第九章　ドン・キホーテの衣服

男の日常服

お世辞にも豪華とは言い難い日常の食事にドン・キホーテがこの頃やっと普及を始めたフォークを使ったかどうかは分からないが、収入の四分の三がそれで消えたという。そして残る四分の一は何に使ったかと言うと衣服である。セルバンテスは前編第一章にこう記している。

「（収入の）残りは祭日用に上質の毛織り地の黒っぽい服、ビロード地のズボン、同じ布地の履き物に費やし、平日はやや質の落ちる茶色の毛織り地で間に合わせた。」

フェリペ四世

宮廷人にとって黒は厳格な礼服である。黒衣はフェリペ四世の好みだった。政務において無知、行動において軽薄な人物であったが着る物だけは簡素だったのである。肖像画からも分かる通り、衣装、マント、帽子、靴に黒を好み、宝石類は何ひとつ身につけなかった。家臣が華美に着飾って伺候《しこう》すると露骨に不機嫌になるので当然のこと廷臣もそれに倣い、宮廷に出入りする人間は自ずと黒一色になってしまうのに時間はかからなかった。

普段は粗末な茶色の上着で過ごしているらしいドン・キホーテは、日曜、祭日ともなるとマントなどを裁断する幅広の上質の毛織り布で裁った上着とビロード地のズボンを着用におよび、しゃれた履き物に足を乗せて散歩にでるのである。この履き物は語源からしてフランス渡来のものであるらしく、底板はコルク材で爪先はあるが踵のないスリッパ状の靴である。ビロード製や革製があって十五世紀末にはなかなかモダンな履き物であった。

ここに言う「上着」は十五世紀中葉から男の日常服として普及し始め、男性の完全な服装を言うときはだいたいが胴衣とズボン、そのうえから上着、さらにマントを羽織っていると考えてよい。（図1）腰のあたりで絞って身体にぴったりとあわせるが、形は袖付きと袖無しとに分れ、長さは様々にあって裾が膝に届かないものから脛に達するもの、ときには床まで届く長い種類もある。材質も豪華な布地から粗末なものまで千差万別で特に決まりはない。すり切れやすい裾廻りに別布の裏地を当てたり、高級な品になると毛皮で裏打ちしたものもある。その材質はウサギ、山猫、黒貂《くろてん》、アーミン（エゾイタチ）などを使ったのだからかなり高価であったに違いない。上からマントを羽織ることも出来たし、また上着そのものを甲冑の上から羽織る場合もあった。

図1・上着とマント

ところが裾の長い衣服が男の間で徐々に姿を消して行くに連れて、かつては一般的であった上着も十六世紀の中頃から着用されなくなり、ドン・キホーテの生きた十七世紀になるとこの種の上着は平民や農民、羊飼いの常着となってしまうのである。図は少し裕福な平民が袖無しを着ている例である。（図2）胴の所をベルトで締め、裾が膝のあたりまで届き、両腕と襟元に覗いているのは胴衣である。色は茶色。下半身は膝の所で絞っ

図２・平民の長上着

たズボンを着用している。平民や農民などはサジョ（長上着）を常用した。胴衣の上から着ることもあって変形したものを入れるとその種類は無数にある。

ラ・マンチャの片隅に暮らしているドン・キホーテは、おそらく平日はこの裕福な平民と似たり寄ったりの茶色地の上着を常用しているが、祭日ともなると一張羅の黒っぽい上質の上着を着用していたのではないかと想像される。

胴衣とズボン

セルバンテスは述べていないがこの上着の下には必ず胴衣を着なければならない。シャツの上に着て腰から上を覆うのが胴衣であるが、十四世紀に初めてヨーロッパに現れてから男の衣装には欠かせない着衣となった。ただし縫製がかなり難しく仕立屋組合とは別に胴衣の専門職があって高度の技術が要求され、それだけに仕立ての料金も高かった。例えば一四八四年の王室財務官の記録にドン・ファン王子の胴衣に六レアルも支払っているがそれに対して上着とマントは一レアル半で済んでいる。コルドバの胴衣職人がこう述べている。

「絹の胴衣を作るには外側からもう一枚リンネルの布地を上から下まで当て、内側にも再度、上から下までリンネル地を張る。裾のあたりはリンネル地を三枚張りにしなければならない。」

材質には鹿革や野牛の革を裁ったものもあったが、いずれにしても着用する人の胴に合わせるため布地で幾度も裏張りをして固めるのに変わりはない。豪華な錦糸織りの胴衣などになると無駄を出さないように熟練の技で寸分の狂いもなく裁断しなければならなかった。そして錦糸布を一枚、粗布とリンネル二枚とで襟と袖ならびに胴部を三枚張りに裏打ちして形を持たせるのである。図3の胴衣はあきらかになだらかな曲線を描いているが、これは甲冑のふくらみを持たせるために中へ綿や山羊の剛毛を詰めて形を整えているのである。それだけならまだしも、場合によっては防御のために刃を通さないよう鯨の骨を加工して補強した。

このようにぴったりと身体に合わせて裁断した胴衣に裏打ちを施してがちがちに固め、隙間には詰め物をするのだから柔軟性はなく、上半身はつっぱったままでお世辞にも着心地のいい衣類ではなかったらしい。まるで張りぼての中へ閉じこめられたようで息も出来ないほどに窮屈だったという。これが一五八〇年頃の流行であったがもとより貴族のものであって平民はこの儀ではない。

図３・胴衣と半ズボン

上半身を覆うのが胴衣だとすれば下半身はズボンである。図2は十五世紀の農民の姿であるが、脚と腰までをぴったりと覆い、帯は使わずに胴衣と紐で結んであるのがわかる。図4はアベリャネーダのサンチョが鶏小屋の上に広げて干したまま旅に出てしまった古い茶色の幅広ズボンである。後ろ姿のうえ上着で隠れているが数カ所にわたってズボンと胴衣が紐で繋がれている。相当の力がかかるので丈夫な材質を必要とする理屈だが普通は革紐、ちょっと贅沢には絹布を縫り合わせたり絹紐を編んでその先端に皮革や金属を被せて尖らせた飾り紐が使われた。図5では一か所だけ結んでいるが他の二本は結ばずにそのままに垂れ下がっているのが分かる。これを便宜上、ズボン吊りと訳しているが現代のズボン吊りを想像してしまうので気をつけないといけない。アベリャネーダの

図4・上着とズボン

『ドン・キホーテ』ではこれが諧謔の小道具として使われている。第十一章でサラゴサの指輪槍試合に優秀な成績を収めたドン・キホーテが審判役から褒美に貰うのがこのズボン吊りである。「革製のズボン吊りを二ダース」とあるから現代風のズボン吊りを想像すると妙なことになる。ありようは短い結び紐を二十四本褒美に貰ったのである。値段は半レアルするという。この革製のズボン吊りがドン・キホーテの狂った目には世に二つとない華麗なリボンに映るのだから是非もない。これを槍の穂先に結びつけるとバルコニーに居合わせた六十歳を越す老女の面前にうやうやしく差し出して周囲の爆笑を買うのである。セルバンテスの『ドン・キホーテ』にはない下品なあざとい笑わせ方である。

ズボンの材質には丈夫な毛織り布を使うが、これを身体にぴったり合わせて裁断するにはやはり熟練の技術を要したので胴衣と同じくズボン職人の組合が製品の出来映えに厳しい監視の目を光らせていた。先の図3の若者は胴衣と同じ材質の半ズボンを着用している。まるでピーマンのごとくに短く膨らんでいるが、この形が一五八〇年代の流行であった。胴衣と同じでやはり何度も裏地を当てては固くして隙間に綿、山羊の剛毛、フェルトなどを詰めて形を整えた。この種のピーマン型ズボンのはき心地はどうであったか。あるフランドルの騎士の証言によると、後の無敵艦隊総司令官メディナ・シドニア公が若い頃、狂女王ファナと夫君のブルゴーニュ公フェリペの御前に伺候したとき、この種の胴衣とズボンに身を固めていたため歩くのもままならず、両脇から召使いに抱えられて伺候したとある。張りぼてのごとき胴衣とズボンではさぞ窮屈に

図5・ズボン吊り

して不自由であったろう。

満足に歩けないズボンではいかにも不便である。もう少し楽にならないものかと誰しも考える。事実、一五九〇年頃から変化が現れる。ズボンの腿の部分がまっすぐになって、時には膝のあたりまで裾が伸びてくるのである。先の図1の騎士になると大仰なレタス襟がすっきりとヴァンダイク・カラーに取って代わり、ピーマン型が開けて膝までのだぶだぶズボンになっている。もう少し時代が進んで一六五〇年代になると図6のようにフランス風と称してズボンのだぶだぶが消えてすっきりと細身になり、カラーと靴にも小粋なフランス風が流行するのである。

そこまで行くと時代の先取りになるので一六〇〇年代初頭のドン・キホーテへ戻ると、ちょうどピーマン型がすたれてだぶだぶの膝上ズボンが普及した頃だろうと思われる。セルバンテスによれば、祭日ともなれば郷士ドン・キホーテは少し高級なビロード地のズボンを着用におよんだのである。その一方で典型的な農夫サンチョ・パンサはどのような姿をしていたのであろうか。やはり上着を着ているのは間違いない。アベリャネーダの第一章でこう言う。

図6・細身のズボン

「できたらさっそく今晩にでも上着の裾に隠してやってみますよ。」

やっと健康を取り戻したかに見えるドン・キホーテの頭には絶対禁物の騎士道物語の一巻を上着の下に隠して持ってくると言うのである。罪作りな話であるがこれをきっかけにして胸中にふたたび凄まじい妄想が頭をもたげ、以前に演じた狂態の数々がまたしてもか弱い頭に渦巻き始めるのである。その顛末はともかくとしてサンチョの格好は図に近いと思われる。農作業をしているので上着は脱いで胴衣とズボンだけの姿である。紐も満足に結んでいない胴衣は宮廷人の裏打ちした豪華な衣装とは大違いで茶色の木綿か毛織り地、ズボンは膝の所で絞らずにまっすぐに幅広のまま、靴下はゆるくてこの上からゲートルのような布地を巻いてふくらはぎを保護する場合もある。足下はもっと安価なサンダル状の履き物で牛革などで作る。

サンチョのズボンについてはアベリャネーダがわりと頻繁に嘲笑の種に使っている。村にいる女房のマリ・グティレに手紙を口述筆記する第三十五章で畑の雑草を抜くのを忘れないように言った後にこう頼んでいる。

「鶏小屋の上に広げておいた古い茶色の幅広ズボンを送っておくれ。こちらでお大尽さまから大陸風のをもらったんだが、これだと動きがままならねえだよ。」

昔からはき慣れた茶色の幅広ズボンとはまさに図7のようなまっすぐなズボンである。サンチョを慰み者にして楽しんでいる貴族が大陸風幅広ズボンと称するものをはかせて優雅に身拵えをしてやった上に腰に剣まで吊してやった。第三十四章のことである。アベリャネーダは大陸風と言っているが実は膝の所を絞った細身のフランス風ズボンのことであろう。ちょうど都で流行を始めていたのをさっそく田舎者のサンチョに着せてからかったのである。慣れないズボンをはいたサンチョはこれでは身動きができないとこぼすことしきりである。

図7・大陸風ズボン

「この大陸風幅広ズボンってやつをごらんなさい。玉に瑕は紐を三十本も通さないと両脇がずりおちてしまうのと、もうひとつは紐を全部通したら今度は肝心の時に魂が尻の方へでんぐり返ってどうあがいてみてもこいつを一本ずつ解かない限り下へおろせるもんでねえ。こうなると身動きひとつがままならなくて、鼻が溶けて水洟になって地面に落ちても屈んで拾うこともできない。」

紐が三十本と言うのはただの飾り紐ではなく先ほどの胴衣とズボンを結ぶズボン吊りのことである。多くともせいぜいが十二本程度が普通の吊り紐が三十本もあれば確かに着脱のたびに大変な時間がかかって面倒で仕方あるまい。緊急を要するときは手間がかかりすぎてどんなに急いでも半分はズボンの中へこぼしてしまうと嘆くのも理解できる。それに比べて従来の幅広だとたとえ腹を下していても紐一本解いたらそのままストンと下へ落ちるので楽なことこのうえない。しかも毛織りの上布で作っても費用はせいぜい二十レアルは越えないとサンチョは言う。図7を見る限りなるほどサンチョのズボンは紐一本を解いただけでそのまますとんと下へ落ちそうで、まさに縮絨機《しゅくじゅうき》の冒険の章でそれが出来たわけだが、それにしても二十レアルは高すぎる。サンチョの言葉としてかなり割り引いて考えておかねばなるまい。

襟飾りの肥大化

ところで胴衣とズボンをつけただけの姿では裸同然と見なされて不作法極まりないと指弾された。貴族たる者、そのままでは外を歩けなかったので外出には必ず別の衣類で覆わなければならなかった。「裸の王様」もそうだが「裸になる」とは文字通りの裸ではなく胴衣とズボンだけのことを言う場合があるので注意を要する。およそ貴族ならば外出時には必ずマントを羽織るのが常識であった。マントなしで外を歩くのをこの

図8・フェリペ二世（コエリョ画）

上ない恥辱と感じる当時の貴族が、賭博に負けてマントまで取られたので家に帰ることが出来ず、夜が更けるのを待って人通りが途絶えてから逃げるように帰宅したりするのはそのせいである。アベリャネーダも、賭博の泥沼に踏み込んで足を取られた放蕩三昧の貴族ドン・グレゴリオのありさまを『ドン・キホーテ』に述べている

「賭博場へ出かけて行き、そこですっかり巻き上げられた上に豪奢な長マントまでかたに取られてしまう仕儀となり（このありさまなので）マントなしで歩いているところを知人に見られたくないので夜になるまで家に戻れないでいたらくでありました。」（後編第十八章）

このように胴衣の上には必ず上着を着用したりマントを羽織ったりするのでせっかく豪奢な錦糸織りの布地で裁断しても普段は隠されてしまっている。外へ見えているのは襟と袖だけとなる。そうなると他人よりも優れた物を身につけて威勢を誇るのが人の常で、袖よりもはるかに目立つ襟飾りに競争が集中するのである。十五世紀にはまだ襟や袖を飾り立てる意識はほとんどなかったようで、かなり豪華な衣装を身にまとっている貴族にしても袖無しの長い上着から覗いた胴衣の袖には肘と二の腕あたりに飾り紐が少し見える程度だし、襟元にいたってはほとんど飾りのない簡素な形であるのがわかる。図8は画家サンチェス・コエリョ（一五三一－一五八八）の描いたフェリペ二世である。プラド美術館にある見慣れた肖像画だが透き通るように繊細に輝くレース編みの襟飾りが黒ずくめの胴衣とマントと対照をなしていっそう印象的である。胸に懸けた金羊毛勲章のすぐ下あたりに数珠をつまぐる手の袖飾りもおなじ材質であろう。国王であるところからし

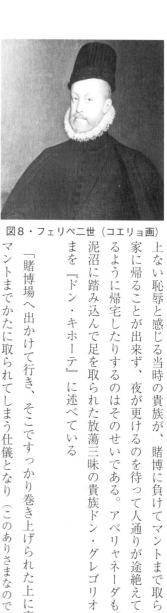

図９・フェリペ三世

ておそらくはフランドル渡りの最高級品レース編みに違いないが、その形、大きさ共にまだまだ控えめで繊細な美しさを見せていると言える。この襟飾り、つまりカラーが一六〇〇年代に入ると極端に肥大化し始め、まるで糊付けの大輪の花のごとくに巨大化するのである。

図９は次の国王フェリペ三世（在位一五九八―一六二一）の肖像画である。黒光りする甲冑に身を固め胸にはやはり王族の印である金羊毛の勲章が懸けられてあるが、注目すべきはその襟飾りの巨大さである。とかくに質素を好んだフェリペ二世からその息フェリペ三世へのわずか一世代の間にこれだけ見事に肥大化している。これだけ大きくなってくると手入れも素人の手には負えない。そこで通称「カラー屋」とでも言うべき職業が生まれてくる。

リンネルやモスリン、レースなどをS字に裁断して放射状に襞をつけて糊で固め、熱したコテで襞のひとつひとつに熨斗《のし》をかけてS字形を綺麗に整え、それでも足りないときは見えない所に針金を仕込んで補強して型くずれを防ぐ。その上から特殊な粉をふりかけて微妙な青みをつける。カラー全体がほんのりと青みを帯びているのはそのせいである。とにかく手間がかかるし、そのための出費もばかにならない。国王の御前に伺候するために正装をすると両側から召使いに支えて貰わないと歩行もままならないほどに窮屈な胴衣とズボンに加えて、この時代になると首までが自由に回らなくなる。しかもこの種の襟飾りになると二百レアルもの高額に達するのだが、その出費と窮屈さにもかかわらず流行した。

皮肉な詩人達の格好の揶揄の対象になるのは当然で、煙突、チョウセンアザミ、巨大キャベツ、パイプオルガンの管などと様々に悪口を書き連ねたけれど効き目はなかった。ケベードなどは、「ひだ襟があまりに大きすぎて頭があるのかどうか分からない……首切り役人のもとへ送られたが、襟がよれよれになるのばかり

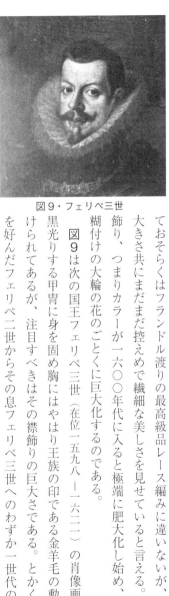

図10・セルバンテス

を気にかけていた」と皮肉る。ただし唯一利点があった。ある貴族がバルセロナで刺客に襲われた。この時、錦糸織りの胴衣についていた巨大な襟飾りが邪魔をして首を落とせなかった。あせった暴漢がいくら短剣をふるっても頑丈に糊付けされたカラーは頑として刃を受け付けなかったのである。イギリスならエリザベス女王の御代、セルバンテスもこの時代の人間だから今に残る肖像画は立派なレタス襟をつけているし、ドン・キホーテも正装するときはこの種の襟飾りを常用しなければならなかったはずである。(図10)

肥大化した襟飾りを当時の批評家達は、肥満キャベツ、煙突などと様々に皮肉って揶揄したが、国王から率先して愛用するものだから一向に衰えを見せない。首から上だけを眺めるとまるで波形のお盆に乗せて自分の生首を運ぶようにも見える。男女を問わずこの襟飾りを称してレタス襟と呼ぶ。形がレタスに似ているからだと言うのだが、はたしてこの襟のどこがレタスに似ているのかと思わぬでもない。一説によるとこれだけ大きなカラーになると首がつっぱってうつむくのもままならず、当然のこと足もとが危うくなって足の運びが慎重にならざるをえない。おっかなびっくり足元を探るように歩く格好がまるで農夫がレタスを踏みつけないようにそろりそろりとあぜ道を歩くのに似ているからだという。こちらの説の方が真実味のあるような気がするが如何なものであろうか。

続くフェリペ四世(在位一六二一―一六六五)はレタス襟の目に余る流行に日頃から眉を顰めていた。奢侈《しゃし》を戒める勅令に続いておおかたの予想通り一六二三年一月にこの目障りなレタス襟の禁止を発令して、その一掃に乗り出したものである。フランドルやオランダ風のレタス襟の終焉であり、もっと安価で動きやすい襟カラーがこれに取って変わる。一時期は繁栄を究めた「カラー屋」の失業でもあった。

フェリペ四世はフランドル風の大仰なレタス襟の禁止令を出して簡素な襟を奨励した。襟元からは巨大なカラーが消えてすっきりとヴァンダイク・カラー（縁にギザギザのある大きなカラー）がとって代わっている。生首を捧げ持つように天を向いて開いていた大輪の襟飾りが下へ垂れ下がって首から肩に掛かっているのでこれをフォーリング・カラーとも呼ぶ。フランスではルイ十三世カラー、イギリスではシェイクスピア・カラーとそれぞれに呼称が代わるが時代は同じ十七世紀である。勅令発布の後、フェリペ四世はもっぱらこのヴァンダイク・カラーを愛用していたのだが、困ったことにこれでは首廻りが冷えるせいで持病の喉の病が悪化、つまり扁桃腺が肥大して化膿を始めたので宮廷おかかえの仕立て師に喉を保護できるカラーの工夫を命じた。そして出来たのが肖像画のカラーである。その構造はまず厚紙で首回りのサイズに合わせて台座を作り、白か灰色の絹で裏張りをしたヴァンダイク・カラーを張り付ける。台座の裏側は服に合った色の布地を張り、全体にたっぷりと糊をきかせて固めるとできあがりである。フェリペ四世ご自身の肖像画であるが、王者の肖像らしく豪奢に装っているがこうなると皮肉なことにますます生首をお皿にのせて歩くような形に見えるのだが、フェリペ四世はこれがいたく気に入ったのである。一六二四年の秋から実用化され、またたくうちに社会全体に広がる。かくして国王の御前に伺候する程の者で黒衣に首皿型のカラーをつけぬ廷臣は誰ひとりいなくなる有様であった。

政治手腕の能力には恵まれなかったけれど着る物だけは簡素を旨としたフェリペ四世が、巨大なレタス襟を廃止したまでは良かった。一六三九年になると胴衣、マント、チョッキなどのいかなる種類の衣類であろうと布地や装飾に金銀を使うのを禁止する法令を出した。こうなるともうやけくそに近い。ヨーロッパ随一の豪華絢爛さであったスペイン宮廷を黒一色のカラス色に塗り替えてしまったのである。

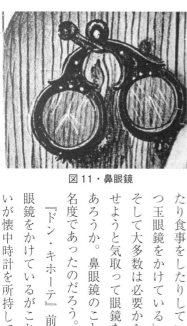

手袋と眼鏡

貴族の身だしなみに手袋は必需品であった。正装をしたフェリペ四世の全体像などでも豪華な折り返しのついた刺繍入り革手袋に王笏《おうしゃく》を握った姿が見られる。様々な種類と価格があるが通常は犬の革の手袋を使用した。高級品は竜涎香《りゅうぜんこう》を焚きしめた鹿革製で金糸、銀糸の刺繍を施した物もあり、男性から貴婦人へあるいは貴婦人から騎士へ最高級の贈答品だった。後のチャールズ一世が一六二三年にイギリスからスペイン来訪のとき、歓迎の意を表してイサベル王妃が手袋百揃いを贈ったことは有名である。スペイン製の手袋は裁縫技術に加えて香の焚きしめがよかったのでヨーロッパ、とりわけイギリスでは珍重されたのである。ほかにも広い折り返しのついた手袋、絹製手袋、剣を操るために指先のない手袋、旅行用には仔牛革の手袋などの種類があった。

図11・鼻眼鏡

眼鏡については、イギリスの旅人リチャード氏が「マドリッドほど多数の人間が眼鏡をかけたまま散歩したり食事をしたりしているところはない。十人のうちひとりはガラスのふたつ玉眼鏡をかけている」と述べているのは意外である。ある者は気取りから、そして大多数は必要から眼鏡を携帯していた。伊達者や貴婦人などは賢く見せようと気取って眼鏡を携帯していたと言う。ケベードなどはその代表格であろうか。鼻眼鏡のことをケベードと称するようになったのだから相当の知名度であったのだろう。(図11)

『ドン・キホーテ』前編第八章でサン・ベニート会の修道士が塵よけの道中眼鏡をかけているがこれは別物である。因みにかなり高価であったに違いないが懐中時計を所持している紳士もあった。図12の工房で見る限りまだ大型の置き時計のようだが、やがてこれが小型化されて首からかけて使用した。後には仕立屋までがポケットに時計を持っていると言うから随分と小型になって安価に普及したのであろう。

夏場でも男は扇子で風を送らない。スペインでは現在でも日本のように男が扇子を持ち歩くことがないのはこの時代からの習慣であろうか。扇子は女だけの持ち物なのである。

ご婦人方の衣装についてはそれだけで一冊の書物ができるほどにあってとても手におえない。ただひとつだけ、黄金時代を象徴する衣装にフープスカート（verdugado）が極端に発達した。この名称が定着するのは一六四三年以降だからセルバンテスは見たこともなかったはずである。女達がこぞってこれを着用するので教会の扉を入れなかったと言う。たしかに今でも教会の潜り戸は狭いので通れなかっただろう（図13）道徳家の反論も痛烈である。大仰なスカートを槍玉に挙げて、布地の無駄遣い、糊付けに大量の小麦粉を消費する。金糸銀糸の布地や靴下、靴なども槍玉に挙げる。滑稽と笑ってばかりもいられない。国王に進言があり、一六三九年に勅令が出ている。

「いかなる身分、家柄の婦人といえどもフープスカートの類を着用してはならない。身持ちの悪い女で公に許可を得て稼いでいる女だけは自由に着用してよろしい。」

すなわち娼婦である。もし貴婦人がフープを着用していれば娼婦と混同される恐れがあったからこの勅令は効き目があると思われた。しかるに現実にはマドリッドの仕立屋はますます豪華に製造を続けしかもその需要が

図12・時計工房

図13・フープスカート

収まることはなかったと言う。フェリペ四世の王妃マリアナが滅法このフープがお気に入りとあってますます歯止めがきかなくなり、下火になるまで半世紀にわたってこの流行が継続したのである。

　足は出来るだけ小さく手の指は長くて細いのを良しとした。当時の芝居の台詞を寄せ集めると、美人の条件は長い金髪、後には黒髪も、眉は細く目はナツメ型、瞳は緑が最良、青の神秘性も捨てがたい、鼻はほっそりと額は広く、口は小さめ、紅い唇に真珠の歯並び、まさに明眸皓歯《めいぼうこうし》で歯茎から奥歯、虫歯までさらけ出すような大口は敬遠された。小さい足をフープスカートで隠し、これを見せるのは恋人への最高のサービスであった。

　この小さい足を乗せる履き物がチャピンである。コルク底の高い履き物でそのまま紐でしばって背を高く見せるのである。コルク板を八枚、九枚と重ねる場合もあった。チャピンはアラビア語のコルクから派生しており、これは大人の履き物なので「チャピンを履く」と言えば子供から大人になることを意味したのである。チャピンの高さがますます増加して貴婦人がまるで竹馬に乗っているようによたよたと歩いては倒れるので当局はコルク板を五枚以上、八枚以下と定めた。当時のスペイン当局は何にでも介入してくる。お節介なことである。なおその筋の女達はモーロ風の室内履きや木製かかとの靴を着用し、田舎には木靴があった。

マントと覆面

顔全体を隠すかあるいは片目だけを覆うのはスペイン十七世紀の典型的な姿である。アンダルシアから始まった風習であってみればもとよりイスラムの習慣であり、酷暑の日差しから肌を守るためでもあった。さらには、女が顔を包むのは羞恥心、美徳そして貞節と慎みの現れであるとも言えるが、男女ともにこれを逆手にとって身分や素性を隠して詐欺や偽善を隠す手管のひとつに堕落して行くのも見やすい道理である。ただしマントの着用は当時のヨーロッパ全域の風習でもあった。

女性はすっぽりと頭からマントで覆うのが普通だったが、十七世紀後半になると目だけは隠さずにおくようになり、それも片目だけの方が色気があると言うのでしばしば隻眼だけが流行ったのがティルソ・デ・モリーナの芝居『恋の薬師』などに見られる。（図14）これに限らず、マントに身を包んでそっと家を抜け出しては恋の遊びにうつつを抜かしたり、女に化けた男が女のもとに通ったり、あるいはその逆がさかんに利用された例が当時の芝居にはふんだんに見られるのである。おなじくティルソ・デ・モリーナの『セビーリャの色事師と石の招客』で主人公のドン・ファンが友人のマントを借りて成りすまし、まんまと女の家に入り込む場面などはその典型である。

図14・隻眼マント

女性がマントで顔を隠して生じる風紀の乱れを正そうと一五九四年にフェリペ二世、一六〇〇年にフェリペ三世、一六二三年にはフェリペ四世、次のカルロス二世までもが相次いで法令を出しているがまったく効き目はなかった。一七七〇年六月二十八日の法令でマントは絹製または毛織りに限られ、頭を覆うだけに限定された。これに婦人達が従うようになってやっと下火となるのである。一方、貴族や騎士が外出時にマントを着用しないのは礼儀に反することは先に触れた。下に着ている物が甲冑であれ何であれマントだけは羽織らないと嘲笑を受けたのである。エル・グレコの描く「聖マルティネス」のエピソードで貧者にマントの半分を切って与えるのは、決して吝嗇《りんしょく》だからではなく甲冑を着た騎士マルティネスにしてみればマント全部を与えてしまえば自分の名誉が保てなくなる理屈である。

庶民と宮廷人とでは自ずと価値観が異なるが、貴婦人は青白い顔色が好まれた。そのためにわざと土を食べたと言う。その土が店で売られていたと言うから驚く。貧血で顔青ざめた上に胴をきつく締め上げているものだからすぐに貧血を起こして気を失う。現実にはどうだか知る術もないが、芝居ではよく貴婦人が気を失って倒れ、さっそく騎士が抱き起こして気づけに酢をかがせる場面が見られる。そのため暖炉のマントルピースに酢を入れた小瓶が常時おいてあった。茶色の小瓶がそれである。これとは反対にスペイン女性の厚化粧は異国の旅人の目を引いたらしく、口を揃えて化粧の濃さをあげている。「頬を紅く塗ってまるで変装をするようだ。」「あまり厚く塗りすぎて肌がほとんど見えない。」「仮面を被っているようだ」と辛辣である。

王室の模様を書き留めた記述には「十六人ばかり、どれひとり美人とは言い難い。中にはまだ十三歳ほどの女性もいるが、通常の女性より濃い化粧をしている。」「王妃から靴屋の女房、老若の別なく白塗りに頬紅の化粧である」と遠慮会釈がない。どの旅行者もスペイン女性が白壁のごとくに塗りたくっていることにおいては一致している。

無名のイギリス人の手記には「顔をマントで覆って外出していた頃はスペイン女性を美しいと思っていた。……ところが薄衣や覆いを着けていないからと言って顔が分かるわけではない。こってりと塗ってあるので素顔が見えないのである」と揶揄している。詩人ファン・デ・ラス・クエバスがこうとどめを刺す。

「今日では美人を見かけなくなった。すらりと背が高いと思えば踵の高いチャコンに足を乗せている。バラ色の頬は紅か何かを塗りたくって、顔につやのよい輝きがあると思えばそれは昇汞水《しょうこう》（塩化水銀を水に溶かした化粧水）のおかげだ。金髪かと思えば染めてあり、白い歯は磨き粉のおかげ。手足の釣り合いのよさはなんと袖を詰めたり裾を伸ばしたりして調節してある。綺麗にみせるためにこれほどまでに磨き飾りたてるのだから費用もかかると言うものだ。」

いつの時代のことかと思うなかれ、十七世紀のスペインの話である。現代でもスペイン人はほとんど入浴しない。家庭に必ずシャワーはあってもバスタブがほとんどないのをご存知の向きも多いであろう。当時は入浴は病気治療と考えられていた。イスラム時代の古き良き習慣であったものがアウストリア朝にはすっかりすたれてしまった。キリスト者のものではないと考えたのである。コバルビアスが『カスティーリャ語宝典』にこう記している。

「トレドを征服したアロンソ王は反撃に出てきたイスラム王を迎え撃つべく王子サンチョとガルシア公爵を派遣したが相次いで討たれてしまった。王は戦力の低下を嘆き、原因は何かと究明したところ、慎み深きひとびとの言うには、風呂に入る習慣のために怠惰になって勇気を失って脆弱になっているのだと進言した。そこでもとの勇猛果敢な戦士へ戻すべくアロンソ王はすべての浴場を破壊し遊興を禁じた。」

うそのような本当の話である。マドリッドが一五六二年に首都となって以来、十六世紀をとおして公衆浴場は一軒もなかった。夏場にマンサナーレス河で沐浴をすることはあっても衛生上からではなくあくまで涼を取るためだった。一六二八年にドミンゴ・ラ・プエンテなる人物に公衆浴場の経営許可が下りたが二十年の期限付きだった。したがってこの間にはマドリッドに一軒だけ存在したのだがそれも二十年で閉じられてしまった。ところがアロンソ・デ・モルガドの記録では、アラブ文化に近いせいなのかおもしろいことにセビーリャでは公衆浴場が盛んであった。昼間は婦人方が入浴し、夜間は紳士方が入浴したと言う。体臭を消すために香水が発達したのはつとに知られているが、その膨大な数に上る種類はフランス文化のものである。

あとがき

巨人と思いこんで風車にぶつかっていくドン・キホーテを知らない人はいない。しかし風車に突撃しないドン・キホーテのあることを知る人は少ない。つまりアベリャネーダの贋作『ドン・キホーテ』である。しかもセルバンテスの『ドン・キホーテ』後編より先に贋作が世に出てしまう珍現象が生じたのだが、アベリャネーダの偽名をもてあそぶ作者は何者なのか、何の思惑があって『ドン・キホーテ』を書いたのかその意図が未だに詳細には分からず、究明の手が届かぬまま謎に包まれている。ここに紹介したマルティン・デ・リケールのヘロニモ・パサモンテ説にしても確証はないのだと認めなければならない。

ドン・キホーテといえば風車にぶつかっていく頭の狂った騎士としていつの頃からか世界に定着してしまった。ただし実際にはわずか一ページで終わる冒険である。作者のセルバンテスにしてみれば心外であったかも知れない。それに反して危うく命を落としそうになったエブロ河の水車の冒険ではたっぷりと紙面を使っている。セルバンテスの興味は風車よりも水車の冒険の方に比重があったのではないかと愚考するゆえんである。そして贋作者アベリャネーダは水車にも風車にもまったく関心を示さない。いわば都会派の人物であることが分かる。

ドン・キホーテが騎士道の鑑と仰いだ『アマディス・デ・ガウラ』と『エスプランディアンの武勲』は『ドン・キホーテ』の倍以上の長さを持つ大作なので詳細に触れることは出来なかった。ほかにもドン・キホーテ時代のスペインに何が起こり、何が成されていたか生活習慣の一端を紹介したつもりだがどうしても政治の中心地であるカスティーリャ地方のマドリッドとバリャドリッド周辺に片寄ってしまった。ドン・キホーテの鞍袋から期待したほどのものは出てこなかったと言われるとひとこともない。音楽や絵画にはほとんど触れなかったし政治や経済についてもまだまだいい足りない部分がある。バルセロナもスペインならセビーリャもバレンシアもスペインの重要都市であるが触れる余裕はなかった。総じてあまり進んでいない研究分野に手を染めたつもりだが、あれこれ欲張ってみてもとうてい全部を包みきれず、雑多の事柄が詰め込まれてまさにごった煮となってしまった。紙幅の都合もあってひとつひとつにあまり深入りはできなかったので物足りなさが残る部分もあろうかと思うがご容赦願いたい。

説明の必要からどうしても『ドン・キホーテ』の粗筋をなぞる部分が多くなったきらいがある。『ドン・キホーテ』を熟読玩味されているドン・キホーテ狂の向きには駄文に時間を割いていただくのは恐縮である。『ドン・キホーテ』の名前は知っているがまだ読んだことのない方々が圧倒的に多数だと思えるが、『ドン・キホーテ』を読む誘い水にでもなればせめてもの幸いである。その場合にはセルバンテス作の前編・後編（彩流社）にあわせてアベリャネーダ作の『贋作ドン・キホーテ』（ちくま文庫）もぜひ読んで頂きたい。この三編を総合して『ドン・キホーテ』なのだから。なお『ドン・キホーテ』からの引用はいずれも拙訳によった。

最後に長年にわたってお世話になった竹内淳夫、茂山和也の両氏に心より感謝申し上げます。

二〇二〇年十月二十五日

岩根　圀和

主な参考・引用文献

Mateo Alemán, *Guzmán de Alfarache,* Espasa Calpe, Madrid, 1968

Jeronimo de Pasamonte, *Vida y Trabajos de Jeronimo de Pasamonte,* Biblioteca Autores Españoles, Real Academia Española, Madrid,1956

Príncipe, Calle, *Teatro Español,* 1984

Felipe II, Los ingenios y Las máquinas, Real Jardín Botánico, CSIC, 1998

Val, José Delfín, *La cocina de la Reina Isabel,* Fundación Museo de las Ferias, 2004

Williams, Patrick, *Philipe II,* Palgrave,2001

Passuth, Laszló, *Don Juan de Austria, Señor Natural,* Caralt, 2000

Kleinschmidt, Harald, *Charles V, The World Emperor,* Sutton Publishing, 2004

Carnicer, Carlos y Marcos, Javier, *Espías de Felipe II,* La Esfera de los Libros, S.L., 2005

Laskier Martín, Adrienne, *Cervantes and the Burlesque Sonnet,* University of California Press,1991,Peggy K. Liss, Isabel the Queen,University of Pennsylvania Press, 2004

Feros, Antonioy, Gelabert, Juan, *España en tiempos del Quijote,*Taurus historia, 2004

Gutierrez Alonso, Adriano, *Valladolid en el siglo XVII,* Ateneo de Valladolid,1982

Marquéz Villanueva, Francisco, *Personajes y temas del Quijote,*Taurus, 1975

Díez Borque, José, *Sociología de la comedia española del siglo XVII,* Cátedra, 1976

Diez Borque, José, *La sociedad española y los viajeros del siglo X*VII, Temas, 1975

Valbuena Prat, Angel, *La vida española en la edad de oro,* Ed. Alberto Martín, 1943

Navagero, Andres, *Viaje por España(1524-1526),* Turner, 1983

Antonio, Luis,*Viaje por la cocina española,* Salvat Editores, 1969

Calvo, José, *Así vivían en el Siglo de Oro,* Anaya,1992

Bernis, Carmen, *Trajes y Modas en la españa de los reyes católicos,* Insitituto Diego Velázquez, 1979

Elliott, J.H., *Poder y sociedad en la España de los Austrias,* Crítica, 1982

Marías, Julián, *La España real,* espasa-calpe,1977

Russell, P.E., *Introducción a la cultura hispánica,* Crítica, 1982

Labore, Vigili, *Estado actual de los estudios sobre El Siglo de Oro,* Salamanca,1993

Vaca de Osma, José Antonio, *Carlos I y Felipe II,* Ed.Rialp, S.A. 2000

Perez Pastor, Cristobal , *Cervantes en Valladolid,* Caja España,1999

Kamen, Henry, *Philip of Spain,*Yale Uniersity Press,1998

Parker, Geoffrey, *The grand strategy of Philip II,* Yale University Press, 1998

Deyemond, A.D., *Historia de la literatura española,* Ed.Ariel,1974

Riquer, Martín, *Cervantes, Pasamonte y Avellaneda,* SIRMO,1988

Aylward, E.T, *Towards a Revaluation of Avellaneda's False Quijote,* Hispanic Monographs, 1989

Cotarelo y Mori, *Sobre el Quijote de Avellaneda y acerca de su autor verdadero,* Madrid, 1934

Antonia Gares, María, *Los avatares de un nombre, Saavedra y Cervantes,* Rilit. LXV, 2003

Salomon, Noel, *La vida rural castellana en tiempos de Felipe II,* Planeta, 1973

Phandl, Ludwing, *Historia de la Literatura Nacional Española en la Edad de Oro,* Ed. Gustavo Gili,S.A.1952

Phandl, Ludwing, *Introducción al estudio del siglo de oro,* Araluce, 1959

Le Flem, Jean-Paul, *La frustración de un imperio,* Labor, 1982

Diaz-Plaja,Fernando, *Historia e España en sus documentos siglo XVII,* Cátedra, 1987

Arteaga, Almudena de, *La vida privada del emperador,* Ed. Martíez Roca, 1999

Fernández Alvarez, Manuel, *Juana la Loca, La cautiva de Tordesillas,* Espasa, 200

Cassou, Cervantes, Jean *un hombre y una época,* Ed.Siglo veinte, 1958

José Prades, Juana de, *El arte nuevo de hacer comedias en este tiempo,* Clásicos Hispánicos, 1971

Luján, Nestor, *La vida cotidiana en el siglo de oro español,* Planeta, 1988

Herrero, Miguel, *Oficios populares en la sociedad de Lope de Vega,* Castalia, 1977

Trapiello, Andresa, *vida de Migule de Cervantes,* Planeta, 1993

Ford, Richard, *Las cosas de España,* Turner, 1974

Pérez, Joseph, *La españa de Felipe II,* Crítica, 2000

Pérez, Joseph, *Carlos V,* Ed. temas de hoy, 2004

Cabanillas de Blas, Antonio, *El prisionero de* Argenl, Grijalbo, 2005

Gázquez Ortiz, Antonio, *Conversaciones con un gastrónomo,* Alianza, 2005

Manuel Vilabella, José, *Delirios gastronómicos,* Alianza, 2005

Thomas Walsh,William, *Personajes de la inquisición,* Espasa Calpe, 1963

Fernández Alvarez ,Manuel, *Casadas, Monjas, Rameras y Brujas,* Espasa, 1921

Trapiello, Andresa, *La vida de Miguel de Cervantes,* Planeta, 1993
Chevalier, Maxime, *Lecturas y Lectores en la española del siglo XVI y XVII,* Turner, 1978
『アマディス・デ・ガウラ（前編・後編）』、モンタルバン、彩流社、二〇一九
『エスプランディアンの武勲』、モンタルバン、彩流社、二〇一九
『ドン・キホーテ』前・後　セルバンテス、彩流社、二〇一二
『模範小説』、セルバンテス、国書刊行会、一九九三
『贋作ドン・キホーテ』アベリャネーダ、ちくま文庫、一九九九
『スペイン無敵艦隊の悲劇』、岩根圀和、彩流社、二〇一五
『贋作ドン・キホーテ』岩根圀和、中公新書、二〇〇〇
『物語 スペインの歴史』岩根圀和、中公新書、二〇〇二（ほか、論文は含めない）

図版は主に左記のものを使用した。

El corral de comedias, Concejalía de cultura del ayuntamiento de Madrid, 1948
Felipe II, Los ingenios y las máquinas, Real Jardín Botánico, CSIC, 1998
La cocina de la Reina Isabel, Fundación Museo de las Ferias, 2004

スペイン関係略年表

一二三七　ムハンマド一世、ナスル朝グラナダ王国を樹立
一二四八　カスティーリャ王フェルナンド三世、セビーリャ攻略
一三四〇　カスティーリャ王アルフォンソ十一世、ジブラルタル包囲中にペストで病死
一三四八　この頃、ペスト大流行
一三九一　反ユダヤ暴動がスペイン全体に波及
一四六二　ファナ（狂女王）誕生（一五三〇年没）
一四六九　イサベルとフェルナンド結婚
一四七四　カスティーリャ王エンリケ四世没。
　　　　　イサベル女王即位
一四七九　アラゴン王フェルナンド即位
一四八〇　セビーリャに異端審問所創設
一四九二　グラナダ陥落、スペインの統一完成
　　　　　コロンブス第一回航海

一五〇二　カスティーリャとナバラのイスラム追放
一五〇八　モンタルボの『アマディス・デ・ガウラ』刊行
一五一〇　モンタルボの『エスプランディアンの武勲』刊行
一五一六　カルロス一世（ハプスブルグ家）即位
一五一九　カルロス一世、神聖ローマ帝国皇帝カルロス五世に選出される
一五四七　セルバンテス、アルカラ・デ・エナーレスに生まれる
一五五六　カルロス一世、退位してユステの僧院へ隠居、フェリペ二世即位
一五五八　イングランド、女王エリザベス一世即位
一五六一　フェリペ二世がマドリッドを首都に定める
一五六三　エスコリアル修道院の建設開始（一五六八四年、完成）
一五六八　モリスコの叛乱
一五七一　トルコ帝国とレパント海戦、セルバンテス二十四歳
一五七五　セルバンテス、アルジェで捕虜
一五七六　セルバンテス、第一回目の脱走失敗
一五七七　第二回目の脱走失敗
一五七八　ドン・ファン・デ・アウストリア没、三十一歳、セルバンテス、三度目の脱走失敗
一五七九　四度目の脱走失敗
一五八〇　セルバンテスの身請け六百エスクードで成立
一五八一　フェリペ二世ポルトガル王位につく
一五八七　セルバンテス、無敵艦隊の食料調達係

一五八八　スペイン無敵艦隊がイングランド遠征失敗
一五九八　フェリペ三世即位
一六〇一　バリャドリッドへ遷都
一六〇三　バサモンテの『ヘロニモ・デ・パサモンテの生涯と苦難』刊行
一六〇五　セルバンテスの『ドン・キホーテ』前編刊行
一六〇六　再度マドリッドへ遷都
一六〇九　モリスコ国外追放令
一六一四　アベリャネーダの『ドン・キホーテ』後編刊行
　　　　　画家エル・グレコ没
一六一五　セルバンテスの『ドン・キホーテ』後編刊行
一六一六　セルバンテス没
一六二一　フェリペ四世即位
一六四五　作家ケベード没
一六六〇　画家ベラスケス没
一六六五　カルロス二世即位
一七〇〇　ハプスブルグ家最後の王カルロス二世没（スペイン黄金時代の終焉）
一七〇一　スペイン継承戦争（イギリス・オランダ・ドイツ対フランス・スペイン）
　　　　　ブルボン朝フェリペ五世即位（ルイ十四世の孫）

【ヤ行】

【ラ行】

【サ行】

【タ行】

人名・作品名 索引

著者紹介
岩根圀和（いわね くにかず）
1945年、兵庫県生まれ。神戸市外国語大学修士課程修了
神奈川大学名誉教授

著書
『贋作 ドン・キホーテ』（中公新書）
『物語 スペインの歴史 海洋帝国の黄金時代』（中公新書）
『物語 スペインの歴史 人物篇』（中公新書）
『スペイン無敵艦隊の悲劇』（彩流社）

訳書
『新訳 ドン・キホーテ（前編・後編）』セルバンテス（彩流社）
『アマディス・デ・ガウラ（上・下）』モンタルボ（彩流社）
『エスプライディアンの武勲』モンタルボ（彩流社）
『贋作 ドン・キホーテ（上下）』アベリャネーダ（ちくま文庫）
『落ちた王子さま』デリーベス （彩流社）
『糸杉の影は長い』デリーベス （彩流社）
『異端者』デリーベス （彩流社）
『マリオとの五時間』デリーベス（彩流社）
『ラ・セレスティーナ』ロハス（アルファベータブックス）
『バロック演劇名作集』カルデロン（国書刊行会、共訳）他

ドン・キホーテのスペイン社会史《しゃかいし》——黄金《おうごん》時代《じだい》の生活《せいかつ》と文化《ぶんか》

2020年11月30日 初版第1刷発行 定価はカバーに表示してあります。

著 者 岩 根 圀 和
発行者 河 野 和 憲

発行所 株式会社 彩 流 社
〒101-0051 東京都千代田区神田神保町3-10 大行ビル6階
電話 03（3234）5931 Fax 03（3234）5932
http://www.sairyusha.co.jp
e-mail sairyusha@sairyusha.co.jp

印刷 モリモト印刷（株）
製本 （株）難 波 製 本
装幀 佐々木 正見

落丁本・乱丁本はお取り替えいたします。 ISBN978-4-7791-2720-5 C0022

新訳ドン・キホーテ（前編）

4-7791-1845-6 C0097 (12·11)

セルバンテス著，岩根圀和訳

17世紀スペインのキリスト教とイスラム教世界の対立を背景に、ラ・マンチャの男の狂気とユーモアに込められた奇想天外な騎士道物語！「もしセルバンテスが日本人であったなら日本語でどのように書くだろうかと不遜な妄想を抱いた…」　Ａ５判上製　4500円＋税

新訳ドン・キホーテ（後編）

4-7791-1846-3 C0097 (12·11)

セルバンテス著，岩根圀和訳

贋作と本物とが交錯するパロディとしての騎士道物語！サラゴサからバルセロナへと偽者が本物のドン・キホーテの旅程を変えてしまう破天荒な旅。「冒険を読み終えて、ドン・キホーテにほのかなりとも親しみと労りを感じていただければ幸いである…」Ａ５判上製　4500円＋税

アマディス・デ・ガウラ（上）

4-7791-2628-4 C0097 (19·09)

モンタルボ著，岩根圀和訳

『ドン・キホーテ』の原点「ドン・キホーテ・デ・ラ・マンチャ」の頭を狂わせたスペイン最古の騎士道物語。セルバンテスが「最良の作品」と絶賛。アマディスとオリアナ姫との禁断の恋と死闘を描く奇想天外な伝説の書、本邦初訳。　Ａ５判上製　6500円＋税

アマディス・デ・ガウラ（下）

4-7791-2629-1 C0097 (19·10)

モンタルボ著，岩根圀和訳

アマディスのオリアナ姫との別離。「緑の剣の騎士」としての苦難。怪物エンドリアゴとの死闘。オリアナ姫との再会ならびに「美貌の息子・エスプランディアン」の誕生など全ヨーロッパを舞台に展開する奇想天外な物語の後半。　Ａ５判上製　6500円

エスプランディアンの武勲

4-7791-2651-2 C0097 (20·01)

続 アマディス・デ・ガウラ　モンタルボ著，岩根圀和訳

コンスタンチノープル防衛のための異教徒トルコ軍との戦い――天下無敵の父アマディス・デ・ガウラの子『コンスタンチノープル皇スペイン版「騎士道物語」『アマディス・デ・ガウラ』の続編。本邦初訳。　Ａ５判上製　5000円

異端者

4-88202-756-0 C0097(02·06)

ミゲル・デリーベス 著，岩根 圀和 訳

スペインの人気作家が、宗教改革時代の異端裁判を描く歴史小説！ 己の信仰に疑義を抱く平凡な毛皮商人が、ルター派の異端へと傾斜していき歴史の渦に巻き込まれていく孤独な生き様を描く激動の物語。　四六判上製　2800円＋税

スペイン無敵艦隊の悲劇

4-7791-2089-3 C0022 (15·03)

イングランド遠征の果てに　岩根圀和著

意外？世界史を変えた海戦の真相は、正確に伝わっていなかった…。本書ではフェリペ二世、メディナ・シドニア公、パルマ公、メンドサ大使等の書簡を精読のうえ、初めてスペイン側の史料から、戦いの実像を再現する画期的な試み！　四六判上製　3500円＋税